다시 듣는
# 김광한의 팝스다이얼

다시 듣는
# 김광한의 팝스다이얼

김광한 지음

북레시피

## 남편은
## 여행 중

"형수님, 별일 없으세요?"

지난해 11월 초, 영국 여행에서 돌아온 다음 날 지독한 감기로 끙끙 앓고 있을 때였다. 남편 후배 한 분에게서 전화가 왔다.

"며칠 전 꿈에 형님을 만났어요. '복수야, 나 여행 중인데, 여기 너무 좋다!'시며 활짝 웃으시는 거예요! 지방 출장 다녀오느라 오늘에서야 안부 전화를 드렸네요."

순간 심장이 멎는 줄 알았다. 대충 날짜를 맞춰보니 내가 리버풀 매튜 스트리트의 캐번 클럽 앞에서 미리 준비해간 '재'를 뿌린 날쯤인 것 같았다. 캐번 클럽은 비틀즈가 유명해지기 전 연주하던 곳으로, 지금도 전 세계의 음악 팬들이 꼭 들러보는 명소다.

"꽃님아, 우리 조만간 영국에 다녀오자."

세상을 떠나기 두 달 전인 5월(2015년) 초 남편이 한 말이다. 남편은 팝 음악의 본고장 영국, 그중에서도 리버풀을 가보고 싶어 했다. 2주기가 지난 어느 날 나는 그의 뜻을 이뤄주고 싶은 생각에 두 가지 준비를 했다. 우선 남편 앞으로 편지 한 통을 썼다. 그리고 그가 평소 즐겨 입던 티셔츠와 함께 나름의 '의식'을 치른 뒤, 그것을 태운 재를 작은 통에 담아 영국으로 가져갔다.

리버풀에 도착한 시간은 오전, 캐번 클럽을 비롯해 매튜 스트리트의 모든 클럽들은 문이 닫혀 있었다. 저녁이 되기 전에는 열리지 않을 문 앞에서 아쉬움을 달래야 했다. 연중 비틀즈 음악만을 연주한다는 그곳에 남편의 흔적만이라도 남겨두고 싶었는데…….

리버풀 매튜 스트리트의 캐번 클럽

남편과 함께 걷고 있다는 생각을 하며, 준비해간 '재'를 매튜 스트리트 곳곳에 뿌렸다. "당신은 지금 나와 함께 리버풀에 온 거예요. 보고 있죠?"라는 말과 함께. 그랬는데…… 같은 시각쯤 후배의 꿈에 나타나다니! 그는 내 곁에서 나와 함께 여행한 게 분명했다.

캐번 클럽 근처에 서 있는 존 레논 동상에도 재를 뿌렸다.

남편이 떠난 뒤 주변의 여러 지인들이 꿈을 꿨다고 알려줬다. 아주 환한 얼굴로 '하와이를 여행 중이다', '좋은 곳에 있다'는 등의 꿈을 꾸었다는 것이다. 몇 달 후 날마다 눈물로 하루하루를 보내던 내게도 그는 와줬다. 큼지막하고 분홍빛 도는 복숭아가 주렁주렁 달린 나무숲 아래 앉아 환하게 웃고 있었다.

"꽃님아, 이리 와봐. 여기 아주 좋은 데야! 나 잘 지내고 있어."

그 꿈을 꾼 뒤 남편은 분명 좋은 곳에 갔을 거라는 믿음이 생겼다. 그 후로도 힘들 때마다 꿈에 나타나 위로해주는 남편을 생각하면 늘 내 곁에서 나를 지켜보고 있는 것만 같다.

그래, 그는 내 곁을 떠난 게 아니라 어딘가를 여행하고 있는 것이다. 언젠간 여행지에서 다시 만날 날이 오겠지.

지난해 여름 남편 사무실에서 자서전 유고가 발견됐다. 무너지는 가슴을 움켜쥐며 읽다가 울다가를 반복했다. 남편이 생전에 온 정열을 쏟아부은 유품(음반, 서적, 오디오 등) 정리도 그렇지만, 남편의 뜻인 '자서전 출간'도 내가 해야 할 일이라는 생각이 들었다.

심장마비로 황망히 떠난 남편과 작별 인사를 나누지 못한 것이 두고두고 한스러웠는데, 파일 작업을 하는 내내 남편의 목소리를 들을 수 있었다. 자신의 어린 시절 얘기부터 오로지 DJ가 되고자 앞만 보고 달려온 얘기, 그토록 바라고 바라던 방송국 DJ로 마이크를 잡던 날의 벅찬 감동, 온 정열을 쏟아 방송해온 〈김광한의 팝스다이얼〉을 그만둘 때의 심정 등등. 이 모든 것을 그가 직접 육성으로 조곤조곤 들려주는 것만 같았다. 막상 파일 작업이 끝났을 땐 남편의 목소리도 멈춘 것 같아 슬프고 서운했다.

절망의 순간에도 좌절하지 않고 꿋꿋이 자신의 삶을 이룬 나의 남편 김광한. 때론 까칠한 성격으로 비쳤을 수도 있었겠지만, 인정 넘치고 마음 따뜻한 그는 늘 약자의 편에서 생각하고 행동했다. 자신이 옳다고 생각하는 길을 앞만 보고 살았던 그를 나는 존경한다. 그가 떠나던 마지막 순간에 내가 한 말은 "당신 인생, 성공한 삶이에요. 축하합니다! 내 남편이어서 고마웠어요!"였다. 그러자 감고 있던 남편의 눈에서 눈물 한 방울이 봉긋 솟아났다. 그리고 몇 초 후, 그는 먼 길 여행을 떠났다.

가슴에 묻어둔 우리 시대의 아버지를 잔잔하게 그린 시 「아버지」로 주목받는 이희국 시인과 《월간조선》 김태완 차장의 도움으로, 출판사 북레시피와 인연을 맺게 됐다. 그분들께 진심으로 감사의 말씀을 드린다.

남편의 방송을 향한 애착과 열정을 담은 이 책이, 삶이 힘들다고 느끼는 모든 분들에게 용기를 드렸으면 하는 바람이다. 이는 남편의 바람이기도 할 테니까.

2018년 여름,

아내 최경순

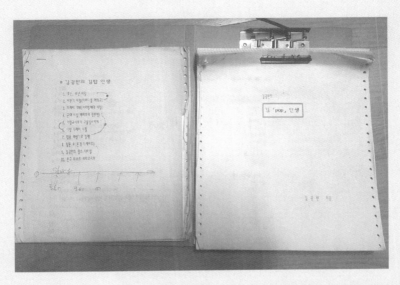

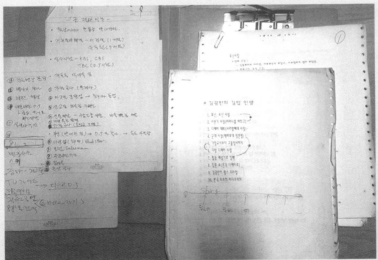

마포 사무실에서 우연히 발견한 남편의 자필 원고

## III DJ를 향한 멀고도 험난한 여정

## IV 사랑과 행운을 거머쥔 사나이

## V 나의 사랑, 나의 뮤직

## 부록 우리 시대의 DJ, 김광한을 기리다

**"No Pain, No Gain."**
고통이 없으면 얻는 것도 없다.

DJ 김 강 한

# I
## 낙원동의
## 잘생긴 골목대장

오래전 아스팔트 도로 위로 놓인 철길을 따라 '땡땡!'거리며 전차가 다니던 시절이 있었다. 그 시절 조숙했던 나는 '까졌다'는 말을 들으며 자랐다. 성적인 면에서 그랬다는 게 아니라 또래 아이들에 비해 지나치게 똑똑했다는 뜻이다. 한마디로 나는 '까진 놈'으로 낙원동 골목골목을 누비고 다녔다. 그때를 떠올려보면 맨 먼저 생각나는 게 있다. 바로 지금의 수산업협동조합(덕성여대 건너) 자리에 있던 문화극장이다. 나는 입장료도 내지 않고 아무 때나 드나들곤 했다. 그것도 나 혼자가 아닌 우리 패거리들과 함께였다.

그렇다고 내가 문화극장 주인의 아들이나 친척

쯤 되는 건 아니었다. 그저 극장에서 '기도'를 보는 사람들과 친분이 있었을 따름이었다. 기도가 은어인지 속어인지는 잘 몰랐지만 표 받는 사람이란 건 알고 있었다. 나는 기도 아저씨들한테 귀여움을 많이 받았다. 잘생긴 아이여서 그랬던 것 같다. 지금의 김광한을 보면 상상이 안 가겠지만 그땐 정말 잘생겼었다. 당시만 해도 우리집이 상당한 부자다 보니 얼굴 생김새나 학교 다니는 모양새가 귀공자 타입으로 보였을 것이다.

내가 귀여움을 받은 데는 또 다른 이유가 있었다. 그들은 당시 '잇뽕'으로 유명했던 김두한 씨의 부하들이었고, 나는 김두한 씨와 같은 안동 김씨였다. '잇뽕'은 김두한 씨의 일본식 별명으로, 그에게 한 방 맞으면 쓰러지지 않는 사람이 없다 해서 붙여졌다. 서울에 사는 안동 김씨가 어디 우리집 사람들뿐이었겠는가. 그런데도 한때 우리집이 김두한 씨와 낙원동에서 앞뒤로 살았다는 이유만으로도 그들과 쉽사리 친해질 수 있었다.

김두한 씨는 부친과 친해서 우리집에 여러 번 찾아왔다. 아버지는 김두한 씨의 인간됨을 높이 평가하셨다. 힘이 굉장한 데다 의리가 대단한 사나이인 김두한 씨처럼 어디서든 떳떳하고 바르게 행동하라는 말씀도 하셨다. 이런 말씀을 들을 때마다 괜히 우쭐해지곤 했다. 그리고 점차 자라면서 내가 그분의 영향을 많이 받았다는 걸 느낄 수 있었다. 김두한 씨가 가르쳐준 건 한마디로 '사나이는 비겁하지 않고 의롭게, 남자답게 살아야 한다!'는 것이었다. 이는 지금까지도 내 인생의 기둥이 돼주고 있다.

김두한 씨에 대한 기억은 또 있다. 그가 국회의원에 출마했을 때의 일이다. 그는 주로 구 명월관(지금의 피카디리극장 자리), 교동국민학교(지금의 초등학교), 파고다공원 등에서 유세를 했다. 나는 유세장마다 졸래졸래 따라다니며 맨 앞줄에 앉아 경청하곤 했다. 그땐 어려선지 지금 기억나는 거라곤 "개새끼들!", "나쁜 놈들!", "도둑놈들!", "때려잡아" 같은 말들뿐이다.

아무튼 나는 김두한 씨와 동성동본인 덕택에 공짜로 극장을 들락거릴 수 있었다. 나와 친구들은 숨바꼭질이나 다방구를 하며 놀다 싫증이 나면 우르르 극장으로 몰려갔다. 그러곤 기도를 보는 아저씨에게 넙죽 절을 했다. 김두한 씨의 부하답게 인상이 우락부락했다.

"아저씨, 안녕하세요?"

"응, 니들 왔냐?"

아저씨는 험상궂은 얼굴로도 웃음을 아끼지 않았다.

"왜, 영화 보고 싶어서?"

"예!"

우리는 씩씩하게 대답했다. 물론 아저씨가 묻지 않아도 극장 안으로 들어갔을 터였다.

"그래 들어가라."

"와!"

우리는 환호성을 지르며 뛰어 들어갔다.

"허, 고 녀석들. 야, 뛰지들 말아라!"

아저씨는 우리 머리를 일일이 쓰다듬으며 흐뭇한 미소를 짓곤 했다.

늘 이렇게 합법적(?)인 방법을 쓴 건 아니었다. 저녁밥을 먹을 때면 누군가 밖에서 날 불렀다. "광한아! 광한아!" 애들을 불러놨으니 대장인 내가 나와야 한다는 뜻이었다. 어머니는 내게 나가지 말라면서, "니들, 집으로 가거라. 엄마가 기다리시잖니!"라는 말로 애들을 돌려보내셨다. 그래도 나는 어머니 몰래 어떻게든 밖으로 나갔다.

우리집 바로 옆에 한양탕이란 목욕탕이 있었다. 아이들은 목욕탕 골목에서 날 기다리곤 했다. 우리는 반갑게 환호하며 낙원시장으로 우르르 달려갔다. 낙원시장을 통과해 교동국민학교 옆의 골목에 모이면 먹을 것이 한아름이었다. 손버릇 나쁜 녀석들이 시장을 통과하면서 참외, 수박, 계란 따위를 훔쳐온 것이었다.

우리는 훔친 과일들을 맛있게 먹으며 문화극장 앞마당으로 몰려갔다. 널찍한 데다 전등불이 미치는 환한 곳이어서 놀이터가 되기에 충분했다. 떠들며 뛰놀다 싫증이 나면 영화 구경할 궁리를 했다. 그때쯤이면 마지막 회가 시작돼 김두한 씨의 부하들도 다 퇴근하고 없었다. 게다가 극장 문 앞에는 나름의 약점이 있었다. 그곳에는 청소며 온갖 잡일을 하는, 할아버지와 아저씨 중간쯤 되는 두 분이 늘 지키고 계셨다. 우리는 그분들이 우리보다 훨씬 덜 교활하고 몸놀림이 둔하다는 점을 이용했다.

일단 한꺼번에 몰려가 아저씨들에게 달라붙어 들여보내 달라고 조른다. 당연히 무사통과시켜줄 리가 없다. 그러면 발 빠른 아이 하나가 무턱대고 극장 안으로 뛰쳐 들어간다. "어, 저 녀석이! 야, 이놈!" 하며 할아버지가 친구를 쫓아가는 틈을 타 나머지 애들이 우르르 몰려 들어가는 식이다.

이 작전은 거의 매번 성공을 거뒀다. 문제는 영화가 끝난 다음이었다. 분에 못 이긴 아저씨들이 다른 직원들까지 동원해 문을 지키곤 했다. 재빠른 나는 잡힌 적이 거의 없었지만 몇몇 아이들은 툭하면 잡혔다. 아이들은 꼼짝없이 뒷덜미를 붙잡혀 출입구 안쪽으로 끌려가 신나게 두들겨 맞았다. 그러곤 무릎을 꿇은 채 눈물 콧물 줄줄 흘리며 손을 들고 한참 동안 벌을 받았다. 다신 그런 짓을 하지 않겠다는 다짐을 하며 풀려나는 게 마지막 수순이었다. 그런데도 우리는 그 짓을 그만두지 않았다. 상영되는 영화들은 이미 본 것이어서 영화 구경 자체보다는 도둑 구경하는 스릴을 즐겼기 때문이었다.

그때 본 것 가운데 우리 영화로는 〈아리랑〉과 〈자유부인〉이 기억난다. 〈아리랑〉은 나운규가 아닌 장동휘가 연출한 영화였다. 외화는 헨리 폰다의 〈모호크 족의 북소리〉, 버트 랭카스터의 〈진홍의 도적〉 같은 서부 영화들을 많이 봤다. 커크 더글러스와 버트 랭카스터 주연의 〈OK 목장의 결투〉나 〈유성 같은 사나이〉도 기억이 난다.

당시엔 미성년자 관람불가가 없었다. 아이들은 거의 극장을 안 갔을 뿐만 아니라, 가더라도 부모 손잡고 가거나 나처럼 까진 녀석들이나 가는 게 고작이었다. 지금도 파고다공원 근처를 지날 때면 그 시절, 그 극장, 그 친구들, 그 아저씨들과 할아버지가 새록새록 떠오른다.

내겐 그때의 낙원동이 말 그대로 '낙원'과도 같았다.

종로구 운니동이라 하면 그 옛날 양반과 학자들
이 많이 살았던 곳이다. 강화도 군수를 지내신 할아
버지께서는 왕손王孫들에게 학문을 가르치기도 하
셨다. 내가 운니동에서 태어나 얼마 안 있어 우리집
은 낙원동으로 이사했다. 위로는 세 분의 형님이 계
셨고 내 뒤로 여동생 둘과 막내 남동생이 태어났다.
7남매 중 넷째로 태어난 나는 다른 신생아들에 비
해 뼈가 굵고 머리가 한 배 반이나 컸다. 나면서부
터 어머니를 괴롭힌 셈이었다.

5형제 중 막내로 태어난 아버지는 회초리로 맞
아가며 글공부를 하셨다는데, 정작 아버지의 직업
은 건축업이었다. 막내다 보니 할아버지 사후에 유

산을 한 푼도 받지 못하고 맨손으로 건축업에 뛰어들어 자수성가를 하셨다. 그래선지 아버지는 독재자에 가까웠다. 자기주장이 강해서 당신 외에는 누구도 믿지 않으셨고 누구의 말에도 귀 기울이지 않으셨다.

이런 아버지에게 열여섯 살에 시집온 어머니는 한글도 깨우치지 못한 전형적인 조선 여성이었다. 하지만 인정 많고 경우가 밝은 아주머니로 낙원동 온 동네에 소문이 났다. 우리집이 그런대로 부유했기에 가능했겠지만 어머니는 어려운 이웃을 그냥 지나치는 법이 없었다. 제삿날이나 잔칫날뿐만 아니라 평소에도 어려운 이웃 돕기를 당신 몸 돌보듯 하셨다. 우리집에 세를 든 집만도 열 집이 넘었는데, 명절날은 물론 맛있는 음식을 하는 날이면 모두 나눠 먹곤 했다.

탁발을 나온 스님이나 거지에게도 우리집은 단골집이었다. 어머니는 거지가 밥을 얻으러 오면 집안으로 불러들여 몸을 씻게 하고 안방에서 따뜻한 밥을 먹였다. 나는 그런 어머니의 성품에서 큰 영향을 받은 것 같다. 훗날 자선 공연 등 어려운 청소년 돕기를 할 수 있었던 것은 이 때문이 아니었을까.

어머니는 한결같이 쪽진 머리를 하셨다. 긴 머리를 참빗으로 빗어 땋은 뒤 틀어 올려 비녀를 꽂았다. 여기에 재봉틀 기름을 엷게 발라 윤을 냈다. 1년 365일 매일같이 이 일을 거른 적이 없으셨고, 머리를 단정히 하지 않고는 절대로 바깥출입을 안 하셨다. 나는 이따금 옆에서 그 복잡하고 어려운 공정을 지켜보는 즐거움을 만끽했다. 어머니가 풀어헤친 머리를 빗기 시작하면 마음은 행복으로 서

서히 일렁거렸다.

부드러운 빗질이 마치 내 머리를 쓰다듬는 손길처럼 느껴져 어머니가 영원히 빗질만 하셨으면 했다. 실제로 어머니의 빗질은 한참이나 걸렸다. 길고 긴 머리카락에 엉킴이 있어서는 안 되고 귀밑머리 같은 잔머리가 남아 있어서도 안 되기 때문이었다. 그러곤 머리카락을 세 갈래로 똑같이 나눠 또 빗은 다음 차곡차곡 땋기 시작한다. 그 손길의 정교함이 어린 내 숨을 막히게 했다. 한 마디 한 마디가 땋아질 때마다 나는 마른 침을 삼키며 초긴장 상태가 돼간다. 가슴도 터질 듯 두근거린다.

이윽고 다 땋으면 어머니는 순간적으로 머리를 틀어 올려 비녀를 꽂으신다. 조금의 주저함도 실수도 없는 완벽한 솜씨였다. 머리를 틀어 올리는 것도 한번에, 비녀를 꽂는 것도 단숨에 끝을 맺는다. 그 손놀림의 신속 정확함은 수십 년간 기술이 몸에 밴 장인들만이 보여줄 수 있는 예술의 경지였다.

이게 끝이 아니었다. 재봉틀 기름을 서너 방울 손바닥에 떨어뜨리고 양 손바닥으로 가볍게 비벼 당신의 머리를 전체적으로 쓰다듬었다. 그러면 곱게 단장된 어머니의 머리에선 윤기가 자르르 흘러내렸다. 끝으로 뽑힌 머리카락을 정리하는 일이 남았다. 어머니는 빗살에 낀 머리카락을 모두 뽑아내 빗을 깨끗이 한 뒤 벽장 바닥에서 한지 뭉치를 꺼냈다. 그동안 뽑힌 머리카락을 모아 보관해둔 종이였다. 새로 뽑힌 머리카락은 거기에 보태져 다시 벽장 속에 보관된다. 그것을 달이 둥그렇게 뜬 보름날 밤마다 태운다고 하셨다.

그렇게 여성스러우셨던 어머니도 서릿발처럼 차가워질 때가 있었다. 우리 형제들에게 매를 드실 때가 그랬다. 어린 시절을 떠올려보면 어머니는 자식 교육에 유난스러운 구석이 있었다. 열 남매를 낳아 셋을 잃고 남은 일곱 자식들을 잘 키우려니 어쩔 수 없었을 것도 같다. 다른 부모들 같으면 대충 넘어갈 일이나 작은 잘못을 어머니는 용서하지 않았다. 엄해도 보통 엄한 게 아니어서, 우리 형제 중 누구 하나 작은 잘못을 저질러도 단체로 벌을 받아야 했다.

예를 들어 내가 무슨 잘못을 했다면 어머니는 일곱 남매를 모두 집합시킨다. 큰형부터 차례로 바지를 걷고 목침 위에 올라가 회초리로 종아리를 맞는다. 그때 쓰는 회초리는 마당 쓰는 빗자루에서 뽑아온 싸리나무였다. 어머니는 싸리나무 서너 대와 목침을 준비해 집합 사유를 간단히 설명한 다음, 시종 싸늘한 얼굴로 묵묵히 자식들의 종아리를 때렸다. 그렇게 매를 맞은 우리를 방에서 내보내고 나면 소리 죽여 흐느끼셨다. 말썽 피우는 자식 때문이었는지 매를 든 것 때문이었는지는 잘 모르겠으나, 당신께선 매우 괴로워하셨던 것 같다.

이런 부모님 덕분에 몸 튼튼 마음 튼튼 아무 탈 없이 자라 교동국민학교에 들어갔다. 어렸을 때부터 아버지에게서 '똑똑한 놈'이란 소리를 들은 나는 입학 때부터 줄곧 100점만 맞는 우등생이었다. 집에서는 겨우 숙제만 해갈 정도였고 학교 수업 시간에 선생님 말씀을 듣는 것만으로도 그런 성적을 기록했으니, 제법 괜찮은 머리였던 것 같다. 나는 무엇이든 한 번 들으면 절대 잊어버리지 않았다.

"저놈은 건드리지 마라, 대단한 놈이 될 테니."

아버지께서 집안 식구를 비롯한 모두에게 하신 말씀이었다. 내 자만심이 지나쳤던 탓일까, 4학년까지 잘나가던 성적이 5학년에 들어 뚝뚝 떨어지기 시작했다. 그래도 나에 대한 아버지의 기대는 변함없었다. 성적만 뺀다면 아버지의 예언은 그리 허황된 것만은 아닐 터였다. 공부 외적인 면에서 내 두뇌 회전은 여전히 원활했기 때문이었다.

그런 아버지도 당신의 사후에 대해선 충실한 배려를 하지 못하셨다. 건축업으로 모은 재산으로 많은 부동산을 사두신 사실을 당신 혼자만 간직한 채 돌아가신 것이다. 어머니가 돌아가신 고2 때부터 집안은 이미 기울기 시작했지만, 1969년 6월 아버지가 돌아가신 뒤론 완전히 풍비박산되고 말았다. 모든 재산을 털어 아버지의 빚을 갚고 나니 알거지가 돼버렸다. 우리 칠 남매는 친척집이나 친구집으로 뿔뿔이 흩어졌다. 아버지가 사놓으셨던 부동산의 소재지만 알았어도 그렇게까지 되진 않았을 것이다.

내게는 사랑하는 별명이 두 개 있다. 바로 '열일곱 살 아저씨'와 '김밥'이다. '열일곱 살 아저씨'는 DJ 생활을 통해 늘 젊게 산다 해서 한 여고생 애청자가 붙여준 별명이다. 나는 앞으로도 변함없이 '열일곱 살 아저씨'로 살 것이다. 그리고 '김밥'은 '김POP'이 바뀌어 그렇게 됐다. 'POP의 도사 김광한'이란 뜻으로 역시 청취자가 만들어 줬다.

실제로도 나는 김밥을 즐겨 먹는다. 그것도 그냥 김밥이 아니라 한복을 깔끔하게 차려입은 여인이 만든 김밥을 좋아한다. 왜 그리 유난을 떠느냐고 비아냥거릴지도 모르겠다. 여기엔 나만의 깊은 사연이 있다. 자기 어머니를 그리워하지 않는 사람은 없겠지만, 나는 어머니가 만들어주시던 김밥을 무척 좋아했다. 그리고 어머니는 살아생전 늘 한복을 입고 계셨다.

　내 직업 탓인지 모르겠으나 지금껏 여성들과 접촉할 기회가 많았다. 뒤에서 고백하겠지만 온갖 유혹에 시달렸던 것도 사실이다. 크게 빗나갈 위기에 처한 적도 한두 번이 아니었다. 그런 곤경에서 무사히 빠져나올 수 있었던 것은 나만의 독특한 여성관 덕분이었다. 내 눈에는 우리 어머니 같은 여자만 들어왔는데 그런 여성이 내 주위에 없었던 것이다. 지독한 모성애 결핍증 환자라고 빈정거려도 좋다. 내게 있어 어머니는 종교 이상의 존재다. 그리고 나는 마침내 그런 여자를 찾았다.

　그 여자는 지금 내 아내가 되어 종교 이상의 비중을 차지하고 있다.

내가 빗나가기 시작한 것은 초등학교 5학년 때쯤부터였다. 4학년 때까지 우등생을 기록한 자만심 때문이었는지 5학년에 오르면서 공부를 게을리하기 시작했다. 처음엔 수업 시간에만 소홀하다가 나중엔 숙제까지 빼먹기 일쑤였다. 그러다 보니 학교생활이 싫어지고 선생님 말씀이라면 무조건 삐딱해지는 불량 학생이 돼갔다. 못된 송아지 엉덩이에 뿔난다는 속담처럼 회전 빠른 머리를 엉뚱한 곳에 돌렸다. 공부하는 데 쓰지 않고 반항하고 거부하고 비판하는 데 썼던 것이다.

선생님이 걸레를 만들어오라 하면 못 들은 척했고 기성회비를 가져오라 하면 콧방귀를 뀌었다. '수

업료를 냈는데 또 무슨 돈을 가져오라는 거야?', '걸레 같은 건 그 돈으로 사면 될 것 아닌가?' 하는 식이었다. 선생님이나 학교 측에 따지고 대들었다는 건 아니다. 그때만 해도 선생님의 그림자도 밟지 않는다는 불문율이 웬만큼 통용되던 시절이었다. 그저 친구들과 반항기 어린 얘기를 쑤군대며 선생님의 지시를 거부할 따름이었다.

지시를 어길 경우 자기 집에 다녀와야 했다. 가서는 무슨 수를 써서라도 기성회비를 해오고 걸레를 만들어와야만 했다. 하지만 그건 일반 학생들 얘기에 불과했다. 사실 그 시간은 내겐 황금의 찬스였다. 나처럼 '까진 놈'들은 그 시간을 합법적으로 땡땡이치는 기회로 삼았다. 나중엔 숙제를 안 했을 때도 서슴없이 땡땡이를 치곤 했다.

나를 포함해 땡땡이 5인방이 있었다. 어느 여름날 우리 다섯 명은 의기투합해 각자의 집 근처에 적당히 가방을 감춰놓고 다시 뭉쳤다. 내 경우엔 우리집 대문 옆에 있는 굴뚝 뒤편이 가방 감추는 비밀 창고였다. 우리는 종로2가를 휘저으며 놀다가 땡땡거리는 전차를 타고 용산에서 내리곤 했다. 대개는 파고다공원이나 삼청공원에서 놀았지만 가끔은 한강까지 진출하기도 했다. 당시 한강은 콘크리트를 처덕처덕 발라놓지 않은 자연 그대로의 아름다운 강이었다. 강물도 그냥 떠서 먹을 수 있을 정도까진 아니지만 아주 맑았다. 한마디로 문명의 때가 묻지 않은 자연 그대로의 낭만이 살아 숨 쉬는 곳이었다.

우리는 맑은 물속에 뛰어들어 고무신으로 송사리를 잡고 멱도 감으며 신나게 놀았다. 그러다 보면 어느새 날은 저물어 어둑해지고 집에 돌아갈 일이 걱정스러워진다. 돌아가려면 전차를 타야 하는데 주머니엔 동전 한 닢 남아 있지 않았다. 가진 돈은 이미 주머니를 탈탈 털어 군것질로 까먹은 뒤였다. 애들 걸음으로 용산에서 낙원동까지는 서울에서 부산만큼이나 먼 거리였다.

설상가상으로 물놀이로 배까지 몹시 고팠다. 그렇다고 코만 쭉 빼고 앉아 있을 순 없는 노릇이었다. 우리는 한강을 떠나 터덜터덜 걷기 시작했다. 용산쯤 왔을 때 갑자기 한 녀석이 외쳤다.

"좋은 수가 있다!"

우리는 녀석을 물끄러미 쳐다봤다.

"니들, 내 말대로만 하면 전차비에다 떡까지 사줄게."

녀석은 빙그레 웃으며 자신만만하게 말했다. 얘긴즉슨 손버릇 나쁜 녀석이 자신의 솜씨를 발휘해보겠다는 거였다. 덜컥 겁이 났지만 녀석의 제의를 거절하기엔 우리는 너무나 지치고 걱정되고 배가 고팠다.

녀석은 길가에 있는 한 서점을 가리키며 바지의 허리띠를 풀었다. 그때 우리만 한 애들은 대개 고무줄 바지를 입고 그 위에 폼으로 허리띠를 매고 다녔다. 우리는 서점 안으로 들어갔다. 녀석은 만화책 한 권을 빼서 보는 척했다. 다른 애들이 책값을 물어보거나 깎아 달라며 주인의 시선을 뺏는 틈을 타 바지를 벌려 그 안으로 책을 떨어뜨렸다. 우리는 녀석의 도둑질에 바람을 잡은 셈이었다.

우리는 쿵쾅거리는 가슴을 애써 진정시키며 밖으로 나와 조금 걸었다. 주인이 쫓아와 뒷덜미를 잡을까 두려워 머리끝이 쭈뼛 섰지만 우리를 잡는 손길은 없었다. 잠시 뒤 뒤도 안 돌아보고 골목길로 숨어들어 숨이 턱턱 막힐 때까지 냅다 달렸다. 그런데 정작 당사자인 녀석은 유유히 걸어와 우리를 나무랐다.

"왜 그렇게 뛰니, 바보들아. 그러면 더 의심받잖아!"

녀석은 바지 안에 숨겨온 만화책을 꺼냈다. 내가 서점에서 본 건 한 권뿐이었는데 무려 세 권이나 됐다. 그 길로 우리는 만홧가게로 가서 만화책을 팔아 떡도 사먹고 전차표도 사서 무사히 집으로 돌아왔다. 도둑 일당의 한 사람으로서 그때의 만홧가게 주인어른께 이 자리를 빌려 진심으로 용서를 빌며, 덕분에 무사히 귀가할 수 있었던 것에 대해 감사드린다.

집에 도착할 즈음이면 컴컴한 밤이었다. 불안하고 죄스러운 마음에 발걸음은 한없이 무거웠다. 대문에 이르러 안을 들여다보면 환하게 불이 켜진 마루에 형과 동생들이 보였다. 가족과 엄마의 따스한 모습에 녹아내린 눈물이 내 볼을 적시면서 목이 메어왔다. 운 흔적을 보이기 싫어 손가락에 침을 발라 눈물 자국을 지운 뒤, 아무렇지도 않은 척 어슬렁어슬렁 걸어 들어갔다.

어머니는 말없이 아랫목에 가서 앉으셨다. 나는 무언의 명령대로 목침과 회초리를 갖다놓고 바짓가랑이를 걷은 뒤 목침 위로 올라가 회초리를 맞았다. 그즈음 나는 단독으로 벌을 받기 일쑤였다. 나는 눈물을 흘리고 코를 훌쩍거리며 매를 맞았다. 그러곤 밖으로 나가 고양이 세수를 한 뒤 죄인답게 엉거주춤 마당에 섰다. 이런 나를 보며 어머니는 아직 냉랭한 소리로 말씀을 던지셨다.

"광한이, 들어와서 밥 먹어라."

나는 쭈뼛거리며 들어가 밥을 먹었다. 종아리가 시큰거렸다. 어머니는 내가 밥 먹는 모습을 옆에서 물끄러미 바라보셨다. 화도 나고 한심한 마음도 들었을 것이다. 그러다 참다못해 불쑥 말씀하셨다.

"어허, 천천히 먹어야지. 꼭꼭 씹어 먹어야 소화도 잘 되는 거야."

그 말에 나는 왈칵 눈물이 쏟아질 것만 같았다. '이렇게 좋은 엄마가 계신데 왜 그랬을까? 다신 엄마 속을 썩이지 말아야지.' 하지만 이런 다짐은 오래가지 않았다. 작심삼일은커녕 작심 몇 시간이었다. 나는 죄 짓고 반성하고 후회하고 또 죄를 짓는 타고난 땡땡이꾼이었다.

문제는 여기서 그치지 않았다. 나중엔 학교에 낼 돈을 도중에 가로채는 나쁜 짓까지 저질렀다. 땡땡이치고 놀려면 돈이 필요했다. 그래서 기성회비 같은 것을 학교에 내지 않고 영화 관람이나 군것질 같은 유흥비로 탕진했다. 지금으로 치면 10만 원쯤 되는 거금을 우리집 들어가는 골목의 담벼락 틈바구니에다 감춰놓고, 필요할 때마다 야금야금 꺼내 썼다.

영화를 좋아한 나는 당연히 극장 가는 데 돈을 썼다. 5백 원이면 극장 세 군데를 돌고 점심도 사먹고 군것질까지 실컷 하고도 남았다. 나는 항상 나보다 못사는 친구들을 데리고 다녔다. 그 친구들의 처지를 보면 안타까워 어떻게라도 베풀고 싶은 마음이었다. 이웃에게 많이 베푸셨던 어머니의 영향이었으리라.

역설적이게도 어릴 적에 한 못된 짓과 개구쟁이 짓을 통해 나는 많은 것을 배울 수 있었다. 죄 짓고 반성하고 후회할 짓을 되풀이하면서 선과 악, 진실과 거짓, 옳고 그름을 판단할 줄 아는 능력이 생겨났다. 또 여기저기 돌아다니며 많은 것을 본 결과 시야도 넓어졌다.

사흘 동안 학교를 무단결석한 적이 있었다. 그때도 우리는 종로 2가에서 전차를 타고 동대문에서 내려 기동차를 갈아탄 뒤 뚝섬으로 갔다. 거기서 송사리를 잡고 물놀이도 하며 놀았다. 하루가 지나 이틀째 놀던 날 진심으로 후회와 반성을 했다. '다시는 땡땡이치지 말아야지'라고 결심을 하는 동시에 공부도 열심히 할 것을 다짐했다. 그래도 학교는 죽어도 가기 싫었다. 땡땡이를 하도 많이 쳐서 진도를 못 따라가는 것도 문제였지만, 이틀 동안 무단결석을 했으니 선생님께 혼날 게 분명했다. 고민 끝에 혼자 공부하기로 마음먹었다.

그때 우리집은 두 채였다. 파고다공원에서 50미터도 채 안 떨어진 곳에 본집이 있었고, 공원 바로 옆에 세를 놓은 이층집 한 채가 또 있었다. 그 집 2층 한구석에 있던 창고를 임시 공부방으로 삼은 뒤 다음 날 아무도 몰래 숨어 들어갔다. 파고다공원의 우거진 숲이 한눈에 보이는 창문 앞에 헌 책상을 갖다놓고 공부를 시작했다. 스스로도 기특할 만큼 공부가 잘됐다. 점심때면 어머니가 싸주신 도시락을 까먹으면서 또다시 후회하며 이렇게 다짐을 했다. '앞으론 절대로 땡땡이치지 않고 공부 열심히 해야지.'

밥을 먹고 나면 다시금 공부에 몰두했다. 어느덧 어둑해지면 어디선가 나를 부르는 소리가 들려왔다. "광한아! 광한아!" 어머니 목소리였다. 밤이 됐는데도 내가 안 들어오니 거기까지 찾아오신 것이었다. 어머니 목소리를 듣는 순간 왈칵 눈물이 쏟아졌다. 나는 "엄마! 엄마!" 하고 울면서, '앞으론 학교에도 꼭 가고 공부도 열심히 하면서 어머니의 속을 썩이지 않겠다'는 결심을 했다. 돌이켜 생각하면, 5학년짜리 초딩(?)이 통한의 눈물을 흘리며 목놓아 우는 장면은 내가 봐도 귀엽다. 그 뒤로 어땠을까? 안타깝게도 여전히 작심삼일 그대로였다.

그러고 나서도 엉뚱한 일로 또 한 번 어머니의 속을 썩였다. 우리 2층집에 세 들어 살던 윤용칠이란 친구와 함께 하와이 밀항을 꿈꾼 것이다. 용칠이와 영화 구경을 자주 다니다 〈톰 소여의 모험〉이란 영화를 봤다. 여기에 자극을 받았는지 미국으로 밀항하자는 모의를 했다. 하필이면 왜 하와이였을까? 그곳에 가면 우리나라에서는 보기 힘든 바나나 파인애플 같은 과일을 마음껏 먹을 수 있으리라는 기대 때문이었다.

우리는 지도책을 펴놓고 주도면밀히 밀항 계획을 짰다. 우선 부산으로 내려가 몰래 큰 배를 타자는 데 의견 일치를 봤다. 반팔 티셔츠에 반바지를 준비해야 한다는 계획을 짜다 벽에 부딪쳤다. 코도 크고 피부색을 비롯해 생김새가 전혀 다른 사람들 사이에 있으면 밀항자라는 사실이 금세 들통날 것만 같았다. 계속 고민을 하던 중,

방 안에서 두런거리는 소리를 우연히 들은 어머니한테 들켜서 실컷 매를 맞았다.

그렇다고 포기할 우리가 아니었다. 영화를 보다가 월남(지금의 베트남)에 가자는 모의를 또 한 번 하게 된다. 대한뉴스에서 이승만 대통령이 월남의 고딘 디 엠 대통령과 카퍼레이드를 벌이는 장면을 봤다. 그곳도 하와이처럼 바나나와 야자수, 파인애플이 많은 데다 사람들의 생김새가 우리와 비슷했다. 우리는 월남의 분위기를 익히려고 그 뉴스를 여러 번 봤다. 지금은 기억도 나지 않는 이유로 인해 포기했지만, 그때로부터 12년 뒤에는 실천으로 옮기게 된다.

이렇게 나는 지지리도 못된 짓만 골라 하며 어머니의 속을 무척이나 썩였다. 그런데 역설적으로 생각해보면, 그때 내가 대오각성해 공부를 열심히 했다면 오늘의 김광한은 없지 않았을까. 못된 짓을 하면서 많은 것을 깨닫고 또 잘못을 되풀이하면서 세상을 보는 시야가 넓어진 까닭이다.

내 운명의 신은 이런 식으로 나를 이끌어가기 시작했다.

　내 어린 시절을 언급할 때 파고다공원을 빼놓을 수 없다. 당시의 파고다공원은 지금과는 분위기가 많이 달랐다. 숲이 아주 울창하고 광활한 도심 속 자연 공간이었다. 광활하다는 건 어릴 적 내가 느꼈던 감각일 것이다. 어렸을 때 신나게 개헤엄을 치며 놀았던 방죽에 어른이 되어 가보면 생각보다 작다는 사실에 놀라곤 한다.

　파고다공원은 우리 낙원동 악동들의 놀이터 겸 아지트였다. 나는 우리 패거리의 대장으로 공원을 꽉 잡고 있었다. 해마다 3월 1일은 파고다공원의 명절날이었다. 땅에 모래를 깔고 청소도 하고 누각에 페인트칠도 해야 해서 공원은 행사 전 일주일가량

문을 닫았다. 그 바람에 마당을 잃은 김광한 일당은 동네 골목으로 철수할 수밖에 없었다. 그러면 동네 여자애들은 비상이 걸렸다. 여자애들은 우리의 '밥'이었다. 고무줄 끊기, 머리 잡아당기기, 연탄재 던지기 등등 우리는 여자애들을 들들 볶았다. 우리 동네를 통과하는 창덕여고생들도 어지간히 괴롭힘을 당했다. 창덕여고생들은 당시 '빵떡모자'로 부르던 베레모를 쓰고 다녔는데 우리는 그 모자를 빼앗아 도망치곤 했다. 그러다 붙잡혀 혼이 나기도 하고 야단도 많이 맞았다. 모두 '놀이터'를 잃어버린 결과였다.

우리는 파고다공원으로 몰래 담을 넘어가 놀기도 했다. 어느 해인가 담을 넘다 크게 다친 적이 있었다. 관리인 아저씨에게 발각돼 도망을 치다가 벌어진 사건이었다. 그날도 도망가던 우리는 순간적으로 13층 탑 안에 숨기로 결정하고 철책에 매달렸다. 공원 담장을 넘기 전에 잡힐 거라고 판단했기 때문이었다.

나는 잽싸게 기어올라 철책 꼭대기에 이르러 안쪽으로 왼쪽 다리를 넘긴 뒤 가로막대에 발을 디뎠다. 오른쪽 다리만 잘 넘겨 땅 위로 뛰어내리면 되는 일이었다. 쇠창을 타고 걸터앉은 순간 가로막대를 디딘 왼쪽 발이 그만 미끄러지고 말았다. 급한 마음에 너무 서두른 탓이었다. 쇠창에 사타구니를 푹 찔려버렸다. 그것도 방울 주머니 바로 아래였다.

"윽!" 하고 외마디 비명을 지르자 먼저 뛰어내린 녀석들이 나를 올려다봤다. 어서 숨어야 한다는 생각에 허둥지둥 철책을 넘어 탑

안쪽에 몸을 숨겼다. 하지만 곧 관리인 아저씨에게 들키고 말았다.
호통을 치는 아저씨에게 친구 하나가 잽싸게 말했다.

"얘, 여기 넘다가 잠지 밑에 찔렸어요."

"뭐어, 찔렸어? 많이 다쳤냐?"

"예."

다친 곳을 확인도 해보지 않았고 긴장 탓에 크게 아픈 것 같지도
않았다. 그래도 곤경에서 벗어나려면 엄살이라도 떨어야 할 판이
었다.

"쯧쯧, 빨리 나와서 병원엘 가라."

우리는 철책 밖으로 나와 공원 담장 쪽으로 어기적어기적 걸었
다. 그때만 해도 큰 상처가 난 줄 모르고 있었다. 담장을 넘었을 때
에야 팬티가 축축해진 것이 느껴졌다. 다리를 따라 흘러내리는 피
에 왈칵 겁이 난 나는 사타구니를 움켜잡고 진짜로 어기적어기적
집까지 기어가다시피 했다.

집에서는 난리가 났다. 나는 인사동의 최성장 외과병원으로 긴급
이송됐다. 최성장 씨는 당시 중동학교 이사장으로서 명의로 소문
난 분이었다. 진찰 결과 천만다행으로 중요한 곳은 전혀 다치지 않
았다. 나는 마취 주사를 맞고 치료를 받았다. 그때 상처를 빨리 아물
게 하려고 안쪽에서부터 상처를 꿰매줬던 것 같다.

"아유, 이 개구쟁이! 너 정말 큰일날 뻔했다."

간호사 누나들이 나를 놀리며 상처에 붕대를 대줬다. 다 큰 여자
들 앞에 고추를 내놓고 있는 자신이 부끄러워 얼굴이 빨개졌던 기

억이 난다. 그래서였을까. 계속 소독하고 거즈도 바꿔야 했는데도 다시는 병원에 가지 않았다. 실밥도 화장실에 쪼그리고 앉아 고개를 아래로 처박고 내 손으로 직접 빼냈다.

삼일절 행사가 끝나면 우리는 다시 공원으로 몰려가 놀았다. 행사 기간 동안 철수됐던 놀이터의 그네 네 개가 다시 설치됐다. 쇠줄이 닳아 끊어지는 한 달 동안은 우리들 차지였다. 우리 패거리가 그네 터에 가면 동네 여자애들이 몰려왔다. 나를 비롯한 우리 애들에게 잘 보여야만 그네를 한 번이라도 얻어 탈 수 있기 때문이었다.

"광한아, 그네 하나만 잡아줘."

통사정하는 여자애가 있으면 일단 미모를 살폈다. 예쁘면 태워주고 못생겼다 싶으면 콧방귀를 뀌었다. 여름이 되면 김광한의 못된 짓거리는 더욱 기승을 부렸다. 공원은 숲이 울창해서 밤마다 아베크족들이 몰려왔다. 지금처럼 퇴폐적인 행각을 벌이는 건 아니고, 그저 으슥한 곳에 붙어 앉아 서로 속삭일 뿐이었다. 심하다고 해봐야 키스 정도였다. 그 꼴을 그냥 보고 넘길 우리 일당이 아니었다.

우리는 수풀 반 아베크족 반인 공원을 누비고 다녔다. 한창 분위기 잡고 있는 그들 앞에 불쑥 나타나 깜짝 놀라게 하는 등 수없이 장난을 쳤다. 남자들은 '이놈의 새끼들!' 하며 발끈했지만 그들에게 붙잡혀 혼쭐난 적은 거의 없었다. 우리는 공원 요소요소에 숨을 만한 곳을 너무나도 잘 알고 있었기 때문이었다.

도시의 아이들로 콘크리트 숲에서만 살던 우리에게 공원은 자연

학습장 역할도 했다. 비둘기, 참새, 뻐꾸기, 다람쥐 등은 공원 어디서고 쉽게 구경할 수 있었다. 비가 오면 생기는 웅덩이에서 지렁이, 달팽이, 올챙이, 개구리를 잡으며 놀곤 했다. 그렇게 신나게 놀다 보면 어느새 가을이 다가왔다. 숲이 앙상해지는 가을날도 마냥 좋았다. 맨땅에서 온몸으로 놀던 우리였지만, 낙엽이 떨어져 두텁게 쌓이면 그 위에서 데굴데굴 구르며 놀 수 있었다. 감, 밤, 대추, 은행 등을 따먹는 맛도 쏠쏠했다.

겨울이면 눈싸움이 벌어졌다. 동네 개들도 눈밭에서 폴짝폴짝 뛰놀았다. 녀석들은 우리한테 괴롭힘을 많이 당했다. 눈싸움에 싫증난 우리에게 녀석들은 눈뭉치 사격의 표적이 됐고, 녀석들이 즐겨 하는 눈밭 위에서의 사랑 행위도 수없이 방해를 받았다. 녀석들이 꽁무니를 맞대고 낑낑거릴 때면 어김없이 눈뭉치를 던지고 작대기를 휘저어 못살게 굴었다.

우리는 그렇게라도 해야 직성이 풀리는 타고난 악동들이었다.

학교…… 나와는 거리가 먼 단어다. 나는 초등학
교 시절 지식 습득 말곤 얻은 게 거의 없었다. 한줌
의 지식마저 땡땡이를 많이 쳐서 별 무소득이었다.
구태여 끄집어내보면 2학년 담임이셨던 김영희 선
생님이 희미하게 떠오른다. 누나가 없던 나는 김 선
생님을 누나처럼 따르며 좋아했다. 김 선생님은 내
가 야단맞고 울음을 터뜨리면 살포시 안아주시곤
했다. 그때 선생님의 가슴이 참으로 포근하고 폭신
했다는 기억.

그런 사정은 중학생이 돼도 달라지지 않았다. 당
시에는 지금과 달리 중학교마다 순위가 있어서 시
험을 치르고 진학했다. 특히 경기, 서울, 경복이 일

류 중학교로 꼽혔다. 6학년 말이 되자 아버지는 경복중학교에 원서를 넣으셨다. 노는 데 도가 튼 나는 보기 좋게 미역국을 먹었다. 갈 데가 없어지자 정원 미달된 학교를 골라야 했다.

그렇게 해서 간 곳이 홍국중학교(나중에 동국중학교로 개명)였다. 홍국중학교 교무실에 가서 개인적으로 시험을 치렀다. 이미 정원 미달된 상태였기에 그저 형식적인 절차에 불과했다. 학교에서 돌아오면 가방을 던져놓고 동네를 배회했다. 껄렁거리는 아이들이 눈에 띄면 손을 봐주곤 했다. 주먹 과시라기보다는 일종의 의협심의 발로였다. 그런 아이들은 백이면 백 선량한 아이들을 못살게 괴롭히기 때문이었다.

그 시절 내 인생을 빛내준 것은 바로 캠핑이었다. 1학년 여름방학 때 학교에서 희망자를 뽑아 선생님 인솔 하에 경기도 퇴계원으로 3박 4일 캠핑을 간 것이 계기였다. 선생님이란 감시자가 있긴 했지만 야영 생활은 무엇보다도 자유스러워서 좋았다. 나는 자연 속에서 텐트를 치고 밥을 지어 먹으며 친구들과 떠들고 노래 부르다가 별을 세며 새벽을 맞았다.

이를 계기로 나와 윤용칠을 비롯한 5인방은 캠핑에 맛을 들이기 시작했다. 내가 바람을 잡긴 했지만, '사나이 대장부들이 동네 골목에서 놀다니! 산야를 누비며 호연지기를 기르자!'는 것이 우리의 좌우명이었다. 우리는 자금을 차근차근 모아 코펠, 버너, 담요, 텐트, 야전삽, 배낭 등 야영 장비를 하나씩 사뒀다. 당시만 해도 야영 장비는 국산이 별로 없었고 거의 군용이나 미국산이었다.

우리는 행선지(대개 경기도 광주 부근의 곤지암이었다)를 정한 다음 야영 경비를 뽑고 교통편을 물색했다. 장비를 점검하고 소지품을 챙기며 배낭을 싸는 동안 흥분의 도가니에 빠지곤 했다. 배낭도 군인들처럼 모포를 말아 배낭 윗부분에 ㄷ 자 형태로 묶으면 야영을 떠날 준비가 끝났다. 마침내 완전한 자유! 홀로서기가 시작되는 것이었다. 어른 흉내를 내느라 콜록거리며 담배를 피워본 것도 그때였던 것 같다.

이뿐만 아니었다. 여름방학 때마다 학교 주최의 캠핑에도 참가하는 등 3학년까지 내내 야영을 즐겼다. 인천행 여행도 틈틈이 했다. 당시 우리 같은 아이들에게 기차는 동경의 대상이었다. 인천에 간 것은 사실 기차를 타고 싶어서였다. 그때만 해도 서울 개봉관의 영화 한 편 구경하는 값이면, 기차 타고 인천에 가서 똑같은 영화를 보고 빵까지 먹고 조금 남았다. 그러니 인천 여행은 '꿩 먹고 알 먹고' 가 아닐 수 없었다.

그렇게 학창 시절 내내 공부는 도외시한 채 돌아다니길 즐겼지만, 불량소년들과 어울릴 생각은 조금도 하지 않았다. 어머니의 엄격한 교육 덕택이었다. 샛길로 빠질 위험은 얼마든지 있었다. 하지만 나는 어릴 적부터 어머니에게서 '남을 위해 살아야 하고, 어려운 사람을 보면 도와줘야 하고, 정정당당히 살아야 한다'는 것을 배워왔다. 그토록 정신없이 싸돌아다니던 사춘기 시절 탈선하지 않던 것은 모두 어머니 덕분이었다.

나는 여자 친구에 대한 관심도 없었다. 요즘엔 초등학생만 돼도 미팅을 한다는데 중고등학교 시절을 통틀어 여자는 거들떠보지도 않았다. 그보다는 어려운 친구들과 남자 친구들에게 관심이 많았다. 이들과 함께 '사나이다운' 사나이가 되는 데 주력했다.

1960년 4.19혁명 때의 일화다. 중학교 2학년이었던 나는 데모 대열에 가담해 거리를 누볐다. 당시 정치 깡패로 유명했던 임화수의 집이 교동국민학교 근처에 있었다. 4월 26일 교대 학생들이 임화수의 집에 쳐들어왔다. 모두들 라디오, 거울, 그릇 같은 세간을 들고 나와 마구 부쉈다. 어머니는 다친다며 문을 딱 걸어 잠그고 못 나가게 하셨지만, 나는 몰래 나가 그 대열에 끼어 한몫을 했다.

고작 문짝 하나 뜯어가지고 나와 부순 것뿐이었지만…….

　행복했던 낙원동 시절이 막을 내린 건 중3 때였다. 아니 내 행복한 시절 전부가 막을 내렸다고 봐야 했다. 아버지는 그동안 부지런히 재산을 불려 충무로2가에 5층 빌딩을 지으셨다. 우리집이 그곳으로 이사를 했을 때부터 이상하게 가세가 기울기 시작했다.

　이사할 당시만 해도 우리집은 가정적으로나 경제적으로나 최고의 전성기를 누리고 있었다. 전화가 있는 집도 드물었고 군용 지프를 개조해 영업용 택시로 쓰던 시절이었다. 우리집에는 전화는 물론 외제 승용차까지 있었다. 또 우리 빌딩 옥상에 올라 사방을 둘러봐도 우리집만 한 건물이 보이지 않았다. 그만큼 대단한 부자였다.

　이전에 살던 낙원동 한옥집도 작은 편이 아니었지만 충무로 5층 빌딩 집은 어마어마했다. 4층까지는 세를 놓고 우리는 5층을 통째로 썼다. 신식에다 널찍한 구조였다. 수세식 화장실과 입식 부엌, 나 혼자 쓸 수 있는 방이 있을 정도였다. 나는 형이나 동생들과 달리 혼자 방을 썼다. '똑똑한 놈'이었던 나에 대한 아버지의 배려와 유독 개성이 두드러진 나를 격려하는 차원이 아니었을까.

　그 와중에도 나는 식구들의 기대에 턱없이 모자라는 짓만 거듭했다. 당연한 결과로 중동고등학교 주간부에 응시했다가 미역국을 먹었다. 다행히 야간부 시험에 합격할 수 있었다. 여기서 내 치부를 솔직히 고백하고자 한다. 사실 나는 돈을 써서 고등학교에 들어갔다. 당시엔 그런 일이 비일비재했지만 부끄러운 일임엔 틀림없다.

　머리가 나쁘거나 가정적으로 문제가 있어서가 아니라 순전히 내 천성 탓이었다. 충무로로 이사를 간 그해 겨울쯤부터 어머니가 몸 져누우신 이유도 없지는 않았다. 그래도 본디 공부에 취미가 없고 무엇에든 얽매이기를 싫어하며, 책상머리를 지키는 것보다 활동적인 일을 더 밝히는 자유분방한 성격이 나를 그렇게 만들었다.


　고등학생이 돼도 달라지지 않았다. 학교에 얽매이기를 싫어했고 학교에서 시키는 일은 무엇이든 삐딱하게 받아들였다. 다른 애들과 비슷하게 하는 것도 싫어서 지각만 간신히 면할 정도로 등교하곤 했다. 복장이나 행동도 옆길로 새기 일쑤여서 규율부 선배들에게 붙잡혀 맞기도 많이 맞았다. 붙들려서 맞고 대들다가 맞고, 못 맞겠다고 버티다 맞고, 맞은 걸 복수하려다 맞고…… 그런 일이 수 없이 되풀이되다 얼마큼 지나자 서로 미운 정이 들었다. 그 후로는 별 애로 없이 학교생활을 할 수 있었다.

바로 그때 어머니가 몸져누우셨다. 내 인생 최대의 불행이었다. 그때부터 우리집에는 검은 그림자가 드리워지기 시작했다. 어머니의 병명은 당시론 사형 선고나 다름없었던 위암이었다. 그런 줄도 모르고 나는 신나게 즐기며 놀러 다녔다. 중학교 때처럼 부지런히 캠핑을 다녔고 시간만 나면 영화와 쇼 구경을 갔다.

독서는 나하고 거리가 멀었다. 정적인 것보다 활동적인 일에 매력을 느낀 나는 영화와 쇼 구경을 좋아했다. 가수들이 무대에 나와 노래를 부르고 코미디언들이 우스갯소리를 늘어놓는 쇼는 당시로 선 최고의 문화적인 충족에 속했다. 시골 장터라면 몰라도 서울 같은 대도시에서는 영화와 쇼 말고는 별다른 구경거리가 없었다. 쇼 구경은 내가 DJ를 꿈꾸는 데 큰 영향을 줬다. 이에 대해서는 나중에 자세히 이야기하겠다.

영화 가운데 내가 좋아한 것은 울고 짜는 진지한 영화가 아닌 서부극 같은 액션 영화였다. 특히 나를 매료시킨 것은 권선징악의 결말이었다. 의리를 중시하는 내 성향과 일맥상통하는 점이다. 나는 항상 부정과 불의를 용납하지 않으며 살아왔다. 여기엔 서울 토박이로서의 자존심, 안동 김씨라는 자부심, 김두한 아저씨의 용감무쌍한 행동, 아버지가 늘 강조하시던 사나이 정신 그리고 어머니의 엄격한 가정교육 등의 영향이 복합적으로 얽혀 있었다.

병이 든 어머니는 불편한 몸을 이끌고 부지런히 병원엘 다니셨다. 그러기를 3여 년이 흘렀지만 끝내 회복하지 못한 채 눈을 감으셨다. 고등학교 2학년이던 12월 어느 날, 일곱 자식들 가운데 둘만 지켜보는 가운데 쓸쓸한 죽음을 맞으셨다.

누구에게도 해코지하신 적 없고 불쌍하고 어려운 사람들에게 끊임없이 베풀기만 하셨던 어머니…… 절에 가서서 열심히 불공을 드리고 아침이면 정화수 떠놓고 빌던 어머니였다. 그런 어머니가 왜 고생 끝에 눈을 감으셨는지 운명이 원망스러웠다. 전지전능하다는 창조주가 있고 신이 있다면 따지고 싶었다. 이 세상엔 솎아낼 사람이 수없이 많은데 왜 하필 우리 어머니 같은 분을 데려갔는지…… 이 때문인지 나는 지금껏 이 세상 어떤 종교도 가까이하지 못하고 있다.

어머니가 돌아가시자 식구들은 침울함 속에 빠져 지냈다. 나는 공부는커녕 학교 다니는 것조차 건성이었고, 집에 돌아오면 방 안에 처박혀 홀로 지냈다. 밤을 지새우며 울기도 했다. 우는 소리가 밖으로 새나가지 않도록 방석에 얼굴을 묻고 울었다. 그 바람에 아침이면 눈두덩이 퉁퉁 부었고 방석은 젖은 걸레가 됐다. 그러면서 많은 생각을 했다.

사람은 왜 서로 정을 나누다 죽는 걸까? 그럴 거면 풀이나 꽃처럼 홀로 나서 홀로 살다 홀로 질 것이지, 왜 정을 들여놓고 죽어서 남은 사람들을 애태우고 그리워하게 만드는 걸까? 밤이면 밤마다 어머니에 대한 그리움으로 몸부림을 쳤다. 그리움은 점차 야속한 마음으로 바뀌었다. 그때부터 결혼하지 않고 혼자 살겠다는 생각을 했던 것 같다. 나는 내 인생을 좌우할 만큼 아주 중대한 결심 두 가지를 했다.

'결혼을 한다 해도 자식을 갖지 않겠다.'

'사람에게 정을 주지 않겠다.'

다행히도 그런 생각이 지금은 흔적 없이 사라졌다. 결혼을 해서 사랑하는 아내가 있고 고마운 분들이 주위에 많이 계신 덕분이다. 하지만 어머니가 돌아가신 당시엔 나를 한없이 방황하게 만들었다.

무엇이든 첫 경험은 소중하고 고귀하다. 특히 육
체적인 첫 경험은 충격과 더불어 당사자에게 커다
란 영향을 미친다. 되돌아보면 별것 아닌 경우가 많
지만, 경험을 하는 당시엔 당사자의 인생을 뒤흔들
어 놓는다.

고교 1학년 어느 일요일, 집에서 뒹굴다 잘못 걸
려온 전화를 받은 적이 있었다. 해맑고 따사로운 여
자의 목소리였다. 두 귀가 쫑긋해진 나는 미안하다
며 그냥 끊으려는 그녀를 붙잡았다. 온갖 얘기를 꺼
내는 내게 그녀는 자신이 신교동에 있는 어느 병원
의 간호사라고 했다. 나이팅게일, 백의의 천사, 상
냥한 목소리…… 나는 내 이름부터 취미까지 시시

콜콜 말해줬다.

"어머나! 캠핑도 다니니? 광한이는 너무너무 사내다울 거 같아."

"실제로 보면 훨씬 더 싸나입니다."

"어머, 호호호!"

깔깔거리는 웃음소리는 소녀처럼 천진난만했다. 나는 그녀를 누나라고 불렀고 우리는 몇 마디 말을 나누자마자 쉽게 친해졌다. 30분에 걸친 전화 데이트는 흐뭇하고 즐거웠다. 그 후로도 은근히 누나의 전화를 기다렸다. 학교에서 돌아오면 나한테 온 전화를 알뜰히 챙겼고 주말에도 외출을 자제하며 기다렸다. 하지만 2주일이 지나도록 전화는 걸려오지 않았다. 누나가 없어서 항상 목말라하던 내게 간호사 누나의 전화는 하늘이 아니라 전화국이 내려준 선물이었다. 그렇게 생각하니 더더욱 안타까운 마음이었다.

그리움은 갈수록 더해갔다. 아쉬웠던 그때를 곱씹으며 그리움을 달랬지만 아무런 도움이 되지 못했다. 오지 않을지도 모르는 전화를 앉아서 마냥 기다릴 수만은 없었다. 하겠다고 마음먹으면 해내고야 마는 것이 내 타고난 성격이었다. 2주일이 지난 일요일, 아침부터 전화번호부를 펼쳐놓고 ㄱ 자부터 시작해 '신교동'을 뒤졌다. '신교동'이 나오면 무조건 전화를 돌렸다. 상대가 받으면 '병원이냐?'고 물었고, 아니면 또 다음 '신교동'을 찾아 전화를 걸었다. 누나의 이름도 몰랐지만 병원이라고 하면 위치를 물어 직접 찾아갈 작정이었다.

아무리 전화가 있는 집이 드물던 시절이라고 해도 그 일은 엄청난 작업이었다. 다행인 건 지금과 달리 한 시간이건 두 시간이건 백 통화를 하건 천 통화를 하건 한 달 통화 요금이 같았다는 사실이다. 한 시간이 지나 두 시간째 전화를 돌려도 누나는 나타나지 않았다. 옛날 낙원동 골목에서 알아주던 '악종'이었던 나는 포기하지 않았고, 마침내 그녀를 찾아낼 수 있었다. 전화번호부가 3분의 2쯤 넘어가고 작업을 시작한 지 세 시간이 지났을 무렵이었다.

"여보세요, 거기 병원이죠?"

"네, 그런데요?"

"혹시…… 간호원 누나들 중에……."

"누구 찾으시는데요?"

"저……."

나는 그 누나의 목소리란 걸 금세 깨달았다.

"혹시…… 저는 김광한이라고 하는데요……."

"김광한……? 어머, 광한이니?"

누나 이름은 정선이었다. 이렇게 해서 나는 당시 한창 유행하던 '에스 누나'를 갖게 된 것이었다. '에스 누나'란 친누나가 아닌 의남매 사이의 누나를 뜻한다는데, 왜 그런 이름이 붙었는지는 잘 모르겠다. 그 후로 전화가 몇 번 오간 뒤 드디어 우리는 경복궁에서 만났다. 23세인 선이 누나는 키가 작고 몸매도 왜소한 데다 미인 축에는 끼지 못하는 외모였다. 솔직히 좀 실망스러웠다. 목소리로 상상하던 것과 실제 생김새가 너무 달랐기 때문이었다. 하지만 누나란 존재 자체에 궁해 있던 나로서는 시쳇말로 찬밥 더운밥 가릴 처지가 아니었다.

우리는 전화를 자주 했고 일주일에 한 번꼴로 만나 대화를 나눴다. 일요일에는 가끔 단둘이서 등산도 했다. 어느 날 북한산 중턱쯤의 바위에 나란히 걸터앉아 입맞춤을 했다. 불우한 집안 사정을 토로하며 울먹거리는 누나를 안아주면서 다독거리다 벌어진 사건이었다. 입맞춤 행위만을 놓고 보면 분명 내가 그 누나의 입술을 훔친 것이었다. 지금 생각해보면 내가 입술을 빼앗긴 기분이 든다. 누나가 아무것도 모르는 나를 그리하도록 이끈 게 아니었을까.

입술을 빼앗긴 순간의 느낌은 표현이 불가능할 만큼 묘했다. 굳이 표현하자면 지구가 빙글빙글 돌았다고나 할까. 온몸이 짜릿해지면서 피가 온통 머리로 치솟고 심장에선 큰 북소리를 냈다. 그녀의 보드라운 입술에서 내 입술을 떼고 30분쯤 지나서야 정신을 차릴 수 있었다. 그날 집까지 어떻게 왔는지…… 허공에 발을 디디며 걷는 기분이었다. 누나는 빙그레 웃으며 나를 다독였지만 소용이 없었다. 얼떨떨한 가운데 왠지 가슴이 답답하고 마음이 무거우면서 불안했다. 헤어지는 길에 누나는 내 손을 꼭 잡았다 놔줬다.

그건 무슨 의미였을까. 누나의 빙그레 웃음은 또 무슨 뜻이었을까. 집에 와서도 밤잠을 못 이루며 생각했다. 아무리 '까진 아이'였어도 그 방면엔 문외한인 내가 알 리가 없었다. 상당한 세월이 흐른 뒤 승리자, 쟁취한 자의 흐뭇함에서 나온 것임을 알게 됐다. 하지만 당시엔 아무것도 몰랐던 탓에 이상한 죄의식에서 한동안 헤어나오지 못했다.

그 후로도 전화는 계속됐고 만남도 여전했다. '사건' 전과는 달리 나보다 누나 쪽에서 전화하는 횟수가 많아졌다. 만나서도 어쩐지 찜찜한 기분이었다. '사건' 전만 해도 안 그랬던 누나가 나를 밤늦게까지 안 들여보내려 하는 것도, 둘이서 길거리를 걸을 때 자꾸만 팔짱을 끼는 것도 이상했다. 팔짱을 끼면 내 팔꿈치에 누나의 가슴이 닿곤 했다. 그 뭉클한 느낌은 어머니나 초등학교 시절의 김 선생님에게 안겼을 때의 느낌과는 전혀 달랐다.

그러던 어느 날 만나기로 한 장소에 누나가 나오지 않았다. 병원으로 전화를 걸었더니 그만뒀다고 했다. 내게 알리지도 않고 그만둔 것이 꽤씸했지만 더는 캐묻지 않았다. 안 그래도 그만 만났으면 하던 차에 오히려 잘된 일이라고 생각했다. 그 후로 누나와는 연락이 완전히 끊겼다.

누나는 나를 한 남자로 여겼던 것 같다. 그래서 육체적으로 유혹하려 했던 게 아닐까. 내가 '한 남자'가 되기를 겁내고 거부하자 포기했던 건 아닐까. 그녀는 나를 이렇게 비웃었을지도 모른다. '덩치는 커다란 녀석이 아직 젖비린내나 풀풀 풍기고. 에이, 재수 없어!' 그때 내가 깨달은 사실이 두 가지 있다. 하나는 내가 상당히 도덕적인 청년(?)이라는 것이었다. 다른 하나는 사람을 겉으로만 판단해선 안 된다는 것이었다. 여자라면 더구나…….

당시 유행하던 대로 우리가 '의남매'에서 '애인' 사이로 발전했다면 어떻게 됐을까? 나는 지금 어떤 삶을 살고 있을까?

가끔 이런 쓸데없는 생각을 하곤 한다. 부질없는 상상이지만.

요즘 어른들은 이런 말을 하곤 한다. "요즘 애들 너무 ⋯⋯해서 큰일이다." 그런데 거슬러 올라가 보면 그 어른들도 어릴 땐 그런 소리를 들으며 자랐을 것이다. 역사적인 기록에도 나오는 사실이다. 기원전 5세기 소크라테스가 살던 시절 그러니까 지금부터 2,500년 전에도 어른들은 똑같은 걱정을 했다.

TV에 아이돌 그룹이 나오면 청소년들은 괴성을 지르며 난리가 난다. 그걸 보고 어른들은 쯧쯧 혀를 차다 못해 말세라며 한탄하기도 한다. 오래전 미국의 보이 밴드 New Kids On The Block이 내한 공연을 했을 때 청소년 한 명이 죽은 일이 있었다. 신문,

방송은 연일 떠들어대면서 그런 공연은 앞으로 절대 불가해야 한다며 입에 거품을 물었다. 이 때문인지 마이클 잭슨의 한국 공연도 무산되고 말았다.

가수들을 보며 황홀해하던 시절이 내게도 있었다. 광란의 단계까지는 아니었지만, 시민회관(지금의 세종문화회관 자리에 있던 행사장)에서의 쇼는 영화 다음으로 많이 즐기던 것이었다. 노래, 연주, 무용, 코미디가 어우러진 쇼에서 내 관심을 끈 것은 단연 노래였다. 최희준, 현미, 박재란, 한명숙 등등 당시 쟁쟁하던 가수들이 박춘석 악단의 반주에 맞춰 노래하는 걸 듣고 있노라면 황홀할 지경이었다.

본디 나는 음악과 친숙한 생활을 하고 있었다. 지난 1993년에 교통사고로 돌아가신 큰형님은 음악을 무척 좋아했다. 덕분에 우리 집에는 늘 음악이 흘러넘쳤다. AFKN(주한 미군방송)을 자주 들으며 영어 공부를 한 형님은 거기에 나오는 팝송도 함께 들었다. 나는 팝송을 귀동냥으로 들었는데 평소에도 흥얼거릴 수 있을 정도였다. 그 영향으로 내가 나중에 DJ를 꿈꾸게 된 건 아닐까 싶다. 그때는 팝송보다 우리 노래 쪽에 관심이 더 많았다. 뿐만 아니라 당시 엄청나게 유행하던 트위스트 춤도 잘 췄다. 한마디로 나는 잘 노는 청소년이었다.

문제는 쇼 구경을 하려면 돈이 너무 많이 든다는 점이었다. 시민회관에서는 쇼를 일주일에 두 번 정도 했는데 입장료가 비싸 고등학생 용돈으론 좀처럼 구경하기 어려웠다. 그렇다고 다른 극장들처럼 김두한 아저씨의 부하들이 지키고 있지도 않았고, 꼬마 때처럼 무작정 치고 들어갈 수도 없었다. 어렸을 때야 장난 수준이어서 몇 대 맞고 말 수 있었지만, 고등학생이 그랬다간 꼼짝없이 범죄자로 몰릴 터였다.

방법을 찾아야 했다. 엉뚱한 데로는 머리가 잘 돌아가는 내가 그런 방법을 찾아내지 못할 리 없었다. 마침 용돈이 바닥난 어느 날 나는 군침을 흘리며 어떤 가게 앞에 붙은 쇼 포스터를 보고 있었다. 포스터가 모든 가게에 붙어 있는 것도 아니고 몇몇 집에만 붙어 있었다. 호기심이 동해 가게에 들어가 물어보니 바로 쇼 초대권이었다. 포스터 한 장을 붙이는 대가로 초대권 한 장을 준 것이었다. 옳다, 됐다! 그때부터 나는 한 집을 정해놓고 그 집에서 초대권을 헐값에 구입해 열심히 쇼 구경을 다닐 수 있었다. 생각해보면 고등학생 녀석이 그러고 다녔으니 제대로 된 놈이 절대 아니었다!


고2 때의 일이다. 그날도 쇼 구경을 갔다가 한 여가수가 부르는 팝송에 완전히 매료됐다. 그 여가수에게 빠졌다는 게 더 정확한 표현일 것이다. 그녀의 이름은 송영희…… 누군가 하면 한참 뒤에 미국 포드 대통령 시절 백악관 대변인을 한 사람의 부인이다. 제법 날리는 가수의 몸으로 베트남 공연을 갔을 때, 종군 기자로 베트남에 파견 나와 있던 남편을 만나 결혼했다고 한다.

처음 봤을 때 스물두세 살쯤이었던 그녀는 거의 팝송만 불렀다. 감동 깊게 잘 부른 것은 물론 몸짓과 손짓 등 무대 매너도 매력적이기 그지없었다. 나는 그녀의 노래를 처음 듣는 순간 충격을 받았다. 다른 가수들의 노래는 그냥 쇼의 한 부분으로 보고 흘려들은 내게 그녀의 노래는 내 인생 전체를 뒤흔들어놓기에 충분했다. 어쩌면 나는 그때부터 팝송을 본격적으로 좋아했다고 볼 수 있다.

그녀의 열광적인 팬이 된 나는 그녀가 출연하는 쇼는 절대로 놓치지 않았다. 나중엔 그녀가 출연하는 쇼만 골라서 구경했다. 그러다 보니 그녀를 직접 만나고 싶어졌다. 영악한 나로서도 방법이 전혀 없었다. 무대 뒤로 찾아가보기도 했고 쇼 시작 전에 밖에서 기다리다 마주치는 방법도 시도해봤지만 어림도 없었다. 그녀를 에워싼 매니저나 보디가드들의 장벽이 너무도 두터웠다. 무엇보다도 '사나이'를 지상 최고의 과제로 여기는 내게 그런 방법은 치졸하게 느껴졌다.

어느 날 아버지의 명령에 따라 무려 천5백만 원이란 거금을 운반하는 심부름을 하게 됐다. 아버지가 동대문극장을 인수하려 마련한 돈이었다. 지금으로 치면 수십억 원은 되는 돈을 왜 고등학생인 내게 심부름시켰는지 지금도 잘 모르겠다. 솔직히 말하면 그때 그돈을 가지고 튈 생각도 했었다. 어마어마한 돈으로 이민을 가거나, 아무도 모르는 곳에 가서 내 마음에 드는 왕국을 하나 만들어 살아볼까 하는 구체적인 계획까지도 세웠더랬다.

그 계획을 나는 실행에 옮기지는 않았다. 덕분에 극장 구경을 좋아하던 나는 극장주의 아들이 될 수 있었다. 영화를 맘껏 볼 수 있게 된 것은 물론이었다. 당시 극장들이 다 그랬듯 우리 극장에서도 쇼 공연이 벌어지곤 했다. 한번은 아버지에게 용돈을 타려고 우리 극장에 간 적이 있었다. 그랬더니 송영희 씨가 출연하는 쇼가 무대에 오른다는 포스터가 붙어 있는 게 아닌가!

나는 기쁜 마음에 펄펄 날듯이 아버지에게 달려갔다. 그녀를 직접 만나게 해달라고 조르자 아버지는 흔쾌히 승낙해주셨다. 그때는 어머니가 돌아가시고 얼마 되지 않았을 때였다. 아버지는 침울하게 지내는 나를 어떻게든 위로해주고 싶어 하셨던 것 같다.

공연 날 나는 목욕하고 깨끗한 옷으로 갈아입어 광을 낸 다음 동대문극장 사장실로 달려갔다. 공연 시작 전에 그녀는 이미 와 있었다. 나는 극장주의 아들이자 열렬한 팬으로서 그녀와 악수를 나누고 기념 촬영도 했다. 그 뒤로 오랫동안 나는 황홀경에서 헤어나지 못했다.

여자와 남자라는 이성적 측면보다는 '누나'란 존재를 향한 깊은 갈증 때문이 아니었을까.

고등학교 2학년 여름방학이 끝나갈 무렵이었다. 아버지는 싫다는 내 의사를 무시하고 나를 부산으로 전학시켰다. 아버지는 사업에 바빴고 어머니마저 병환 중이셨다. 나를 관리 감독할 수 있는 사람이 없다는 게 부산 전학의 이유였다. 더욱이 그때 부산에서는 셋째 형이 부산항공대학을 다니고 있었다. 억지로 떠밀려 내려간 탓도 있었지만, 낯설기 짝이 없는 부산에서 공부가 잘될 리 없었다. 이런 내게 셋째 형은 시시콜콜 잔소리를 해댔다.

이보다 더 큰 형벌도 있었으니 더불어 놀 사람이 없다는 사실이었다. 경상도 말을 잘 알아듣지 못해서 친구를 사귀기도 어려웠다. 어느 날 형한테 '서울 가서 공부하겠다'고 선언한 것도 이 때문이었다. 형 또한 혹이 옆에 하나 붙어 있어 불편했는지 티격태격한 끝에 합의를 해줬다. 나는 합의에 따라 주머니칼로 새끼손가락을 찢어 피를 낸 다음 비장하게 혈서를 썼다.

'앞으로는 공부를 열심히 하겠다. 00년 00일 김광한 씀.'

이렇게 해서 간신히 서울로 돌아올 수 있었다. 서울에 올라오자마자 혈서 같은 건 까마득히 잊어버렸다. 부산에 내려가기 전과 똑같은 생활이 되풀이됐다. 그리고 그해 12월 어머니가 돌아가셨다.

상처 입은 짐승처럼 오래도록 으르렁거리며 방황했다. 고3 땐 학교에 가는 날보다 가지 않는 날이 더 많았다. 방황기에 내 상처는 말할 수 없이 깊고 아팠다. 이런 상처를 어루만져준 것이 있었으니 다름 아닌 음악이었다. 형님의 전축을 아예 내 방으로 옮겨놓고는 하루 종일 꼼짝 않고 레코드판을 듣곤 했다.

그때 즐겨듣던 음악들이 지금도 귀에 선하다. 미스터 에이커 빌크Acker Bilk의 연주로 「Stranger On The Shore」를 즐겨 들었고, 코니 프란시스Connie Francis의 「Mama」를 들으며 눈물을 흘렸다. 폴 앵카Paul Anka의 「My Hometown」이나 「Crazy Love」, 앤 마그렛Ann Margret의 「What Am I Suppose To Do」, 클리프 리처드Cliff Richard의 「The Young Ones」, 「Lessons In Love」, 「When The Girl In Your Arms, Is The Girl In Your Hearts」, 그리고 엘비스 프레슬리Elvis Presley의 노래들……

내가 음악을 좋아하는 걸 보던 아버지께서 기타를 사주셨다. '작은 오케스트라'인 기타는 곧바로 나를 사로잡았다. 아쉽게도 기타는 열정만으로 되는 게 아니었다. 코드를 짚어가며 배우고 악보를 익히며 스트로크에 익숙해지는 과정이 필요했다. 다시 말해 이성을 가져야 배울 수 있는 것이기에 나로선 무리였다. 당시에 내 이성은 거의 마비 상태에 가까웠다. 감미로운 음악은 상처 입은 내 영혼을 핥으며 달래줬다. 그러면서도 방황은 끊이지 않아 어머니 타계 후로는 거의 학교에 나가지 않았다. 혼자 영화를 보러 다니거나 집에서 우두커니 앉아 음악을 들으며 하루하루를 보냈다. 모든 게 엉망진창이었다.

고3 말이 닥쳐왔다. 어떻게든 진로를 결정해야 했다. 지금은 고교를 졸업한 다음 가능하다면 대학 진학을 꾀하지만, 그땐 사회 분위기가 좀 달랐다. 서울대나 이화여대 등 소위 일류 대학을 빼놓곤 별로 인기가 없었다. 조금 과장하면 그 밖의 대학을 가기보다는 군대를 일찍 갔다 와서 취직하는 것이 보통이었다. 그런 만큼 대학을 들어가기가 아주 쉬웠다. 다만 나 같은 놀자 판에게만은 언감생심이었다.

원래 나는 육군사관학교 지망생이었다. 육사 생도의 멋진 제복과 씩씩한 기상을 흠모한 까닭이었다. 하지만 그건 남들한테 말할 때의 지망 이유에 지나지 않았다. 사실은 창피하고 칙칙한 사유가 따로 있었다.

중학교 시절 김윤자라는 대학생 6촌 조카한테서 과외 공부를 받은 적이 있었다. 조카가 아저씨를 가르친 것인데 나는 그 조카를 무척 따랐다. 윤자가 누나 같기도 했지만 여성으로서도 매력적이었다. 우리집에서 거의 살다시피 하는 윤자에게 주말마다 찾아오는 애인이 있었다. 멋진 제복에 씩씩한 기상이 돋보이는 육사 생도였다. 그 늠름한 모습에 비하면 나는 어린 나이에 체격도 형편없이 작고 비리비리했다. 운명이 한탄스럽고 세월이 원망스러울 뿐이었다.

그렇다고 질투에 사로잡힌 가엾은 짐승이 가만있을 리 없었다. 라이벌이 윤자와 방 안에서 도란도란 얘기하는 동안 나는 녀석의 신발에 침을 뱉거나 오줌을 갈기곤 했다. 또 녀석을 당시 애들 사이에서 유행하던 화살 쏘기의 과녁으로 서슴없이 선택했다. 나무젓가락의 한쪽 끝을 십자로 살짝 가른 뒤 그 사이에 바늘을 끼우고 실로 묶어 만든 화살을 조그만 활로 날려 보내는 식이었다. 대개는 종아리를 겨냥하는데 푹 꽂히진 않지만 살짝 피도 나고 제법 아팠다.

녀석은 안 아픈 척, 아무렇지도 않은 척했다. 내가 무척 얄미웠겠지만 함부로 화를 내지 못하는 입장임을 잘 알고 있었기에, 주말이면 녀석을 약 올리는 방법 마련에 골몰했다.


각설하고 조카의 애인 때문에 육사가 진학 목표가 됐다는 얘기다. 목표에 비해 내 실력은 육사의 문턱에도 못 미쳤지만 집에서는 대학을 가라고 성화였다. "대학을 가라." "안 간다, 갈 실력도 없다." 계속해서 줄다리기를 해보지만 다른 방도가 있을 리 없었다. 그때 착안한 것이 연극영화과였다. 연극영화과에 대해 잘 몰랐지만 왠지 내 적성에 맞을 것 같았다.

당시 연극영화과는 서라벌예술대학(2년제) 그러니까 지금의 중앙대학교 예술대학밖에 없었다. 다행히 이 대학은 무시험 면접만으로 들어갈 수 있었다. 마침 서라벌예술대학의 임동권 학장님이 우리 외삼촌의 국학대학 동기동창이었다. 나는 원서를 써들고 학장님을 찾아갔다. 면담 과정에서 학장님은 방송과를 권유하셨다.

"이번에 방송과가 새로 생겼는데 앞으로 전망이 좋을 거야. 자네, 목소리도 좋고 말도 잘하니까 방송과를 가게."

그렇게 해서 지망한 곳이 방송과였다. 그해 방송과가 미달되는 바람에 '철커덕' 합격하고 말았다. 중학교, 고등학교를 한 번에 붙은 적이 없던 내가 대학만큼은 단번에 붙은 것이다. 그렇게 나는 얼떨결에 대학 방송과를 다니게 됐다.

이것은 우연이었을까 아니면 필연이었을까.

# II

## 참혹하고 처절한
## 전쟁터

　　자유에는 책임과 의무가 따른다고 하지만 어떤 조건이 붙어 있어도 자유는 좋은 것이다. 그 진리를 대학에 들어가고 나서야 새삼 깨달았다. 고교 3학년 한 해 동안 실컷 놀다가 대학에 들어가니 학교생활이 어찌나 재미있던지…… 초중고등학교 내내 끊임없이 간섭을 받고 야단을 맞고 공부를 강요당하다 그런 것들이 뚝 끊어지니 얼마나 자유로웠던지…… 정말 살맛나는 세상이 된 것이었다.

　　우선 등하교 시간이 이르지 않아서 숨통이 트였다. 내키지 않을 땐 강의를 빼먹어도 된다는 자율성이 마음에 들었다. 용돈이 눈에 띄게 오른 것도 흐뭇했고, 밤늦도록 친구들과 놀다 들어가도 잔소리를 듣지 않아서 좋았다. 징글맞은 수학을 공부하지 않아도 된다는 건 복음과도 같았다.

그렇다고 본격적으로 팔을 걷어붙이고 노는 일에 나섰는가 하면 정반대였다. 수학이 없어진 데다 거의 모든 강의가 흥미롭다 보니 그야말로 열심히 강의를 들었다. 이제 공부는 '해야만 하는' 차원을 떠나 '하고 싶은' 취미가 돼 있었다. 남들이 보기엔 엄청난 변신일 테지만 나로선 물고기가 물을 만난 격이었다. 누구든 자기가 좋아하는 일은 하지 말라고 해도 열심히 하게 돼 있는 법이다.

딱 하나 달라진 게 있었으니 바로 내 음악 성향이었다. 그 무렵 나는 팝송에 심취해 있었다. 사실 이전부터 AFKN을 쭉 들어오고는 있었다. 그러다 1964년 동아방송에서 최동욱 씨의 〈탑튠쇼〉가 시작되고, 미국의 소리(VUNC: Voice of United Nations Command) 방송에서 유영옥 아나운서가 진행하는 〈First Show〉를 들으면서 팝송만 찾아 듣게 됐다. 특히 최동욱 씨의 〈탑튠쇼〉를 들으며 막연하게나마 DJ를 하고 싶다는 생각이 싹트기 시작했다.

아무튼 나는 대학 생활을 자유롭고 재미있고 유익하게 보냈다. 10년이 넘는 학창 시절 동안 수없이 땡땡이를 쳤지만, 대학에 들어와서는 1년이 지나도록 지각은 물론 단 한 번도 강의를 빼먹지 않았다. 거기에다 과에서 무려 2등의 성적을 기록했다. 과 1등에게만 지급되는 장학금을 타지 못한 아쉬움은 있었지만, 그것만으로도 대성공이었다.

1학년 2학기 종강 무렵엔 그보다 더 재미있고 신나는 일이 생겨났다. 그때 방송위원회 위원을 지내고 동요 작곡가로 유명한 한용희(2014년 12월 작고) 선생님이 우리 과에 출강하고 있었다. 강의 시간에 우리에게 물으셨다.

"너희 중에 레코드판 많이 가진 사람 없나?"

그러자 우리집에 놀러와본 친구들이 나를 지목했다.

"김광한이 집에 판 많습니다."

"그래? 강의 끝나고 너, 나 좀 보자."

이렇게 해서 마주앉았을 때 선생님이 제안을 하나 하셨다. 당시엔 FBS 즉 서울 FM이라고 우리나라 최초의 FM방송이 있었다. 다음해 개국을 목표로 시험방송을 준비 중인 그 방송국의 방송부장이었던 선생님은 레코드판이 턱없이 부족하다며 판을 빌려달라고 하셨다.

"……판을 빌려주면 방송국에서 일도 할 수 있게 해줄 테니까…… 어떠냐?"

그 판들은 모두 큰형님 것이어서 내 마음대로 할 수 없었다. 사정 설명을 드린 뒤 집에 와서 형님에게 물었다. 형님의 대답은 단번에 '오케이!'였다. 집에 있는 레코드판을 몽땅 방송국으로 옮겼다. 모두 원판이었다. 그 길로 우리나라 최초의 FM방송 시험방송이 시작됐다. 이 일을 계기로 DJ 방송을 하는 동안엔 항상 내 레코드판만을 사용하는 습관이 생겼다.

방송국은 윤보선 전 대통령 소유 건물인 종로2가의 영안빌딩 4

서라벌예대 시절, DJ가 되는 기초를 다질 수 있었던 FM 시험방송(1965. 2)

층에 자리 잡고 있었다. 사장은 정일모 씨. 군 장성 출신으로 통신 계통에서 일하다 전역한 뒤 FM방송 쪽에 착안한 분이었다. 나는 판만 트는 임시 직원에 지나지 않았지만 엄연히 방송국에서 일하는 사람이 됐다. 1학년 겨울방학 때의 일이었다.

　방학이 끝나 2학년 개강을 했을 때 나는 우리 과는 물론 대학 최고의 인기인이 돼 있었다. 지금이야 학생 신분이면서 모델이나 가수, 탤런트, 배우로 활동하는 이들이 흔하지만, 그때는 하늘의 별 따기였다. 학교에 가면 여학생들이 몰려와서 방송국 얘기를 해달라고 졸라대는 통에 귀찮기도 했다. 하지만 그 덕분에 나는 1년 내내

국내 최초 FM 전파인 89.1Mhz를 사용하며 개국한 FBS-FM 개국기념사진(1965)

폼 잡으며 학교를 다닐 수 있었다.

FBS에서 내가 맨 처음 한 일은 레코드 플레이어였다. 시험방송이어서 아무런 멘트 없이 레코드만 틀 때였다. 나는 그 일을 하면서 DJ가 되는 기초를 단단히 다질 수 있었다. 판을 어떻게 관리해야 하는지, 바늘을 어디쯤 놔야 의도대로 음악이 시작되는지, 음향 기기들은 어떻게 작동되는지 등등 하나하나 배워갔다.

정식 개국이 다가오면서 방송국에서는 아나운서 겸 PD를 공개채용했다. 그때 시험을 본 사람 가운데 오랫동안 방송계에서 활약하신 분으로는 KBS 방송위원을 지낸 이정훈 씨와 KBS FM의 박광희 방송부장이 있다. 나는 그분들이 시험을 볼 때 "아, 줄 좀 똑바로 서세요!", "5번, 들어오세요!" 하는 직원이었다.

그분들이 들어오면서 방송국은 정식으로 FM 전파를 쏘아 올리고 개국을 했다. 나는 여전히 레코드 플레이어, 시쳇말로 판돌이였지만 아나운서들은 대개 대학을 갓 졸업한 사회 초년생들이었다. 이들은 데이트다 뭐다 해서 바쁘다는 이유로 숙직이 걸리면 눈치를 봐서 내게 맡기고 나가버렸다. 그럴 때마다 대신 숙직을 섰다. 테이프 갈아주는 것뿐이었지만 가끔은 방송도 해주곤 했다. 내 입장에선 좋아하는 음악을 들을 수 있다는 점이 너무 좋았다. 또 아무도 없는 밤에 DJ 연습도 실컷 해보고 숙직비까지 탈 수 있어서 얼마나 신났던지…….

어머니 돌아가시면서 학교도 안 가고 방황했는데도 나는 대학에 들어갈 수 있었다. 대학에 들어가서는 개근하며 공부도 잘한 데다 방송국까지 들어갔으니…… 정말 꿈같은 시간이었다. 방송국 생활도 다르지 않았다. 방송국으로 여학생들이 끊임없이 찾아와 자진해서 커피를 사주며 내 환심을 사려 들었다. 방송국 직원들은 열아홉 살 난 학생 직원을 친동생처럼 귀여워했다. 리키 넬슨Ricky Nelson의 「Rio Bravo」가 인기 있던 그때 나를 '리키 킴'이란 애칭으로 불렀다.

"리키, 이 테이프 좀 감아줄래?"

"리키, 오늘 숙직 좀 해줄래?"

"리키! 리키!"

오나가나 리키는 인기가 좋았다. 숙직을 대신할 때면 밤에 잠을 안 자고 녹음기를 작동시켜놓은 채, 〈탑튠쇼〉를 진행하는 최동욱 씨의 흉내를 내며 DJ 연습을 했다. DJ가 되겠다는 생각이 내 마음속에 서서히 자리 잡기 시작한 것은 이때부터였다.

연습에 연습을 거듭하던 어느 날 직원들에게 연습 테이프를 들켜버렸다. 부끄러워 고개를 들지 못하는 내게 모두들 제법이라고 칭찬을 아끼지 않았다. 며칠 뒤 출근을 하자마자 총무부장에게 불려가 다짜고짜 스튜디오 안으로 끌려갔다.

"너, 이 원고 읽어봐!"

살펴보니 며칠 전 어느 아나운서가 방송했던 DJ 멘트였다. 순간 가슴이 덜컥 내려앉았다. '행운이 이렇게 갑자기 오는 수도 있나 보다'라는 예감에 원고를 찬찬히 들여다봤다. 스튜디오 밖에서는 이미 사장님을 비롯해 많은 직원들이 지켜보고 있었다. 나는 아랫배에 불끈 힘을 준 다음 호흡을 가다듬고는 원고를 읽어나가기 시작했다.

다음 날 나는 전격적으로 DJ 겸 PD로 정식 발령을 받았다. 대학 2학년의 열아홉 살 학생 신분으로 DJ가 된 것이다. 팝송 DJ로는 우리나라 최연소일 것이다. 또한 당시 방송계에서 정식 DJ는 동아방송의 최동욱 씨뿐이었으니, 비공인이긴 했지만 내가 방송 DJ 제2호였다. 사실 MBC에서 유명한 이종환 씨도 나보다 늦게 시작했다.

재미있는 건 KBS 2FM의 89.1Mhz라는 주파수와의 인연이다. 그 주파수는 최초엔 서울 FM의 것이었다. 이후 서울 FM이 삼성그룹에 팔린 뒤 동양 FM이 되었다가, 1980년 말 언론 통폐합에 따라 현재의 KBS 2FM이 될 때까지 죽 이어져 내려왔다. 그러니까 〈김광한의 팝스다이얼〉을 11년 90일 동안 하게 된 KBS 2FM의 최초 시험전파를 내가 쏘아 올렸다는 얘기다.


DJ가 된 나는 매일 한 시간씩 〈FM 히트퍼레이드〉를 진행했다. 얼마 뒤엔 격일로 방송되는 두 시간짜리 〈뮤직 다이얼〉까지 맡았다. 둘 다 청취자들의 전화를 받는 생방송이었다. 사실 내 방송을 들어본 사람들은 많이 없다. 그때 FM방송은 FM 수신기를 달아야 청취가 가능했는데 그걸 갖춘 집이 많지 않았다. 또 낮에 TV의 채널 6번을 틀면 서울 FM을 들을 수 있었지만 그 또한 쉽지 않았다.

그래도 내 프로를 애청하는 청취자들은 분명 있었고 나도 나름 인정을 받았다. 덕분에 학교와 방송국뿐만 아니라 애청자들로부터 인기 DJ 대접을 받았다. 애청자들의 초대를 받거나 함께 야유회를 간 적도 많았고, 몇몇 도가 지나친 애청자들에게는 구애 공세를 받기도 했다. 본디 붙임성이 있는 나로서도 청취자들을 방송이 아닌 사석에서 만나는 게 불안했다.

거듭되는 요청에 못 이겨 응한 데이트에서 여자들이 노골적으로 육체적인 유혹을 해오기도 했다. 처음엔 화를 내거나 그냥 도망쳤지만 곧 적당한 대응 방법을 생각해냈다. 바로 한계를 분명히 정하는 것이었다. 나는 DJ와 애청자가 자연인 대 자연인의 관계로 발전하면 둘 다 피해를 볼 수 있음을 깨달았다.

'불가근불가원不可近不可遠!'

너무 가까이해서도 안 되고 너무 멀리해서도 안 된다! 이것이 그즈음 DJ로서 내가 팬을 대하는 원칙이었다. 이런 식으로 DJ 공부도 열심히 하고 나름 팬 관리도 하면서, 햇병아리 DJ의 경력을 쌓아가기 시작했다.

나로서는 DJ로의 첫걸음을 내디딘 셈이었다.

60년대 인기 가수 클리프 리처드가 출연한 영화 가운데 〈틴에이저 스토리〉가 있다. 그의 인기에 편승해 많은 관객이 몰렸던 영화의 끝부분에는 클리프 리처드가 춤추는 장면이 나온다. 나는 그의 춤을 곧잘 흉내 냈다. 모두들 모여 놀 때면 그 춤을 흉내 내보라고 성화였다. 귀엽고 예쁘다나.

언젠가 방송국 사람들 앞에서 춤을 춘 적이 있었다. 그걸 보고는 그만 짝사랑에 빠진 여자가 있었다. 윤은숙이란 23세의 아나운서였다. 나는 누나를 원했는데 그녀는 연하의 애인을 원했던가 보았다. 원래 윗사람에게 붙임성 있는 나였지만 누나는 유독 내게 극진한 관심을 보였다. 내가 숙직을 한 아침이면 집에서 싸온 도시락을 건네며 다정한 말로 위로해줬다. 내 귀엔 그 말이 심상찮게 들렸다.

"나, 어젯밤에 니 꿈 꿨다."

위로의 말치곤 진한 편이었다. 꿈에서도 내가 클리프 리처드의 춤을 추는데 너무너무 사랑스러웠다는 거다. 나는 그 말이 누나로서의 말이란 걸 조금도 의심치 않았다. 그래서 늘상 "누나, 누나!" 하며 잘 어울렸고, 팔짱을 끼고 〈부베의 연인〉 같은 영화도 보러 다녔다. 휴일이면 우리집에도 찾아와 내 방에서 하루 종일 음악을 듣기도 했다.

우리는 뒹굴뒹굴하면서 서로 간지럼을 태우고 장난을 치며 놀았다. 그때를 생각하면 기억나는 게 있다. 키득거리다 문득 웃음기를 거두고 나를 지긋이 바라보던 누나의 눈빛. 무슨 의미가 담겨 있었는지 그땐 알지 못했다. 은숙이 누나는 얼마 안 있어 FBS를 떠났고, 가족 모두 미국으로 이민을 갔다고 한다.


하루는 박광희 씨가 전직할 의사가 없느냐고 물어왔다. 종로2가 서울 FM 맞은편에 있는 '쎄시봉'이란 음악 감상실에서 DJ를 찾는다는 거였다. 쎄시봉은 당시 젊은이들이 많이 모이는 최고의 음악 감상실이었다.

"야, 여기는 방송국도 아니고…… 거기 가면 돈도 많이 받고 재미있을 거야."

FBS는 국내 최초의 FM방송으로서 선견지명이 있었고 의욕도 넘쳤다. 하지만 방송 여건 등이 좋지 않아 극심한 재정난에 허덕이고 있었다. 그럼에도 방송을 정식으로 공부한 나로서는 다운타운에선 일할 수 없다는 자존심이 있었다.

"미쳤어요, 내가? 방송국에 있어야지 왜 음악 감상실 DJ를 해요?"

내 미래를 방송국에 맡기겠다는 결심을 이미 한 터라 방송국에 남아 있어야 한다는 생각이었다. 그래야 설사 FBS가 망하더라도 그간의 경력을 바탕으로 다른 방송국으로 진출할 수 있을 것만 같았다. 결과적으로 보자면 내 생각은 무척 어리석었다.

그때 쎄시봉에 갔더라면 그곳을 무대로 노래하고 있던 조영남 씨나 송창식, 윤형주의 트윈폴리오와 양희은 같은 이들도 만날 수 있었을 것이다. 또 그곳을 자주 드나들었던 최동욱 씨를 비롯해 방송 관계자들을 일찍부터 만날 수 있었을 것이다. 그랬다면 정식 DJ 활동도 훨씬 앞당겨지지 않았을까. 내 운명이 고생 바가지였던지 그렇게 내 복을, 좋은 기회를 내 발로 차버리고 말았다.

그건 나중 일이고, 나는 여전히 잘나가는 DJ로서 열심히 공부하고 일했다. 같은 과 친구 문수복을 소개해 방송국에서 같이 일하게 된 것도 그 무렵이었다. 수복이는 지금 부산 KBS에서 근무하고 있는데, 그때 둘이 방송하던 테이프를 지금도 갖고 있다. 지금껏 우여곡절을 겪으며 숱한 곳을 전전하면서도 지지리 궁상으로 떠메고 다니던 가방에 꼭꼭 보관해온 것이다. 〈FM 히트퍼레이드〉 프로그램의 100회 자축 기념으로 기획한 특집 방송으로 지금은 후반부만

〈FM 히트퍼레이드〉 100회 기념방송(1966. 4), 왼쪽에서 네 번째가 김광한

남아 있다.

지금도 가끔씩 듣곤 하는데 그럴 때마다 웃음을 참지 못한다. 청취자들과 무슨 월간지 편집장 같은 사람들을 초청해 대담을 나누는 프로로 수복이가 사회를, 나와 김건성이란 이가 공동 DJ를 봤다. 쉰 소리에 어눌한 말솜씨는 마치 이북 방송을 듣는 듯 촌스럽다. 여기엔 내 옛 추억이 담뿍 담겨 있다.

테이프에 묻어 있는 추억 가운데 국회 중계방송이 있다. 1966년 4월 운영난으로 FBS가 삼성그룹으로 넘어가기 직전의 일이다. 고故

박정희 대통령이 국회의사당에서 연두 교서를 발표하는 사건(?)이 벌어졌다. 무서운 정권의 비위를 거스르지 않으려면 방송국의 미미한 무선 중계 시설로도 꼭 중계해야 했다. 그야말로 큰일이었다. 종로2가 방송국에서 시청 옆의 국회의사당(지금의 서울시 의회의사당)까지 약 2km에 달하는 거리에 유선을 깔았다. 선을 까는 일에 방송국 직원이 몽땅 동원됐다. 그 원시적인 작업에 나도 차출되었음은 물론이다. 덕분에 중계방송을 무사히 마칠 수 있었다.

4월 7일 마침내 방송국이 넘어갔다. 기존 직원들은 아무도 받아들이지 않아 모두들 하루아침에 실직자가 됐다. 당시 나는 서라벌예대를 막 졸업한 상태였다. 문수복과 나는 열심히 연줄을 찾아 방송국을 들락거렸다. 줄이라고 해봤자 우리 방송과에 출강하셨던 임택근, 최계환, 박종세 선생님 정도였다. 이분들은 당시 현역으로 맹활약 중이었다. 우리가 내세운 무기는 방송 이론을 정식으로 공부했다는 것과 젊음의 패기였다. 하지만 선생님들은 하나같이 우리를 만류했다.

"너희들은 아직 나이도 어리고 젊으니까 군대나 갔다 와라. 방송이란 게 실력과 패기만 갖고는 어려운 거야."

옳으신 말씀이었다. 가수건 탤런트건 인기가 조금만 있다 싶으면 무조건 DJ를 시키는 요즘, 그 수명이 길지 않은 걸 봐도 잘 알 수 있다. 그것도 모르고 그땐 얼마나 서운했던지…… 취직시켜주기 싫어서라며 수복이와 나는 어지간히 툴툴댔다. 달리 뾰족한 수가 없어서 수복이는 고향 앞으로 갔고 나는 서울에 백수건달로 남았다.

그때부터 1967년 초까지 거의 허송세월을 보냈다. '거의'라고 한 것은 그사이 한 여자가 있었던 까닭이다. 김광한이 만나는 여자들 모두 연상이 아니었음을 증명해주는 여자다.

대학교 방송과에 진성익이란 제주도 출신 친구가 있었다. 아주 잘생긴 녀석은 성우가 되겠다는 포부를 안고 서울로 진학, 진출한 친구였다. 문제는 몸에 배어 있는 제주도 사투리였다. 우리는 "야, 그런 말씨로 무슨 성우를 한다는 거냐? 일찍 꿈 깨고 가서 제주도나 지켜라"라며 놀려댔다. 그래도 녀석은 줄기차게 나를 따라다녔다. 이를테면 표준말 배우는 선생으로 나를 선택한 거였다.

하루는 녀석이 아주 늘씬하고 자기만큼 잘생긴 여자와 우리 사교계에 나타났다. 의상 디자인을 공부하는 학생으로 호피 무늬 가죽 코트가 잘 어울리는 여자였다. 녀석의 애인 박혜경이라고 했다. 당시 녀석은 나를 졸졸 따라다니며 우리집에서 숙식도 자주 했다. 혜경 또한 우리집에 자주 와서 나하고도 친하게 지냈다. 혜경과 나는 녀석 몰래 가끔 만나곤 했다. 친구 애인을 어쩌겠다는 불순한 의도는 없었다. 혜경은 내게 호감이 있었고 나 또한 싫지 않은 정도였다.

그러던 중 성익은 시험을 봐서 당당히 KBS 탤런트가 됐다. 이미 말한 것처럼 당시 학생 신분으로 방송국에 진출한다는 건 하늘의 별 따기였다. 그 바람에 학교 안에서 나와 문수복이 양분하고 있던 인기 판도가 세 조각 나고 말았다. 그대로라면 여드름투성이의 우리보다 매끈한 피부에 미남이기까지 한 녀석이 우리 몫의 인기까지도 잠식했을 터였다. 당시 서울만 해도 TV 수상기가 한 동네에 몇 대밖에 없었고, 성익도 수습 탤런트로 아직 TV에 등장하기 전이었다. 덕분에 우리는 관록으로 밀어붙여 간신히 인기를 유지해나갔다.

그 뒤로 성익이와 나는 서로 바빠 거의 만나지 못했다. 얼마 뒤 녀석과 혜경이가 헤어졌다는 소식이 바람결에 들려왔고, 1966년 3월경 혜경이 방송국으로 날 찾아왔다. 그날 혜경이와 나는 같은 방에서 잤다. 데이트로 저녁을 먹으며 술을 마셨다. 만취한 혜경은 위장 안의 내용물과 함께 많은 넋두리를 토해냈다. 거짓말 좀 보태서 활명수만 마셔도 얼굴이 벌게지는 나 또한 그걸 보고 내용물을 보탰고…… 그런 일이 있고 나서 우리는 자주 만났다.

내가 국방부 직원이 되고자 1967년 1월 17일 논산으로 떠나기 직전까지, 귀하고 아까웠지만 하릴없던 세월 동안 혜경은 나를 위로해준 유일한 존재였다. 결혼기념일이나 내 생일, 어머니 제삿날 같은 중요한 날은 가끔 잊어버리면서도 입대 날짜나 군번 같은 건 왜 순식간에 입 밖으로 튀어나오는지…… 고생스러움과 연결된 숫자여서 그런지 모르겠다.

실제로 내 인생은 그때부터 파란만장의 연속이었다.

입대하던 날 나는 혜경과 약속을 했다. 4년 뒤 1970년 크리스마스이브 낮 12시에 비원 앞에서 만나자는 약속이었다. 그때면 내가 이미 제대해 있을 터였다. 가서 편지를 하겠다느니, 편지하면 면회를 가겠다느니, 휴가를 나오면 만나자느니 하는 얘기는 없었다. 미래에 만나자는 흐리멍덩한 약속만 한 걸 보면 뜨거웠던 사이는 아니었던가 보다.

내 입장에서는 도를 닦으러 산중에 들어가는 승려처럼 속세의 인연을 끊고 싶은 마음의 발로였을 것이다. 입대 당시 어머니가 안 계신 집안 살림은 갈수록 몰락의 길을 걷고 있었고, 나대로는 방송계에서 터전을 잃어버려 패배의식에 사로잡혀 있었다. 이런 상황에서 입대를 통해 모두 깨끗이 지우고 새롭게 시작하고픈 마음이 가득했다. 그런데 막상 군대에 가보니 생각과 달랐다.

입대하고 보니 외로웠고, 외롭다 보니 그리운 게 바깥바람이었다. 특히 여자 편지를 받는 동료가 부러웠던 나는 혜경에게 편지를 보냈고 몇 번 편지가 오갔다. 그것마저 내가 월남을 가는 바람에 끊겨버렸다. 제대한 뒤 1970년 크리스마스이브 낮 12시 마침내 비원 앞에 나갔다. 혹독한 추위 속에 내가 기다린 건 그녀가 아닌 약속이었다. 그동안 우리는 서로 연락이 없었기에 그녀가 약속을 깰 거라는 사실을 이미 짐작하고 있었다. 그래도 두 시간을 기다렸고 결국 모진 바람을 맞고 말았다. 체념이 빠른 나는 그 길로 그녀를 깡그리 잊어버렸다.

그로부터 십수 년이 지나 혜경한테서 연락이 왔다. 1985~86년 〈김광한의 팝스다이얼〉로 잘나가던 시절이었다. 방송이 막 끝나 스튜디오에서 나오는데 PD가 전화 왔다며 건네줬다.

"그 여자야."

몇 주 전부터 띄엄띄엄 전화가 왔지만 계속 연결되지 못했는데, 분명 가정주부 목소리라며 스태프들이 나를 놀려댔다.

"김광한 씨, 여자관계가 복잡한가 봐?"

그때마다 나는 빙그레 웃고 말았다. 개인적으로 여자 청취자가 걸어오는 전화가 꽤 많던 시절이었다. 전화를 받으니 수화기에서 대끔 반말이 튀어나왔다.

"나야, 광한 씨."

"예? 누구신데요?"

"나 몰라? 잊어버렸어? 나, 혜경이야, 박혜경."

순간 왈칵 화가 치밀었다. 그녀에 대한 정은 잊었을지 몰라도 그녀가 약속을 어겼다는 사실은 기억하고 있었던 모양이었다. 자연히 내 말투가 퉁명스러울 수밖에 없었다. 그쪽은 반말, 나는 존댓말을 계속하는 가운데 의례적인 말 몇 마디와 상투적인 인사가 오갔다. 얼마 뒤 또 한 번 전화가 왔지만 받지 않았고 그것으로 그녀와의 인연은 끝이 났다.

다시 군대 얘기로 돌아가보겠다. 사회에 있을 때 군인이 하는 일은 총 들고 싸우는 게 전부라고 생각했다. 논산의 수용연대에 들어가 보니 병과가 무수히 많은 것을 알았다. 나는 정훈 병과로 가기를 바랐다. 비록 보병 주특기를 믿고 입대하기는 했지만, 방송과를 졸업하고 방송국에서도 일을 했으니 방송을 담당하는 정훈병이 적격 아닌가.

수용연대에서 신체검사에 합격한 뒤 논산 훈련소로 옮겨 8주의 훈련을 받았다. 당시의 군대, 특히 훈련소에서는 배도 고프고 훈련도 힘들 뿐 아니라 기합도 고됐다. 배가 고파 매점에서 빵을 사들고 냄새나는 화장실에서 몰래 먹다 내무반장한테 걸리기도 했다. 벌로 먹던 빵을 입에 문 채 오리걸음으로 온 내무반을 누비고 다녀야 했다. 사격 표적지가 바람에 날리는 불운 때문에 사격 불량으로 세 시간 동안 뺑뺑이 돌던 모습도 눈에 선하다. 내무반장의 군화에 명치를 차여 숨을 못 쉬고 한 시간 동안 기절했던 일도 있다.

훈련을 무사히 마치고 5만 촉광짜리 송충이 하나(이등병)를 달았다. 나는 정훈 보도병으로 병과를 바꿔 받았다. 기차를 타고 101보충대로 갔다가 이틀 만에 25사단, 비룡부대 사령부로 팔려갔다. 모두 백 명쯤 되는 인원이었다. 신병을 받아가기 위해 장교와 하사관들이 모여들었다. 모두들 어디로 팔려갈지 불안에 떨고 있는데 소령 한 분이 앞에 나섰다.

"여기 대졸자 있나?"

손을 들었다. 나를 포함해 딱 두 명뿐이었다. 대졸자는커녕 고졸자도 많지 않을 때였다.

"이리 따라와!"

우리는 더블백을 들고 한 사무실로 끌려갔다. 사무실 입구에는 '정훈참모부'란 팻말이 붙어 있었다. 순간 '아하, 여기가 내가 있을 곳이구나'란 생각을 했다. 신상명세서를 써내고 시험을 봤다. 육하원칙에 맞춰 기사 한 꼭지를 쓰는 시험이었다. 일필휘지로 써낸 결과 나는 합격, 또 한 친구는 불합격과 함께 어디론가 사라졌다.

소령이 전화로 누군가를 부르자 상사 한 사람이 나타났다. 내가 속하게 될 본부중대의 선임하사였다.

"선임하사, 얘 집이 서울인데 내일 22시까지 외박증 끊어줘."

외박증이라니? 나는 뛸 듯이 기뻤다. 다른 사람에게 얘기한 줄 알고 뒤를 돌아볼 정도였다.

"참모님, 신병인데 그래도 되겠습니까?"

말인즉슨 아직 집을 못 잊은 신병을 외박 보내면 탈영할 우려가 있다는 거였다. 나는 상사의 말에 숨이 콱 막혔다. 딱히 집에서 기다리는 사람은 없었지만 가고 싶은 마음은 굴뚝같았다. 나는 정훈 참모의 얼굴만 바라봤다.

"보내줘, 내가 책임질 테니까."

정훈 참모의 얼굴이 위대하고 거룩해 보이던 순간이었다. 나는 본부중대의 내무반으로 내려와 나갈 준비를 서둘렀다. 맨 먼저 한 일은 과연 '서울 놈'다웠다. 이제 서울로 나가게 되면 민간인들과 마주칠 텐데 군복에 내 몸을 맞춘 모습으론 안 되겠다고 생각했다. 손가락 끝까지 긴 상의 소매며 다리 하나가 더 들어가도 남을 만큼 헐렁한 통바지는 서울내기의 수치였다. 급한 대로 상의 소매를 줄여 꿰맸다. 바지도 뒤집어 다리통만큼 남기고 꿰맨 뒤 다시 뒤집어 입었다. 맘보바지라기엔 좀 엉성했지만 똥 싼 바지 스타일보다는 맵시가 났다.

마침내 선임하사에게서 외박증을 받아 잘 챙겨들고 서울로 향했다. 집으로 와서 아버지에게 큰절을 올렸다. 펑펑 눈물 흘리고, 배 터지게 밥을 먹고, 신나게 자고…… 다음 날 일찍 서둘러 부대 행 시외버스 터미널이 있는 종로5가로 향했다. 막차는 오후 5시 반에 있었지만 실수할지도 모르니 4시쯤 버스를 탈 생각이었다.


터미널로 막 들어서려는 순간 갑자기 눈에서 별이 번쩍하고 빛났다. 정신을 차리고 고개를 돌려보니 웬 중사 한 사람이 서 있었다.

"이누무 새키, 경례도 안 해!"

얼굴이 시커멓고 내 키 반만 한 중사였다. 술 냄새가 확 풍겨왔다. 내가 못 봤다고 하자 또 주먹을 날리려 했다. 다행히 이번엔 얼른 피했다. 사람이 많은 일요일 오후다 보니 구경꾼들이 금세 우리를 에워쌌다.

"새카만 이등병 놈의 새키가 중사를 뭘루 보는 거야, 새키야!"

그러면서 주먹과 발이 날아들었다. 나는 계속 피하면서 공방전을 벌여야 했다. 그때 어디선가 머리를 짧게 깎고 신사복을 입은 젊은이 서너 명이 나타나 중사를 에워쌌다.

"니들은 뭐야, 쌍!"

중사가 눈을 치켜뜨자 젊은이 중 하나가 중사에게 귀엣말을 했다. 중사와 나는 종로5가 기독교방송국 담에 붙어 있는 작은 초소로 끌려갔다. 초소 팻말에는 '군민합동수사본부'라고 적혀 있었다. 헌병 수사관들인 것 같았다. 초소에 끌려가서도 중사의 큰소리는 여전했다.

"아니, 새카만 이등병 새키가 빤히 보고서도 경례를 안 붙이잖아!"

"아닙니다, 못 봤습니다. 어떤 차를 타야 하는지 몰라 두리번거리고 있는데……."

수사관이 내 어깨를 어루만지며 말했다.

"어이, 이 이등병 귀엽지도 않아? 어떻게 중사가 이런 애들을 패? 설령 그렇다 해도 주의만 주고 끝내야지, 민간인들 그렇게 많은 데서 패면 어떡해? 당신 같은 사람 때문에 군에 대한 국민들의 이미지만 안 좋아지잖아? 사람들이 안 그러겠어, 내 아들도 군대 가면 저렇게 맞겠구나?"

뿔이 난 중사가 그들에게 맞서기 시작했다.

"뭐야, 니들은? 나, 전방에서 빽이치게 고생하는 놈이야. 니들은 이런 데서 뭐하는 놈이야?"

안 되겠다 생각했는지 한 사람이 어디론가 전화를 걸었다. 5분도 되지 않아 헌병 백차를 타고 신사복에 머리가 짧은 사람 하나가 들어왔다. 그러자 어찌된 일인지 중사는 끽소리도 못하고 수그러들었다. 전후 사정을 들은 그이가 나직하게 말했다.

"엎드려."

중사를 엎드리게 해놓고 초소 구석에 놓여 있던 야구 방망이를 집어 들었다.

"니가 그렇게 주먹질을 잘해? 남을 아프게 했으면 너도 얼마나 아픈지 알아야지."

그 길로 중사는 다섯 대를 맞고 쭉 뻗어버렸다. 좀 미안하다 싶었지만 묵은 체증이 쑥 내려가는 것 같았다. 문제는 시간이었다. 그때가 6시로 막차마저 놓친 시간이었다. 사정 얘기를 들은 그이가 쪽지에 뭐라고 쓰더니 나한테 내밀었다. 쪽지에는 나를 봐주라는 얘기와 함께 그이의 서명이 담겨 있었다. 그는 헌병대 대위였다. 나는 고맙다고 말한 뒤 쪽지를 주머니에 고이 간직하고 나왔다. 신이 나서 그 옆의 한일극장에 들어가 영화 한 편을 떼고 다시 집으로 갔다. 그렇게 해서 다음 날 무사히 귀대할 수 있었다.

집에서는 탈영한 줄 알고 식구들이 깜짝 놀랐던 것이며 귀대해서 한바탕 소동이 벌어졌음은 충분히 짐작할 수 있으리라. 책임지겠다던 참모님이며 신병이라서 안 된다던 선임하사는 나로 인해 인생관을 바꿀 뻔했다는 말을 나중에야 털어놨다. 다시는 누구도 믿지 않겠다고 단단히 결심했다는 것이다. 아무튼 우여곡절 끝에 자대에 안착한 만큼 나는 충실하게 생활할 것을 다짐했다. 이런 마음 덕분인지 그때부터 군대 같지도 않은 군대 생활이 시작됐다.

특히 음악이 흘러넘치는 군대 생활을 할 수 있었다.

음악이 흘러넘치는 ‖ 군대 DJ 생활

병사라면 모름지기 총 들고 훈련하고 보초 서고 사격하고 뛰어다니고 뒹굴고 그래야 했다. 나는 그런 것들과는 거리가 먼 병사였다. 일간 신문을 스크랩해 기사를 써서 〈전우신문〉에 보내거나 방송하는 게 전부였다. 그 외의 시간은 내 마음대로였다. 음악을 듣고 일반 잡지와 신문을 볼 수 있음은 물론, 다른 사람의 눈만 피할 수 있으면 낮잠도 즐길 수 있었다.

무엇보다 내무반 생활을 하지 않아도 된다는 점이 좋았다. 원래는 저녁이 되면 본부중대 내무반으로 내려가 잠을 자고 아침저녁 점호도 받고 불침번 보초 근무도 서야 했다. 나는 저녁에도 내려가지 않고 그냥 있다가 사무실에서 잠을 잤다. 내가 들어가기 전까지 정훈부에는 방송을 담당하는 사수(업무상 스승 역할을 하는 고참)가 있었지만, 방송에 대해선 거의 알지 못했다. 그저 국군의 방송을 병영 내 스피커에 연결해 들려주는 정도였다. 그런데 내가 정훈부에 배치되는 바람에 할 일이 없어져 놀러 다니는 게 일과였다.

군대를 조금이라도 아는 사람이라면 군대에서 점호를 받지 않고 보초 근무도 서지 않는다는 게 무슨 뜻인지 잘 알 것이다. 힘들고 어려운 일을 전혀 하지 않는 것은 물론, 누군가에게 맞거나 괴롭힘을 당하지 않아도 된다는 뜻이다. 나는 고참들에게 괴롭힘을 당하지 않아도 됐다. 새벽 2시에 기상해 취사장 뒤쪽 같은 으슥한 곳으로 끌려가 '군기 빠졌다'며 단체 기합을 받지 않아도 됐다. 사격, 태권도를 비롯한 각종 훈련을 받지 않아도 됐다. 뿐만 아니라 삽질, 곡괭이질, 청소 같은 일을 하지 않아도 됐다.

정훈부 사무실에서는 신문 스크랩을 하고 기사를 쓰고 방송을 하는 업무만 했다. 그래도 싫은 소리 한번 듣지 않고 지낼 수 있었다. 밥도 먹고 싶으면 먹고 먹기 싫으면 사무실에서 라면 같은 별식을 만들어 혼자 먹을 수 있었다. 잠도 자고 싶은 때 마음대로 잘 수 있었다.

그뿐만이 아니었다. 당시 일주일에 한 번 나오는 〈전우신문〉을 수령하러 부대 바깥 마을에 다녀오는 일도 내 차지였다. 거기서도 자유를 만끽했다. 식당에서 민간인 음식을 먹고 다방에 들러 차도

군대에서 DJ 생활을 하던 때의 김광한

마실 수 있었다. 서울에 자주 나가는 혜택도 누렸다. 〈전우신문〉에
실릴 기사를 가져다줄 때면 으레 내가 갔다. 외박도 가끔 했다. 서울
에 가면 반드시 서점에 들러 팝송에 관한 책을 몇 권씩 구해다 읽었
다. 갈 일이 없을 때는 서울에 가는 다른 분들에게 팝송 서적이나 잡
지를 부탁해서 근무 틈틈이 열심히 공부했다.

그런가 하면 국방부장관 훈시문 같은 것을 내가 대신 읽어 방송
을 내보내곤 했다. 점심때면 군가 사이에 내 멘트를 집어넣어 DJ 솜
씨를 발휘했다. 이렇게 군대 같지 않은 군대에서 사회에 있을 때보
다도 더 편한 생활을 하며 DJ 솜씨까지 녹슬지 않게 할 수 있었다.

당시의 나는 대한민국에서 신세가 가장 활짝 핀 청년이었음이 분명했다.

아침에 눈을 떠서 창문을 열면 상쾌한 아침 공기와 함께 새들의 지저귐이 날아들었다. 맑디맑은 새벽 공기를 마시며 맨손체조를 한 뒤 이슬을 밟으며 얕게 깔린 안개 사이로 산책을 했다. 동료들은 내무반에서 애국가 봉창으로 점호를 받고 청소를 하느라 난리인 시간이었다. 사회에 있을 때 그토록 동경하던 자연 속의 생활을 군대에 와서 이룬 셈이었다.

몸 튼튼 마음 튼튼한 생활 속에서 나는 공부에 몰두했다. 신문, 잡지를 보고 사회, 문화, 음악 기사들을 스크랩하면서 DJ가 알아야 할 사항들을 공부했다. DJ는 팝송에 관한 지식이 중요하다. 팝송 자체가 인생을 노래한다는 점에서 인생 전반에 걸친 지식도 갖춰야 한다고 판단했다.


그런 한편 내 얼굴에서는 수심의 그림자가 떠나지 않았다. 주말에 서울 외박을 나갔다 오면 더욱 심해졌다. 점점 더 기울어지는 집안 걱정 때문이었다. 아버지는 집안일을 갈무리하려 이곳저곳을 다니느라 집에 가도 얼굴 뵙기가 어려웠다. 게다가 집에는 새어머니가 들어와 있었다. 나는 서울에 나가도 친구들만 만나고 귀대하기 일쑤였다. 집안일만 생각하면 가슴이 답답했고 집에 가면 숨이 콱 막혔다.

외박을 나와 위경련으로 쓰러진 일도 있었다. 다행히 행인의 도움을 받아 인근 병원으로 옮겨져 치료받고 살아났다. 의사 선생님은 자기 아들도 공군에 있다면서 치료비를 마다하며 '식사 제때 하라'는 충고를 해줬다. 사실 나는 식사를 분명 제때에 꼬박꼬박 하고 있었다. 내 병은 극도로 신경 쓰는 일이 있을 때 발병하는 신경성 위장병이었다. 따라서 귀대해 집과 멀어지고 집 생각을 하지 않으면 말짱해졌다.

집 고민 탓에 점점 만사가 귀찮아지던 어느 날, 문득 월남을 지원하고 싶은 생각이 들었다. 월남전이 한창이던 그때, 월남에 갔다 오면 떼돈을 번다는 소문으로 월남 행이 붐을 이루고 있었다. 나는 돈 같은 건 안중에 없었다. DJ고 뭐고 다 때려치우고 피곤하기만 한 이 땅을 떠나버리고 싶은 마음뿐이었다. '어머니도 안 계신 이 세상에 숨 쉬며 산들 무엇하랴' 하는 자포자기의 심정이었다.

집안에는 알리지 않고 월남 파병을 신청했다. 물론 정훈 병과였다. 신청 장소에서 뜻밖에도 반가운 친구를 만났다. 훈련소 동기로 우리 부대까지 같이 와서 병참부대에 근무하던 김문수란 친구였다. 우리는 외롭고 고달픈 훈련소 시절에 서로 의지하며 친하게 지냈다. 같은 비룡부대 사령부로 배치되고 나서는 더 가깝게 오갔다. 심심하거나 녀석이 보고 싶으면 전화를 걸곤 했다.

고참이 되어 어느 정도 재량권이 있을 때는 서로 주고받을 게 있어서 더 좋았다. 내 졸병들이 빵을 먹고 싶다고 하면 녀석에게 전화를 걸었다. 녀석이 속해 있던 부대는 식량, 탄약 같은 군수품을 취급했다. 아주 맛있는 빵을 만드는 일도 했다.

"야, 영화 하나 틀어줄 테니 빵 좀 준비해라."

"알았어."

"차, 보내."

나는 정훈병이라 녀석의 부대에 가서 영화를 상영해줄 수 있었다. 녀석이 차를 보내면 거기에 영사기와 발전기를 싣고 가서 두 시간 정도 영화를 보여줬다. 그러면 녀석은 갓 구운 따끈따끈한 빵을 내줬다. 그걸 싣고 돌아와서 풀면 나 또한 졸병들한테 폼이 났다.

그랬던 녀석도 월남을 지원한 거였다. 녀석도 나도 왠지 마음이 놓였다. 둘 다 전투는 직접 하지 않는 병과였지만, 어쨌든 머나먼 이국의 전쟁터로 가는 길이었으니까. 곧 정훈병 자리가 났지만 바로 월남으로 파병되지 못했다. 그전에 춘천 오음리에 있는 훈련소에서 4주간 훈련을 받아야 했다. 훈련소로 떠나기 전 친구들의 환송 파티에 참석하고자 서울로 외박을 나갔다. 집에는 들르지도 않았고 들를 생각도 없었다. 친구들과 어울려 놀다가 시청 뒤쪽을 지나는데 아버지와 딱 마주쳤다. 나는 대뜸 이렇게 말했다.

"아버지, 저 월남 갑니다."

"월남은 왜? 뭣 때문에 가려구?"

"……그냥 갑니다."

부자지간의 상봉은 퉁명스러운 말 몇 마디로 끝났다. 그것이 마지막으로 뵌 아버지의 모습이었다. 아버지는 내가 월남에 있을 때 돌아가셨다. 그때의 짧았던 만남이 지금도 내 가슴에 응어리져 통한으로 남아 있다. 이 얘기는 뒤에 가서 다시 하려 한다.

오음리 훈련소에서 나는 4주 동안 좋은 대우를 받으며 훈련에 전념했다. 논산 훈련소 때보다 더 열심히 훈련을 받은 끝에 명사수로 거듭났다. 그전엔 아무리 기를 써도 기합감이던 사격 솜씨가 백발백중이 될 정도였다. 전투 훈련뿐 아니라 식생활 훈련도 받았다. 월남에 가면 빠다(버터)를 먹어야 해서 미리 친해지는 연습을 한 것이다. 나야 이미 먹어봐서 괜찮았지만 그 시절엔 빠다를 먹고 배탈 나는 사람이 많았다.

훈련을 무사히 마친 우리는 무슨 동의서를 썼다. 거기에는 '보상금 수령자' 란이 있었다. 죽게 되면 보상금이 나오는데 대신 수령할 사람을 쓰라는 거였다. 나는 수령자 1번에 장학출, 2번에 아버지를 썼다. 장학출은 중학교 때부터 친하게 지낸 친구로 아주 믿을 만한 놈이었다.

아버지가 두 번째였던 것은 '내가 죽고 없는데 돈이 무슨 소용인가' 하는 생각에서였다. 어머니가 살아 계신다면 몰라도 돌아가신 마당에 나까지 없어지면 세상은 끝이었다. 동의서를 쓴 다음 학출이에게 편지를 보냈다. 전후 사정을 얘기하고 그 돈을 받게 된다면 고아원이나 불우한 이웃을 위해 써달라고 부탁했다.

이렇게 해서 정훈 보도병 김광한 상병은 다른 백마부대원들과 함께 춘천역에서 기차를 타고 부산으로 출발했다. 기차가 청량리역에 진입하는 순간 '쿵작쿵작!' 브라스밴드가 요란했다. 열차가 멈추자 차창가로 많은 얼굴들이 달려들었다. 병사들을 환송 나온 사람들이었다. 이 가운데엔 내 친구들도 있었다. 나는 그들의 우정에 감사하면서 씩씩하게 "평화를 지키고 돌아오겠다!"는 말을 남겼다.

대전역을 거친 기차는 부산 부두에 정박해 있는 선박의 코앞까지 가서 우리를 토해냈다. 수송선에 오르자 또 '쿵작쿵작!'이 잠시 있은 다음, 이윽고 이 땅을 뜨기 시작했다.

그렇게 나는 우리나라를 떠나 낯선 전쟁터를 향해 나아갔다.

우리를 월남까지 실어다줄 배에는 해병대원들로 구성된 청룡부대 용사들도 타고 있었다. 그리스 선적의 화물선으로 미군이 빌려 우리를 태운 배는 일주일 동안의 뱃길에 올라 월남을 향해 달렸다. 동지나해에 접어들 무렵, 파도는 심하지 않았으나 오랜 항해 탓에 뱃멀미로 고생하는 사람들이 하나둘 생겨났다. 그리고 지루함…… 가도 가도 망망대해인 데다 기상 상태도 좋아 바다 위에 하얀 포말 한 점 보이지 않았다. 하늘을 떠도는 새 한 마리 보이지 않는 길을 끊임없이 갔다.

병사들에게는 티끌만큼의 잡념도 남아 있지 않았다. 생사가 달려 있는 전쟁터로 간다는 절대 명제가 잡념을 몰아내 사람을 투명하고 순수하게 만들었다. 동시에 전쟁을 수행해야 한다는 생각에 불안하고 외로웠다. 동료 병사들이 많이 있었지만 생사 앞에서는 누구든 혼자였다.

'우리 중에 죽는 사람도 있겠지? 나는 살아남을 수 있을까?' 이런 생각을 하는 것도 잠시, 우리는 이내 아득한 지루함 속에 빠져 멍한 상태로 잠을 자고 일어나고 밥을 먹었다. 갑판 위에서 햇볕을 쬐다가 누군가 "날치다!" 하고 외치면 우르르 몰려가 구경을 했다. 수백 수천 마리의 날치가 바다 위를 하얗게 나는 모습은 장관이었다. 날치만이 아니었다. 멀리 배 한 척만 나타나도 우르르 몰려가 그 배가 저쪽 수평선 너머로 사라질 때까지 멍하니 바라봤다.

그런 항해를 일주일이나 했으니 멀리 수평선에 월남 땅이 나타났을 땐 환호성이 터져 나왔다. 조용히 엎드려 있는 월남 땅은 전쟁터란 느낌이 들지 않을 만큼 평화로워 보였다. 배가 다낭 항에 접근하자 키 큰 야자수들이 즐비한 가운데 브라스밴드의 연주가 시작됐다.

이윽고 청룡부대원들이 하선했다. 이들은 적과의 교전이 치열한 이곳 다낭 지역에서 귀신 잡는 해병답게 용감무쌍히 싸울 것이다. 그들이 내리자 한 무리의 청룡부대원들이 승선했다. 귀국 장병들이었다. 모두들 시커멓게 그을린 피부에 두 눈은 날카로운 긴장감으로 번뜩였다. 우리도 덩달아 긴장하게 만들 만큼 그들에게선 전쟁터의 화약 냄새가 물씬 풍겨왔다.

배는 우리의 목적지인 나트랑 항을 향해 남진하기 시작했다. 청룡부대원들은 산전수전 다 겪은 역전의 용사답게 늠름했다. 우리와 비슷한 또래일 텐데도 큰형님처럼 묵직했고 삶에 달관한 듯한 표정이었다. 사선을 넘나들고 죽을 고비를 수없이 넘기는 엄청난 경험을 한 때문이었을까. 우리는 그들의 말 한마디 한마디에 귀를 기울이며 비로소 전쟁터에 왔다는 것을 실감하기 시작했다.

'나는 이들처럼 살아서 귀국할 수 있을까?' 매도 먼저 맞는 놈이 낫다고 귀국하는 그들이 무척 부러웠다. 더구나 이곳은 매 정도가 아니라 목숨이 왔다 갔다 하는 긴박한 현장이었다. 우리는 온갖 착잡한 상념에 사로잡혀 입을 뗄 수 없었다. 잠시 뒤 전체가 모인 가운데 각자의 이름이 불리고 배속 부대가 발표됐다.

"……김○○, 이○○, 박○○……, 이상 28연대!"

'죽었다!'

28연대라면 백마부대의 최전방 격전지인 투이호와 작전 지역이었다. 베트콩이 끊임없이 출몰하고 크고 작은 전투가 수없이 벌어져, 사상자가 많은 지역이 그곳이었다.

"……송○○, 구○○, 최○……, 이상 29연대!"

'휴우, 다행이다!'

29연대는 사령부 바로 옆에 있어서 덜 위험한 부대였다.

"……안○○, 정○○, 신○○……, 이상 30연대!"

'와, 만세!'

30연대는 후방 군수 지원 부대로서 해수욕장으로 유명한 관광지 캄란 만 지역에 위치해 있었다.

"……전○○, 배○○, 조○○……, 이상 사령부 본부중대!"
'어험!'
나는 사령부 본부중대, 김문수는 30연대에 배속됐다.

마침내 나트랑 항에 도착했다. 요란한 브라스밴드와 함께 사령부 장교들이 우리를 맞았다. 허벅지 아래로 양옆 치맛자락이 터진 아오자이를 예쁘게 입은 서너 명의 아가씨들이 꽃다발을 들고 서 있었다. 환영 행사가 끝나고 밴드의 반주로 애국가 봉창이 이어졌다. 어찌된 일인지 코가 찡해지고 가슴이 막히며 눈시울이 뜨거워지더니 눈물이 주르륵 흘러내렸다. 나뿐만이 아니었다. 모두들 노래 반 눈물 반이 돼버렸다.

행사가 끝나고 각자의 배속지로 가는 트럭에 올라탔다. 문수와 나는 뜨겁게 악수를 나누며 헤어졌다. 내가 탄 트럭이 나트랑 시내에 접어들었다. 문득 십여 년 전 어렸을 때 윤용칠이란 친구와 월남 밀항을 꿈꾸던 생각이 떠올랐다. '드디어 내가 월남에 왔다!'

전쟁터에 온 녀석이 그렇게 여유를 부리고 있었다. 그도 그럴 것이 나트랑 시내는 너무나 평화로웠다……. 야자수가 줄지어 서 있었고, 삿갓 같은 모자를 쓴 채 아오자이를 입은 아가씨들이 너무도 예뻤다. 꼬마 녀석들은 "따이한! 따이한!" 하며 손을 흔들었다. 모두들 이국적인 풍경에 눈을 빼앗겨 두리번거리느라 정신이 없었다. 사령부에 도착한 나는 정훈 부대에 소속됐다. 새로 배속된 병사들을 대상으로 한 일주일의 훈련이 곧바로 시작됐다. 특전 부대원이 시킨 그 훈련은 지금껏 받은 것 중에서 가장 고생스러웠다.

"여러분은 우리가 정글을 박박 기고 땀과 피를 흘리며 적과 싸우고 죽어갈 때, 책상 앞에서만 근무하실 분들입니다. 전쟁터의 맛을 조금이라도 알고 느끼기 위해서라도 이 훈련만큼은 열심히 받아주시기 바랍니다. ……여러분 모두 동료들의 희생에 보답하는 마음으로 훈련에 임할 거라고 굳게 믿으며 훈련을 시작하겠습니다."

이렇게 미리 양해를 구해놓고 시키는 훈련은 지독하게 힘들었다. 특전 대원들의 훈련도 그보다는 덜 힘들 거라 생각할 정도였다. 훈련 자체도 고됐지만 월남의 잔디는 왜 그리 억센지, 포복 훈련 때 조금만 기어도 두 팔은 피투성이로 변했다. '이런 훈련 두 번 다시 받으라고 하면 차라리 자살하고 만다!'며 이를 갈 정도였다.

고된 훈련을 무사히 마치고 정식 근무가 시작됐다. 나는 정훈대 〈백마신문〉 편집실에 배치됐다. 군인 신문기자가 된 것이었다. 업무도 전쟁터와 안 어울렸지만 우리의 복장 또한 남들과 달랐다. 가슴팍과 모자의 계급장을 몽땅 떼고, 검은 바탕천에 흰색으로 'PIO(Public Information Officer: 정훈장교)'와 '보도'라는 글자를 새겨 그 자리에 붙였다. 장교도 아닌 사병으로서 오로지 폼을 잡기 위한 수작이었다.

사무실에 앉아 기사를 쓰며 지낸 지 한 달쯤 지났다. 한국에 있는 육군본부 통신대대에 근무하던 친구한테서 전화가 걸려왔다. 당시만 해도 통신 시설이 좋지 않아 고래고래 소리를 지르며 통화해야 했다. 그는 모기만 한 소리로 진성익이란 친구가 병으로 죽었다는 소식을 전해줬다. 앞서 말했지만 탤런트로서 장래가 촉망되고 성우로서도 재능이 많던 친구였다. 특히 이승만 박사의 목소리로 유명했던 성우 구민 씨가 칭찬을 많이 한 친구였는데……

아까운 친구가 죽었다는 소식에 슬픔으로 우울해졌다. 일주일 뒤역시 육본 통신의 친구한테서 또 전화가 왔다. 아버지가 돌아가셨다는 소식이었다. 순간 가슴이 턱 내려앉으며 머릿속이 하얘졌다. 시청 뒤쪽 길에서 아버지를 만났을 때 퉁명스럽게 대한 채 헤어진 생각이 떠올랐다. 후회막급이었다. 그게 마지막이었다니……

직계가족이 죽었을 경우 임시 휴가를 받아 한국에 다녀올 수 있었지만 가지 않기로 했다. 가는 동안 어차피 상은 다 치렀을 터였고 내가 없어도 형님들이 있으니까 하는 핑계도 있었다. 무엇보다도 한국엘 가면 다신 월남에 돌아오지 못할 것만 같았다. 왠지 월남을 떠나기가 싫었다. 나는 대신 한 달간 웃지 않기로 했다. 아버지에 대한 추모의 표현이면서 아버지를 몰인정하게 대한 자신에게 내린 벌이었다.

어머니가 돌아가시고 아버지마저 떠나셨다. 말 그대로 천애고아가 된 셈이었다. 친하던 친구마저 이 세상에 없으니 외로움이 더욱 사무쳤다. 인생이 허무했고 산다는 게 우스웠다. 어떤 일에도 의욕이 생기지 않았다. 외로움이고 뭐고 정신이 하나도 없어야 할 전쟁터에서 그건 감정의 사치였다.

답답한 마음을 견디다 못해 편집실장에게 부탁을 했다. 가슴이 터질 것 같아 이대로 사무실에만 있으면 무슨 일을 저지를 것만 같으니, 밖으로 나다니는 업무를 달라고. 다행히 편집실장이 내 청을 들어줘서 나는 취재 기자가 됐다. PIO 완장을 차고 카메라 두 대를 둘러맨 채 헬기를 타고 나가 전쟁터를 누비기 시작했다.

과연 현장 일이 내 적성에 더 잘 맞았다.

월남 작전지에서

전쟁터

참혹하고 처절한

미국 영화감독인 올리버 스톤이 만든 영화 가운데 〈플래툰〉이 있다. 상영 당시 이전의 어떤 영화보다도 월남전쟁의 실상을 잘 그린 작품이란 격찬을 받았다. 나는 그 영화를 보고 콧방귀를 뀌었다. 나뿐 아니라 월남전에 참전했던 사람들의 공통된 반응이었다. 실제 전쟁은 영화보다 훨씬 더 격렬했고 참혹했으며 처절했다.

미군이 조종하는 헬기를 타고 취재를 다니면서 맨 먼저 느낀 것은 아니러니하게도 재미였다. 프로펠러가 공기를 '푸다다다!' 요란하게 가르는 헬기를 타고 공중을 날아올랐다. 헬기 안에서 아래를 내려다보면 별세계였다. 화약 연기가 군데군데 피어

오르며 '드르륵!' 소리가 나는 곳은 한창 전투가 벌어지고 있는 지역이었다. 굵고 시커먼 연기가 피어오르는 곳은 전투를 막 치른 지역이었다.

키 작은 잡목들이 빽빽한 정글 위를 날다 보면 헬기 소리에 놀란 사슴 떼가 풀쩍풀쩍 뛰며 달아났다. 말만큼이나 큰 사슴 수십 마리가 한꺼번에 뛰는 장면은 보기 힘든 장관이었다. 헬기가 정글에 바짝 붙을 정도로 낮게 내려가 땅 위를 훑으면, 캐리바50 사격수가 사슴 떼를 향해 무차별 사격을 감행했다. 사슴을 직접 겨냥했다기보다는 놀래주기 위해 그들 주변을 쏘아댄 거였다. 그때는 가슴이 후련하다는 생각을 했는데 지금 돌아보면 무척이나 잔인한 짓이었다.

그러다 어디선가 '탕!' 하는 소리가 들리면 헬기는 '어이구, 뜨거라!' 하듯 쏜살같이 공중으로 솟구쳤다. 연료 탱크 같은 데 한 방이라도 맞는 날엔 끝장이었다. 그래도 나는 전혀 무섭지 않았다. 내겐 이미 죽음 같은 건 두려운 대상이 되지 못했다.

더 많은 것을 느껴보기 위해 나는 전쟁터 곳곳을 누비고 다녔다. 그러다 문득 십여 년 동안 까맣게 잊고 있던 헤밍웨이의 말이 떠올랐다. '사람은 한 번 죽는다. 하지만 죽는 때와 장소는 아무도 모른다. 그것은 신만이 알고 있기에 죽음을 두려워할 필요가 없다.' 전쟁터를 누비던 나를 언제나 위로해준 말이다. 종교가 없던 내게 평온과 위안을 안겨줬다.

헬기를 타고 투이호와 같은 격전지에 내리면 미리 취재 협조 요청을 연락받은 중대장과 인사계가 나와 맞아줬다. 나는 계급장도 없는 군복에 PIO 마크만 붙이고 카메라 두 대를 달랑 맨 상태였다. 이런 내게 그들은 반말을 해야 할지 존댓말을 써야 할지 몰라 난감해하곤 했다.

자세한 월남전 얘기는 생략하겠다. 수많은 사상자를 냈다든지, 독침을 쏴대는 베트콩이라든지, 적들이 숨어 있는 동굴에 수류탄을 던져 몰살시켰다든지 하는 얘기는 다른 사람들이 이미 수없이 했다. 대신 내가 직접 겪은 월남전에 대해 말해보려 한다.

먼저 '한심한 병사들' 얘기. 베트콩이 우리 사령부를 공격해온 적이 있었다. 공세를 펼 때면 놈들은 으레 기동력이 좋은 박격포를 앞장세웠다. 화력도 제법 센 데다 쉽게 들고 옮겨 다닐 수 있는 무기였다. 일단 박격포로 포격해 아군을 혼란에 빠뜨린 뒤 가까이 접근해 사격을 가하는 식이었다.

"뽕! 슈우욱— 쾅!"

박격포가 발사되고 날아와 터지는 소리다. '뽕' 소리만 나면 모두들 혼비백산해 땅에 바짝 엎드렸다. 그날은 '뾰뵤보봉!', 대여섯 번의 '뽕!' 소리가 겹쳐서 났다. 소리를 듣자마자 한 병사가 하던 일을 몽땅 팽개치고 잽싸게 책상 밑으로 숨었다. '콰과과쾅!' 하며 포탄이 터지는 소리가 바로 옆에서 들려오는 듯했다. 편집실 건물이 무너지면 큰일이라는 생각에 암실에서 뛰쳐나갔다. 다 도망간 줄 알았는데 병사 한 명이 더 남아 있었다. 그는 편집실 안쪽에 있는 암실에서 필름 현상 작업을 하고 있었다. 대피할 생각도 않고 열심히 일하고 있었던 것이다.

"야, 뭐해! 빨리 나가자!"

"나가면 더 위험해, 이거나 빨리 날라!"

그는 보관해둔 지난 〈전우신문〉 더미를 성벽 쌓듯 쌓았다. 포탄 파편이 신문 더미를 뚫지 못한다는 얘기를 들었다고 했다. 그 말에 두 병사는 열심히 신문 더미를 날라 쌓은 다음, 그 안에서 고개를 무릎 사이에 처박고 30분 동안이나 죽은 듯이 숨어 있었다. 상황이 끝나고 나와 보니 포탄이 떨어진 곳은 부대가 아닌 부대 2km 바깥이었다는 얘기다. 한심한 병사들……

짐작했겠지만 필름 작업을 하다 혼비백산한 병사는 나 김광한이다. 〈전우신문〉 성주 노릇을 한 친구는 대전 MBC 보도국장을 지낸 송하순이다. 가끔 만나 그때 얘기를 하면 폭소를 금할 수가 없다. 죽음이 두렵지 않고 삶에도 미련이 없다더니, 막상 포탄이 터지자 책상 밑으로 기어들어가 신문 더미에 숨던 내 모습이 얼마나 우습고 한심했던지…….

구경만 하는 전쟁은 아름답기 그지없었다. 쏘면 밝은 빛을 내며 날아가는 예광탄이란 총알을 실탄 가운데에 섞어놓는다. 깜깜한 밤 총을 쏠 때 자기 총알이 어디에 박혔는지 알아보기 위해서다. 그런 총알이 공중을 날 때 생기는 빨갛고 노란 선이며, 포탄 터질 때의 섬광, 조명탄의 불빛…… 그야말로 아름다운 불꽃놀이였다. M16의 총알은 어찌나 날렵하게 생겼는지, 로켓탄에 칠해진 빨갛고 노란 선은 또 얼마나 예뻤는지…… 시인도 아닌 내가 '시를 쓰고 싶은' 마음이 들 만큼 아름다운 광경이었다.

사실 그곳은 전우가 피를 흘리고 생명을 잃어가는 전쟁터였다. 촌 각을 다투는 위급한 상황에서 감상에 빠지는 나는 죄인이었다. 그런 감상주의자가 월남 여자와 감상에 빠지는 사건을 저지르게 된 것은 필연인지도 모르겠다. 중대 작전 지역에 나가 취재해야 하는 것 중 에 대민 지원 사업이 있었다. 군인들은 전투만 하지 않았다. 월남 민 간인들을 위해 부서진 집을 고쳐주거나 새로 지어주기도 했다. 다리 도 새로 만들어줬다. 이런 장면이 〈백마신문〉의 주요 지면을 장식하 는 기사였다.

중대장은 취재 협조를 위해 1개 분대 병력을 지원해주곤 했다. 그 들과 함께 월남인 마을에 나가보면 전투로 인해 마을은 거의 폐허 가 되다시피 했다. 한국군은 마을 재건을 위해 공사를 해주곤 했다. 그런데 실제로 대민 지원 사업을 하는 동안에는 주민들과 시간을 딱 맞추기가 힘든 까닭에, 대개는 공사를 하는 척 연출을 해서 사진 을 찍어야 했다. 물론 주민들을 출연시키는 것도 필요했다.

마을에서 주민들의 협조를 얻기는 어렵지 않았다. 우리는 그들을 위해 먼 타국에서 건너와 싸워주고 일해주는 사람들이기 때문이었 다. 우리가 총을 들고 있다는 것도 이유가 됐다. 하지만 겉으로만 그 랬을 뿐 그들의 속마음은 무척 비협조적이었다. 우리끼리의 일에 왜 다른 나라 사람들이 와서 '콩 놔라 팥 놔라' 하느냐는 거였다.

월남 사람 가운데 진심으로 한국군에게 협조를 베푸는 사람들이 없지는 않았다. 이들은 크게 두 부류로 나뉘었다. 한 부류는 공산당을 겪어봐서 그들의 잔혹성을 잘 알고 있는 사람들이었다. 다른 부류는 관리, 군인, 경찰 또는 부자들 즉, 공산당에게 배척당할 만한 사람들이었다.

판차 아주머니는 후자에 속했다. 나트랑 시내에 있는 한 가게의 주인이었던 아주머니는 한국군에게 친절하기로 소문난 분이었다. 어찌나 잘해줬던지 '혹시 베트콩이 아닐까?' 해서 헌병대 수사반에서 몰래 뒷조사를 했을 정도였다. 베트콩들이 그런 식으로 접근해 한국군에게서 정보를 빼내거나 한국군을 몰래 살해하는 일이 비일비재했다. 하지만 아주머니는 베트콩에게 비협조적이던 남편이 살해당했다는 이유 하나만으로 혐의를 벗기에 충분했다.

풍문만 듣고 가게를 찾았던 나는 깜짝 놀랐다. 판차 아주머니가 돌아가신 우리 어머니와 너무나 닮았기 때문이었다. '어머니!' 하고 두 손을 덥석 잡을 뻔했다. 물론 나이는 우리 어머니보다 훨씬 아래였다. 아주머니는 우리말은 아주 조금밖에 못했지만 영어는 약간 할 줄 알았다. 더듬거리는 영어로 어머니 얘기를 하니 그녀는 빙그레 웃어 보였다. 미소 짓는 모습도 어머니와 비슷했다.

나는 아주머니 가게를 자주 방문했다. 외출할 때면 거의 들르곤 했다. 두 달쯤 지났을 때 아주머니는 자기 딸 수이를 소개해줬다. 교제해도 좋다는 허락과 진배없었다. 수이는 쌍꺼풀 진 검은 속눈썹이 인상적인 미인이었다. 당시 고등학교를 갓 졸업하고 미국인 회

월남 작전지에서 만나 사랑에 빠진 여인. 수이

사에서 타이피스트로 일하고 있었다. 그녀의 영어 솜씨는 나나 아주머니보다 더 좋았다. 나는 수이와 이른바 교제를 시작했고 곧 사랑에 빠졌다. 그녀와의 결혼을 심각하게 생각해본 적도 있었다.

나는 수이와 다섯 달쯤 진지하게 사귀다 헤어졌다. 지금 기억으로 내가 잠시 전출을 가고 수이네가 이사를 가는 사이 연락이 두절돼버린 것 같다. 사랑이었을까? 지금 생각해보면 아니었던 것 같다. 이별 이유가 뚜렷이 기억나지 않는 것만 봐도 그렇다. 외로움 때문이었을 것이다. 부모님과 친구가 죽고 고국에서 멀리 떨어져 있다는 외로움, 전쟁터에 있다는 불안감 따위가 나를 그렇게 몰고 가지 않았을까. 이렇게 말하면 수이에게 좀 미안하긴 하지만, 다행인건 일부 한국군들처럼 혼혈아를 남기는 무책임한 짓은 하지 않았다는 사실이다.

어느 날 나는 〈백마신문〉의 기사 문제로 정훈장교와 충돌했다. 〈백마신문〉의 독자인 병사들은 자신들이 겪고 있는 전쟁의 실제 상황을 정확히 알아야 한다는 게 내 주장이었다. 반면 정훈장교는 아군이 전투 때마다 승승장구하고 있다는 기사를 써서 아군 병사들의 사기를 높여야 한다고 주장했다. 실제로 우리 한국군은 많은 전투에서 실패를 맛보고 있었다.

갈등의 여파로 나는 29연대의 한 포대로 파견을 나가게 됐다. 포대에서 나는 멋쟁이 병사였다. 파견 생활을 하는 동안 누구의 간섭도 받지 않았다. 다른 전우들과는 달리 항상 깨끗이 다림질된 옷을 입고 장발인 채로 자유롭게 생활했다. 그 시절 하면 위문 공연이 맨 먼저 생각난다. 한국에서 위문 공연단이 오면 가수나 댄서 같은 단원들은 백수건달인 '내 차지'가 됐다. 다른 병사들도 그들과 접촉하고 싶은 마음이 굴뚝같았겠지만 그럴 시간이 없었다.

나는 그들과 이야기를 나누고 사진을 찍고 폼을 잡았다. 무료한 가운데 무척 즐거웠던 시간이었다. 바야흐로 월남에 온 지 열 달 정도 지나고 있었다. 한국에 있었으면 제대할 무렵이었다. 하지만 국방부와의 계약 기간이 1년이었기에 앞으로도 두 달을 더 있어야 했다.

한국으로 돌아가고픈 마음이 들자 군대에서의 시간이 느리게 흘러가기 시작했다.

월남 생활을 한 지 열 달쯤 지나니 한국으로 돌아
가고 싶어졌다. 남들처럼 돈을 벌고자 월남으로 온
게 아닌 만큼 그만 제대해 민간인이 되고 싶었다. 민
간인이 되어 뭘 하겠다는 구체적인 계획 같은 건 전
혀 없었다. 다만 하는 일도 없이 편히 지내다 보니
무료함에 변화를 꾀하고픈 마음이었다. 무료하고
답답했던 건 나뿐만이 아니었던 것 같다.

캄란 만에 있는 30연대에는 김문수 외에 이경한
이란 월남 파병 친구가 있었다. 그 친구가 하루는
총을 갖고 바닷가로 나가 파도를 향해 마구 쏘아댔
다. 답답한 마음을 풀려는 것뿐이었는데 어떤 어린
애가 맞아서 쓰러졌다. 다행히 생명에는 지장이 없

었지만 그 친구는 헌병에게 붙들려가 영창 생활을 해야 했다.

한편 나는 면도나 하고 머리를 다듬지 않으면 편지를 쓰거나 가끔 그 친구에게 위로 면회를 갔다. 이것이 말년 병사의 거의 유일한 일과였다. 편지는 펜팔 형태로 주고받았다. 사실 나는 월남에 오기 전부터 김영희와 오수진이란 초등학교 5학년 여학생들과 펜팔을 하고 있었다. 비룡부대에 있을 때 사단으로 배당되는 모든 위문품과 위문편지는 우리 정훈부에서 관리를 했었다. 그때 온 편지들 가운데 글 잘 쓰고 글씨 예쁜 편지라고 고른 게 영희와 수진이었다.

"국군 아저씨, 안녕! 우리 학교는 이번에……."

"영희야, 보내준 편지 잘 받았단다. 아저씨는 지금 흰 눈이 펄펄 내리는 연병장을 보며……."

어린애들과 주고받은 순수한 편지는 월남에 있던 내게 큰 위안이 돼줬다. 남아돌아가는 건 시간뿐이었고, 그 많은 시간을 때우려면 펜팔 한두 개로는 모자랄 것 같았다. 그래서 꾀를 낸 게 《주간중앙》이었다. 《주간중앙》의 '4백자 콩트'란 코너에 글을 보냈다. 제목은 '월남, 장 보러 왔나?', 필자는 '주월 백마부대 정훈대 병장 배두만'.

"……막사고 어디고 간에 온통 뜨거웠다. 배 병장은 편지지와 볼펜을 들고 시원한 야자수 그늘 아래에 앉았다. 어제만 해도 정글을 박박 기며 M16을 긁어대던 배 병장에겐 오랜만의 망중한이었다. …… '한 달 후면 귀국을 하오'라는 편지를 보냈다. 곧 그녀에게서 답장이 왔다. '아주 예쁜 아오자이 한 벌 부탁해요. 사이즈는 36-23-36…….' 배 병장은 왈칵 화가 치밀어 이렇게 답장을 보냈다. '……

월남에 장 보러 왔나?'"

대강 이런 내용이었다. 이 책이 나오면 '배두만 병장'이 누군지 알게 된 '아줌마'들이 나를 향해 이를 갈 것이다. 내 글이 채택돼《주간 중앙》에 실리자 전국에서 천 통에 가까운 편지가 날아들었고, 그중 다수의 여자들과 '배두만'이란 이름으로 계속 펜팔을 했기 때문이다.

29연대 포대에 파견을 나가서도 펜팔로 시간을 보냈다. 그럼에도 도저히 참을 수 없을 지경이 되자 귀국 신청을 했다. 월남에 더 있어도 상관없었지만 무료함을 견딜 만한 힘이 남아 있지 않았다. 그때 경험 때문인지 지금도 일이 고된 것보다 일이 아예 없는 게 참기가 더 힘들다.


마침내 귀국 허가가 떨어졌다. 월남에 온 지 열 달 만이었다. 귀국 박스를 꾸리는데 박스를 채울 물건이 없었다. 그때 귀국 박스는 돈덩이였다. 월남에 있는 미군 PX(군용 매점)에서 미제 상품을 사 국내로 가져오면 몇 배의 이윤을 남길 수 있었다. 세금도 전혀 물지 않았다. 그렇다 보니 당시 월남에 다녀온 병사들은 혼기를 맞은 아가씨들에게 인기가 대단했다.

나는 미제 상품에 대한 관심이 전혀 없었다. 월급이 나오면 그곳 한국은행에 모두 저금했다. 나는 돈을 벌고자 월남에 간 게 아니었기에 내 '귀국 박스'는 단출하기 짝이 없었다. 팝송 얘기가 있는 잡지와 책, 스크랩한 것, 영어 사전, 펜팔 편지 묶음과 몇몇 사람들에게 선물로 줄 아오자이 인형 몇 개가 다였다.

그때 한국군 병사들에게 인기가 있었던 건 미제 상품만이 아니었다. 포를 쏘면 포탄 탄피가 남는다. 구리로 만든 탄피를 국내에서는 비싼 값에 팔아먹을 수 있었다. 그것들을 망치로 두들겨 납작하게 만들어서 모아둔 다음 가지고 들어오면 아주 난리가 났다. 당시 월남에서는 포탄 탄피로 울타리를 만들기도 했다. 그걸 빼서 가져가는 건 양반이고, 멀쩡한 포탄을 분해해 포탄은 버리고 탄피만 가져가는 경우도 많았다. 그 광경을 보고 몹시 화가 나서 사진으로 찍어놓기도 했다.

더 창피한 건 그런 일이 미군들에게 수시로 발각되곤 했다는 사실이다. 부두에 쌓아놓은 귀국 박스를 크레인으로 배 위에 옮기는 일을 미국인들이 했는데, 잘못하여 갑판 위로 박스가 떨어져 터질 때마다 탄피 더미가 와르르 쏟아져 나왔다. 뿐만이 아니라 배에 실려 한국에 도착한 다음 본인의 손에 박스가 넘어올 때까지 숱한 도둑질이 행해졌다. 나 역시 귀국선을 타고 부산에 도착했을 때 뜯어본 흔적이 뚜렷한 박스를 받았다. 남들이 볼 땐 시시한 것밖에 없어서인지 없어진 건 하나도 없었다. 나와 달리 다른 사람들은 물건이 없어졌다며 야단법석이었다.

아무튼 열 달 만의 귀국이면서 3년 만의 민간인으로의 복귀였다. 나는 부산에서 배를 타고 바로 제주도로 가려 했다. 죽은 진성익의 묘에 가볼 생각이었다. 귀국선을 타고 오면서 이미 대한민국의 땅에 발을 디딘 다음 맨 처음 할 일로 정해둔 것이었다. 그런데 사정이 여의치 않아 다음 기회로 미루고 부산에서 하룻밤 잔 뒤 서울로 올

라왔다. 진성익의 묘에는 8년 후에나 가보게 된다.

그때부터 DJ가 되기 위한 길고 긴 고행이 시작됐다.

# III
## DJ를 향한
## 멀고도 험난한 여정

서울로 올라와 경기도 화전의 예비사단에 일주일쯤 있다가 제대 특명을 받았다. 마침내 자유인이 됐지만 뛸 듯이 좋을 만한 일은 없었다. 군대에서도 자유롭게 생활했으니 새삼스럽지도 않았다. 오히려 가슴이 답답한 증세가 군에 있을 때보다 더 심해졌다. 나중 얘기지만 나는 DJ의 꿈을 이루고자 숱한 고생을 했다. 그런 고행이 없었다면 DJ가 되지 못했을지도 모른다. 어쩌면 영 엉뚱한 길로 빠졌을지도 모를 일이다.

제대하고 나니 당장 그날 저녁부터 잘 곳이 없었다. 벌써부터 고행의 시작이었다. 아버지가 돌아가신 뒤 충무로 집이 다른 사람에게 넘어가는 바람에 집안 식구들은 뿔뿔이 흩어져 연락이 닿지 않았다. 다행히 수중에는 월남에서 받아 모아놓은 10만 원이 있었다. 지금으로 치면 5백만 원쯤 되는 거금이어서 전세방 하나는 충분히 얻을 수 있었다. 하지만 나는 돈을 다 써버리기로 작정한다. '돈을 갖고 자립하기보다는 맨주먹으로 자립하고 싶다'는 마음으로.

우선 임시 거처를 삼청동에 있는 이정렬이란 중학교 때 친구네 집으로 정했다. 나는 어머니가 큰형님의 친구들을 먹여주고 재워주고, 몇 달이라도 불편 없이 지내도록 배려해주는 것만 보고 자랐다. 큰 망설임 없이 친구네 집으로 거처를 결정한 것은 이 때문이었다. 어머니의 배려가 보통 어려운 일이 아님을 몰랐을 만큼 현실 감각이 없었다고나 할까.

친구네 집에 얹혀살면서 신나게 돈을 쓰고 다녔다. 툭하면 여행을 가고 끼니때마다 전기 구이 통닭을 먹었다. 친구와 여기저기 쏘다니며 놀다가 늦으면 여관에서 잠을 자기도 했다. 그렇게 순식간에 거금 10만 원을 탕진했다. 돈을 다 쓴 다음엔 맨주먹으로 자립할 계획이었다. 자립해서 노리는 목표는 물론 DJ였다. 한 달쯤 지났을 때 문득 친구의 어머니에게서 눈치를 느꼈다. 그 어머니가 직접적으로 눈치를 준 적은 없었다. 얹혀사는 처지로 인한 자격지심이었을 것이다. 그때 수중에 남은 돈은 2만 원 정도였다.

하루는 유동춘이란 후배를 우연히 만났는데 선뜻 자기네 집으로 거처를 옮길 것을 권했다. 연세대학교를 졸업하고 입대한 녀석은

25사단 정훈부에 있을 때 내 밑으로 들어온 졸병이었다. 유동춘 이 등병은 정훈부에 와서 얼마 지나지 않아 까마득한 김광한 병장님을 "형!"하고 불렀다. 기가 막힐 노릇이었다. 녀석은 군밤을 먹었다.

"하나님과 동기인 왕고참한테 뭐? 이누무 스키, 꼬나박아!"

말은 그렇게 했지만 본디 귀여운 놈이라 무척 친하게 지냈다. 그러더니 결국엔 신세까지 지게 됐다. 나는 녀석의 집으로 거처를 옮겼다. 제대하고 나서 녀석뿐 아니라 군대에서 알았던 친구들의 도움을 많이 받았다. 그들은 어느 면에선 어릴 적 친구나 학교 때 친구들보다도 큰 힘이 돼줬다.

동춘의 아버님은 한국일보 논설위원을 지낸 유광렬 씨였다. 그분은 청렴결백하고 강직한 생활을 하면서 언론인으로 끊임없이 공부를 하는 분이었다. 동춘의 집에 더부살이를 하는 동안 그분한테서 영향을 많이 받고 배울 수 있었다. 정렬이네 집보다도 작고 누추했지만 마음은 편했다. 그러는 동안에도 DJ가 될 수 있는 길을 끊임없이 모색했다. 수많은 헛고생을 하기도 했다. 낙심천만해 침울해 있으면 동춘은 자기 일처럼 안타까워했다.

"형, 내가 아버지한테 부탁드려볼게."

유광렬 씨가 원로 언론인인 만큼 방송국에 아는 사람도 많으니, 다리를 놔달라는 부탁을 해보겠다는 거였다. 그때마다 나는 강하게 녀석을 말렸다.

"나는 그런 식으로 시작하고 싶지 않아. 하나부터 열까지 몽땅 내힘으로 할 거야. 그게 우리 아버지 유언이거든."

사실 그랬다. 기댈 곳을 찾자고 들면 전혀 없지는 않았다. 대학 시절의 은사님들도 있었다. 예전부터 안면이 있던 사람들 가운데 방송국에 근무하는 분들도 적지 않았다. 하지만 자존심을 굽혀가며 부탁하고 싶지 않았다. 또 청렴한 성품인 동춘이 아버님이 부탁을 들어줄 리도 없을 거라 생각했다. 설령 들어준다 해도 나 스스로 그분의 강직한 삶에 흠집을 내고 싶지 않았다.

앞뒤 꽉 막힌 생활 속에서 마음이 울적해지면 망우리 부모님의 산소를 찾았다. 아버지는 먼저 돌아가신 어머니와 합장돼 있었다. 나는 두 분 앞에서 엉엉 소리 내어 울었다. 답답한 생활에 앞이 보이지 않는 길을 가야 하는 암울한 심정이었다. 누구의 도움도 기대하기 어려운 아득함에 짓눌린 나는 세상 떠난 부모님 외엔 호소할 데가 없었다. 그렇게 실컷 울다 돌아올 때면 발걸음이 조금은 가벼워졌고 힘도 솟는 것 같았다. 망우리 공동묘지의 수많은 묘지들을 구불구불 돌아 산을 내려오는 동안, 아버지 어머니는 등 뒤에서 이렇게 말씀하시곤 했다.

"광한아, 죽으면 다 이렇게 조용하단다. 이 사람들도 살아 있을 때는 실패와 좌절을 겪기도 하고 보란 듯이 성공도 했겠지. 하지만 그모든 건 사라지고 지금은 이렇게 말이 없단다. 그러니 무서울 게 뭐가 있겠니? 너는 해낼 수 있는 사람이야."

살아 계셨을 때처럼 못난 자식의 기운을 돋워주시는 말씀이었다.

울적할 때면 가는 곳이 또 있었다. 개포동에 있는 석세욱이란 군대 친구의 집이었다. 지금은 고층 아파트들이 즐비하지만 그때만 해도 한적한 시골 동네였다. 포장도 안 된 시골길을 걸어 그 집에 가면 세욱의 아버지가 나를 위해 기도를 해주셨다. 그분은 독실한 기독교 신자로 교회의 집사였다. 커피 한 잔을 내와도 "광한 군, 기도합시다"였고 과일을 내와도 "기도합시다"였다.

"하나님 아버지, 우리 세욱이의 친구 광한 군을 또 이렇게 만나게 해주셔서 감사합니다. 이 젊은이는 지금 자신이 나아갈 길을 힘차게 걷고 있습니다. 아무쪼록 광한 군이 이루고자 하는 DJ의 길이 반드시 성사될 수 있도록 도와주시옵고, 우리 젊은이 광한 군과 세욱이의 앞날에 늘 평안함이 깃들기를 간절히 기도하옵니다. 아멘! 자, 들지!"

세욱의 집에 갈 때마다 최소한 서너 번은 들은 감사의 기도로 지금도 기억하고 있다. 그렇게 갔다 오면 마음이 편안해졌다. 이상하게도 내가 가는 날마다 수요일이 많았다. 수요일은 교회에 가는 날이었다. 그런 우연에 대해 말하면 세욱은 "하나님의 긍휼하신 은혜가 아니겠냐?"며 빙그레 웃었다. 저녁을 먹고 나면 세욱의 아버지는 "광한 군, 교회 갑시다"라는 말씀을 하셨다.

나는 종교를 강요받는 게 싫었다. 형식을 갖춰 믿기보다는 남을 속이거나 헐뜯지 않으면서 올바르게 살면 되지 않느냐는 게 내 생각이었다. 그렇다고 친구 아버님의 권유를 거절할 순 없어서 고삐 맨 소처럼 따라가야만 했다. 교회에 앉아 있노라면 식곤증이 무섭게 몰려왔다. 허벅지를 마구 꼬집으며 두 눈을 부릅떠봐도 꾸벅꾸

벅 졸기 일쑤였다.

나중 얘기지만 세욱은 홀로 캐나다 이민을 떠났다. 신자들의 말과 행동이 일치하지 않는 데서 오는 괴리감이 이유였다. 심지어 성직자까지도 성경 말씀대로 행하지 않는 현실에 회의를 느꼈다고 했다. 나는 친구가 떠난 뒤에도 그 집을 계속 찾아갔다. 괴로울 때나 외로울 때나 포근한 위안을 받을 수 있었다. 그러던 중 DJ를 꿈꾸던 내게 한줄기 빛이 보였다. CBS 기독교방송에서 성우를 뽑는다는 소식을 들은 것이다.

나는 한달음에 달려가 원서를 접수했다.

CBS에 원서를 내고 기다렸다. 1차 시험은 서류 심사였다. DJ가 되겠다는 녀석이 왜 성우를 지망했는가 하면, 당시엔 방송국 DJ가 되려면 아나운서가 돼야 했기 때문이었다. 방송국 아나운서 시험에 합격하기엔 내 실력이 턱없이 모자랐다. 어쩔 수 없이 방송국에 발을 들여놓은 다음 DJ 쪽으로 길을 뚫어 보려는 심산이었다.

방송과를 졸업했으니 '서류 심사쯤이야……' 하고 자신만만해했다. 그런데 발표 날짜가 돼서도 연락이 없었다. 앞길이 깜깜한 것 같아 우울했다. 다음 날 동춘의 집을 나와 여기저기 돌아다니다 저녁 무렵 개포동 세욱의 집으로 갔다. 위로를 받고 싶은 마음이었다. 하룻밤을 자고 다음 날 아침 세욱의 집을 나와 망우리 부모님 묘에 가서 또 실컷 울었다. 그러곤 늦도록 쏘다니다가 밤이 이슥해서야 동춘의 집으로 들어갔다. 동춘이 허겁지겁 달려들었다.

"형, 왜 이제 오는 거야? 합격됐다고 통지가 왔단 말이야!"

"뭐어? 언제?"

"어제 형 나가고 바로! 오늘 점심때까지 2차 면접 시험을 보러 오라는데 연락이 돼야지. 어딨었어? 전화라도 한번 해보지 않고! 에이, 참!"

동춘은 자기 일처럼 안타까워했다. 눈앞이 아득했다. '운명이 나를 버리는가? 내 운명이 이렇게밖에 안 되는 건가?' 나는 어떤 궁지에 몰려도 그냥 주저앉기보다는, '어떻게 하면 이 난국을 타개할 수 있을까' 궁리하며 끈기 있게 방법을 찾아보는 타입이었다. 부모님에게서 교육받은 바도 그랬고 내 천성 또한 고난 속에서도 솟아날 수 있는 생명력을 갖고 있었다. 포기하지 않고 방법을 찾으면 반드시 해결책이 나왔다. 지금껏 내 경험으로 봐도 틀림없는 진리였다.


밤새 궁리를 했다. 아무리 엄격한 시험이라 해도 인간이 하는 일인 만큼 사정을 말하면 감안해줄 거라 생각했다. 그냥 포기하고 주저앉기엔 너무나 억울했다. 오로지 DJ가 되기 위해, 방송국에 발을 들여놓기 위해 수많은 세월을 공부하고 노력해왔는데…… 이튿날 아침 일찍 방송국으로 달려갔다. 합격자는 그날 낮 12시 무렵에 발표될 예정이었다. 다짜고짜 사장실로 가서 문을 두드렸다.

"어떻게 오셨습니까?"

"사장님 좀 뵐 수 있습니까?"

비서와 대화를 나누는데 열린 사장실 문틈으로 사장인 듯한 분의 모습이 보였다. 그때 CBS 사장은 오재경 씨였다. 말리는 비서를 제치고 사장실로 뛰어 들어갔다. 사장님께 꾸벅 절을 한 다음 당돌하게 말했다.

"저는 이번에 성우 시험에 응시한 김광한이라고 합니다. 1차 합격 통지서를 받기 전에, 세상 되는 일도 없고 힘들어서 망우리 공동묘지에 있는 부모님 산소에 가 밤새 혼자 울고 떠들다 깜빡 잠이 들어버렸습니다. 다음 날 내려와 친구네 집에 가보니 2차 면접 통지가 와 있었습니다. 면접 시간은 이미 지난 뒤였습니다. 제가 실수한 일입니다만 너무나 억울해서 아침 일찍, 실례인 줄 알면서도 이렇게 찾아뵙게 되었습니다. 제발 선처해주시면 안 되겠습니까?"

사장님은 물끄러미 나를 바라보다가 마침내 고개를 끄덕였다. 속으로 환호를 질렀다. 사장님은 총무국장을 불러 개별 시험을 치를 수 있도록 하라고 지시했다. 나는 귀찮은 눈치가 역력한 총무국장을 따라 스튜디오로 갔다. 거기서 총무국장을 비롯한 서너 명이 지켜보는 가운데 시험용 원고를 읽었다. 드라마 대본으로 기억하는데 제법 프로처럼 대사를 읽어 내려갔다.

"수고했네. 발표는 이따가 12시에 하니까, 12시 뉴스를 듣게."

12시 정오 뉴스를 마음 졸이며 들었다.

"……○○번 김광한!"

합격을 했다.

"야호!"

동춘이와 나는 환성을 질렀다. '됐다! 드디어 방송국에 들어가는구나. 방송국에 들어가면 DJ를 할 수 있을 거야.'

남은 건 3차 필기시험뿐이었다. 그런데 실력이 딸렸는지 3차 시험에서 떨어지게 된다. 일반 상식, 영어, 국어 등의 시험을 본 걸로 기억된다. 그 실패만큼은 돌이킬 수 없는 결과였다. 뿐만 아니라 KBS 성우 시험에도 떨어졌다. CBS 때와 마찬가지로 1차와 2차는 합격, 3차는 미역국이었다. 동춘이네 집에 여덟 달이나 신세를 지고 있을 때여서 어떻게든 그 집을 나와 다른 방도를 찾아야만 했다. 그래도 힘을 써줄 만한 분들은 절대 찾아가지 않았다.

그 무렵 신문의 구인란을 샅샅이 훑는 게 가장 큰 하루 일과였다. 하루는 《영화문화연구》란 월간 잡지에서 기자를 모집하는 광고가 났다. 영화 전문 잡지로는 우리나라 최초였을 것이다. 안국동 사학회관 빌딩에 있는 잡지사로 가서 시험을 봤다. 영화를 좋아하기도 했지만 다음과 같은 연상 때문이었다.

'영화? - 기자? - 매스컴? - 방송국? - DJ?'

DJ가 될 가능성이 있는 길이라면 어디든 밟을 작정이었다. 시험 결과 합격을 해서 일단 다니기로 했다. 책정된 월급은 쥐꼬리였지만 다행인 것은 동춘이네에 더 이상 신세지지 않아도 된다는 사실이었다. 사정 얘기를 하니 취재부장이 밤에 사무실에서 잘 수 있도

수양어머니 오분순 여사

록 배려해줬다. 배려라곤 하지만 말 그대로 밤이면 책상 위를 치운 뒤 담요를 깔고 덮은 채 새우잠을 자는 거였다. 라면으로 끼니를 때 워가며 열심히 일했다.

그 시절 내게 큰 힘이 돼준 분은 오분순이란 이름의 수양어머니 였다. 옛날 내가 비룡부대에 있을 때부터 펜팔을 해왔던, 수진이라 는 초등학교 5학년 아이의 어머니 되는 분이셨다. 내가 수진이에게 보낸 편지를 보고 수양어머니가 돼주겠다고 하신 것이다. 수양어 머니는 현재 미국에 이민 가서 살고 계신다. 그때는 용산역 앞에서 여관업을 하시며 살림집은 흑석동인가에 있었다. 당시 용산역 앞 에 윤락가가 있었는데, 수양어머니 집에 윤락 아가씨들이 들락거리곤 했다.

그렇다고 무슨 포주니 하는 것과는 거리가 멀었다. 오히려 저녁을 못 먹은 아가씨들에게 김밥을 공짜로 주면서 '이 생활 청산하라'며 타이르는 분이셨다. 그렇게 해서 고향으로 돌려보낸 아가씨들이 내가 아는 것만도 열 명이 넘었다. 그분은 험한 세파에 시달린 아가씨들이 "엄마, 엄마!" 하고 응석을 부리거나 술에 취해 주정하는 것도 다 받아줬다. 그럴 때마다 그분이 마치 테레사 수녀처럼 성스럽게 보였다.

나는 그 집에 종종 놀러갔는데 항상 친자식처럼 따뜻하게 대해주셔서 큰 위안과 용기를 얻었다. 그에 비해 내가 해드린 건 월남에서 사온 아오자이 인형 하나뿐이었다. 보잘것없는 인형인데도 그분은 큰 선물을 받은 것처럼 즐거워하고 고마워하셨다. 그런 분이 내 사정을 알고 가만있을 리가 없었다. 아침이면 따뜻한 밥과 반찬을 가득 담은 찬합을 잡지사 사무실로 가져다주셨다. 극구 사양하는데도 하루도 빠짐없이 도시락 배달을 해주셨다.

한 달이 지나 월급날이 됐는데도 감감무소식이었다. 쥐꼬리만 한 월급도 주지 못할 정도니 회사 사정은 뻔했다. 보다 못한 수양어머니가 입주 가정교사 자리를 알선해주셨다. 초등학교 애들 셋을 가르치는 일이었다. 잡지사는 보름이 지나도록 월급 줄 낌새를 보이지 않았다. 결국 그만두고 가정교사 일을 하기로 했다.

DJ고 뭐고 당장 목구멍이 포도청인 신세가 된 것이다.

커다란 보스턴 가방 두 개를 들고 후암동 고개를 오를 때 참으로 착잡했다. 수양어머니 말씀대로라면 가정교사 노릇이 쉽지 않을 것 같은 예감이 들었다. 그 집에는 고등학교 2학년짜리 장남과 초등학생 셋이 있는데, 내가 가르쳐야 하는 애들보다도 장남이 문제라고 했다. 망나니 같은 녀석이 가정교사를 두들겨 패기 일쑤여서 지금껏 가정교사가 열 번도 더 바뀌었다는 것이다.

그 얘기를 듣자 귀가 솔깃했다. 어떤 녀석인지 보고 싶다는 호기심과 녀석의 행동을 고쳐놓고 싶다는 승부욕이 강하게 일었다. 이런 연유로 선뜻 승낙하기는 했지만 막상 그 집이 가까워지자 슬며시 걱정되기 시작했다. 집 대문에 도착해 살펴보니 꽤 잘사는 집이었다. 잔디 깔린 정원도 아주 넓은 2층집이었다.

'이렇게 잘사는 집 애가 왜 문제아가 됐지? 부모가 돈 버느라 애들한테 소홀한가?' 나는 심호흡으로 아랫배에 힘을 준 다음 초인종을 눌렀다. 집에 들어가 애들 어머니와 인사를 나눴다. 언뜻 보기에 문제 어머니 같지는 않았다. 2층에 정해준 내 방에 짐을 풀었다. 작은 방이었지만 넓은 창문으로 시야가 탁 트인 전망 좋은 방이었다. 창문을 여니 수많은 집들이 내려다보였다. 하고많은 집 가운데 내집이 하나도 없다니…… 괜히 서글퍼졌다.

오후 5시쯤 되자 막내 춘성이를 비롯한 초등학생 셋이 학교에서 돌아왔다. 녀석들은 모두 착해 보였다. 이들도 나한테서 좋은 인상을 받은 것 같았다. 밤이 이슥해 잠자리에 들었으나 이런저런 생각으로 잠을 이루지 못하고 한밤중에 일어나 책을 펼쳤다. 자정이 다 됐을 때 대문을 여닫는 소리가 들렸다. 애들 아버지가 돌아온 거라 짐작하고, 나를 부를지도 모른다는 생각에 아래층에 귀를 기울였다.

'쿵쿵쿵' 하며 2층으로 올라오는 발걸음 소리가 들린다 싶더니 누군가 벌컥 내 방문을 열었다. 덩치 크고 쌍꺼풀진 눈에 코가 오뚝하고 뚜렷한 게 아주 잘생긴 녀석이었다. 직감적으로 '문제아' 장남임을 알아차렸다.

"오, 어서 와라. 네가 춘호구나?"

춘호는 말없이 나를 힐끗 보더니 정리해놓은 내 책장 쪽을 살폈

다. 나 또한 녀석을 파악하려고 열심히 살폈다. 녀석은 가정교사한
테 폭력을 휘두를 만큼 문제아로 보이진 않았다. 녀석이 우물쭈물
들어와 책장 쪽으로 가선 레코드판과 팝송 책을 뒤적거렸다. 나는
얼른 말을 붙였다.

"팝송, 좋아하니?"

끄덕끄덕.

"많이 알아?"

"……아뇨. 많이 알아요?"

"글쎄, 네가 얼마나 아는지는 몰라도, 너한테 가르쳐줄 정도는 될
걸."

순간 녀석의 눈빛이 반짝이는 게 보였다. 녀석이 대뜸 물었다.

"레드 제플린Led Zeppelin 노래 중에 뭘 좋아해요?"

내 실력을 테스트하려는 거였다.

"글쎄…… 넌 뭘 좋아하는데?"

"「Stairway To Heaven」요."

"좋지! 그러면 너, 「Babe I'm Gonna Leave You」나 「That's The Way」
같은 곡도 좋아하겠구나?"

"「That's The Way」……요?"

녀석은 얘기를 시작한 지 5분도 안 되어 꼬리를 내렸다. 팝송을
좋아하는 녀석으로서는 어느 가수, 어느 곡에 대해 물어봐도 막힘
이 없는 사람이 나타났으니 그럴 수밖에 없었다. 문제아? 녀석은
문제아는커녕 착하기 짝이 없었다. 녀석의 자유분방한 성격이 어

른들에겐 문제처럼 비친 게 틀림없었다. 물어보니 가정교사를 때린 건 사실이었다. 가정교사입네 하고 무게만 잡고 말도 안 통하는 꽁생원들뿐이었다는 것이다. 실제로 녀석은 그 나이에 벌써 후암동 주먹 노릇을 하고 있었다.

그날 밤 우리는 새벽 3시까지 팝송 얘기꽃을 피웠다. 주로 춘호가 물어보고 나는 대답하는 형식이었다. 녀석은 모르는 걸 배워서 좋고 나는 나대로 가르치는 보람이 있어서 흥겨웠다. 배재고등학교를 다니고 있던 녀석은 머리도 좋았다. 녀석은 형사가 되는 게 꿈이라고 털어놨다. 나중 얘기지만, 가끔 장난감 권총을 품 안에 넣은 채 바바리코트를 걸치고 나서면 덩치 큰 그 녀석은 영락없는 형사였다.

그 후 녀석과 나는 아무런 문제 없이 친하게 지냈다. 녀석은 나를 "형!"이라고 불렀다. '선생님'이라고 하길래 내가 그렇게 부르도록 했다. 한동안 속 썩이던 큰아들 녀석이 마음을 잡은 듯 조용해졌다. 덕분에 내 본업인 가정교사 쪽은 소홀했지만 그 집에 붙어 있을 수 있었다.

그런 식으로 인정을 받고 나서는 애들 공부는 뒷전이고 춘호와 같이 놀기만 했다. 나중에 녀석도 끝내 팝 계통의 일을 하게 됐고 지금도 잘 지내고 있다. 여기서도 볼 수 있듯 나는 팝송을 통해 많은 젊은이들을 선도했다고 자부한다. 음악을 통해 그들의 생각을 듣고 인생을 얘기하며 미래에 대해 대화를 나눌 수 있었다. 음악은 그들과 스스럼없이 가까워지게 만들었다.

가정교사를 호구지책으로 삼는 한편, DJ가 되는 길을 나름대로 열심히 모색하고 있었다. 그러던 어느 날 신문에 'MBC 라디오 모니터요원 모집' 공고가 났다. 나는 즉각 응모를 했고 모니터요원으로 뽑혔다. DJ와는 거리가 멀었지만 방송국에 다가간다는 것만으로도 좋았다.

나는 방송국에서 일주일에 한 번씩 하는 모니터 회의에 빠지지 않고 참석했다. 회의를 할 때 모니터 실력을 가장 당차게 발휘한 사람은 나였다. 방송국 DJ들의 실수가 첫 번째 주제였다. 노래 발표 연도를 틀리게 말했다든지 발음이 잘못됐다든지, 어느 부분에서 실수를 했다는 등등. 특히 당시 이종환 씨의 〈별이 빛나는 밤에〉는 내가 가장 즐겨 듣고 비판한 프로그램이었다. 나는 뉴스나 교양 프로, 드라마까지도 물고 늘어지곤 했다. 그게 습관이 됐는지 지금도 차만 타면 라디오를 들으며 나름 애정 어린(?) 비판을 한다.

모니터를 하면서도 가정교사 일을 계속했다. 갈수록 입장이 난처해졌다. 아이들 가르치는 일을 등한시하고 마지막 명분이었던 말썽쟁이 춘호도 얌전해졌으니 내가 할 일이 없어진 것이다. 가정교사를 그만두고 다른 직장을 찾아볼 때가 됐다.

또다시 신문의 구인광고를 뒤지다 눈에 띈 것이 '칼라 아크릴 특허! 영업사원 대모집!'이었다. 지금이야 세련되고 다양하게 멋을 부린 간판이 넘쳐나지만, 당시엔 아크릴에 색깔만 넣어도 대단한 신상품이었다. 호기심이 생겨 북창동의 낡은 건물에 있는 사무실로 찾아갔다. 설명을 듣고 보니 생각했던 것보다 훨씬 신기한 상품이었다. 보는 방향에 따라 색깔이 달리 보이는 간판으로 꽤 각광을 받을 것 같았다.

나는 당장 취직하기로 했다. 취직이라고 해봤자 영업사원이었기에 월급 같은 건 전혀 없었다. 간판을 주문받은 만큼 간판 값의 일정 부분을 수당으로 받는 식이었다. 성우에서 기자로, 기자에서 가정교사와 방송 모니터요원을 거쳐 간판쟁이가 된 것이다.

그때부터 낮에는 영업사원, 저녁에는 가정교사를 하는 이중생활이 시작됐다.

아침이면 가정교사로 있는 집을 나와 번화가를 거닐었다. 좀 낡았다 싶은 간판이 보이면 무조건 들어가 영업을 했다. 말솜씨가 좋아서였는지 아니면 내 인상이 괜찮아서였는지는 모르겠지만, 웬만한 곳에서는 하나씩 주문을 해줬다. 저녁이 되면 가정교사 집으로 돌아와 애들을 가르쳤다. 과외비는 적었지만 영업 수당은 제법 짭짤해서 수입이 괜찮았다.

간판을 주문받으면 시공에서부터 납품할 때까지 따라다녀야 했다. 살펴보니 과정이 의외로 간단했다. 글자를 도안해 어디론가 넘겨 만들어오면 시공 기술자인 양씨가 제작해 납품하는 것이었다. 양씨에게 물어보니 기술자 월급과 재료비, 내 수당을 빼고도 꽤 남는 장사였다. 제작 도구도 전기 드릴, 줄칼, 아크릴 등 10만 원 정도면 갖출 수 있었다.

10만 원이라! 나는 어떻게 해서든 10만 원을 마련해 아크릴 간판 집을 차리기로 작정했다. 우선 부잣집 아들인 이한구란 친구를 꼬드겼다. 그 친구가 5만 원의 자금을 대기로 했다. 미술 솜씨도 아주 좋아서 디자인도 맡기로 했다. 그 친구는 나중에 KBS 미술부에 취직했는데, 일이 너무 힘들다며 그만두고 동대문시장에서 포목 장사를 했다. 그냥 견뎠으면 지금쯤 미술부장이나 국장 정도가 됐을 거라며 가끔 놀리곤 한다.

견적 내는 법도 배웠겠다, 영업은 내가 뛰고 제작은 양씨에게 맡기기로 했다. 나머지 5만 원은 중학교 동창 네 명에게 빌릴 수 있었다. 녀석들과 계를 하고 있었는데 그때 5만 원의 돈을 모은 상태여서 양해를 구해 빌렸다. 1.5배로 갚아주겠다는 조건이었다. 가게는 창덕여고 옆에 있는 '창덕유리집'의 귀퉁이를 쓰고 월세 일부를 부담키로 했다. 지금으로 말하면 '숍 인 숍' 개념이라고 할까.


10만 원으로 공구를 산 뒤 개업을 했다. 우리도 이상한 녀석들이지, 마침 개업을 한 날짜가 1월 1일이었다. 개업식이라고 간단하게 사이다 한 잔씩을 하고선 영업을 하겠다며 밖으로 나온 것이다. 그것도 새해 첫날에 말이다.

"내가 나가서 주문을 받아올 테니 너는 글씨 연습이나 부지런히 하고 있어!"

142
143

초하루에 누가 간판을 주문한다고…… 하지만 나는 자신만만하게 큰소리치고 가게를 나왔다. 안국동에서 서강 가는 버스를 타고 종점에서 내렸다. 서강에서부터 안국동까지 걸어서 샅샅이 훑어갈 작정이었다. 조금이라도 간판이 낡았거나 찌그러진 상점이 보이면 무조건 들어갔다.

"새해 복 많이 받으십시오! 저, 사장님, 간판이 낡았는데 새로 하나 하시죠? 아주 멋있게 만들어드리겠습니다."

누가 정월 초하루부터 간판을 만들려고 하겠는가. "정신 나간 놈!" 어느 가게에서 문을 닫고 나오는데 뒤통수로 날아온 소리였다. 서강에서부터 걸어 지금 불교방송국이 있는 마포에 다다랐을 땐 저녁이 다 됐다. 손은 시리고 꽁꽁 언 발은 깨져 나가는데 수십 군데 가게를 거쳤어도 주문은 하나도 없었다. 맥이 빠졌다. 큰소리를 땅땅 치고 나왔지만 도무지 방법이 없었다.

계속 헛걸음을 하다 마포경찰서 앞에 다다랐다. 이제 손이고 발이고 뺨이고 모두 얼얼해서 감각이 없을 지경이었다. 경찰서 건너편에 조그만 구둣방 하나가 눈에 띄었다. 한 평쯤 되는 가게에 간판이 있을 리 없었다. '이제 마지막이다. 한 번만 해보고 안 되면 들어가는 거야, 정말로.' 돋보기를 코에 걸치고 열심히 구두를 수선하는 할아버지에게 꾸벅 절을 했다.

"할아버지, 새해 복 많이 받으십시오!"

할아버지는 안경 너머로 나를 바라봤다.

"구두 하실려구?"

"아뇨, 구두가 아니라…… 할아버지, 간판 하나 하세요. 아크릴 간판인데, 아주 싸고 멋있게 해드릴게요. 간판 달면 올해는 장사가 더 잘되실 거예요."

"얼마유?"

"얼마만 한 거 하실래요? 요만한 거 하실래요?"

나는 간판 크기를 손으로 그려 보였다.

"그만한 건 얼마유?"

"오천 원이요."

"……."

"싸게 해드리는 거예요."

"언제 가져오는 거유?"

"사흘이면 돼요. 선금은 필요 없으니 해오면 돈 주세요."

이렇게 해서 첫 주문을 받았다. 나는 구둣방에서 나와 환호성을 질렀다. 5천 원짜리면 3천 원이 남는 장사였다. 그때 나는 귀중한 교훈을 얻을 수 있었다. 새해 첫날에 주문을 받으러 다닌다고 다들 비웃었지만, 하면 된다는 의지가 있으면 못 해낼 것도 없다는 사실을. 친구 세욱의 아버지를 따라 교회에 가서 귀동냥한 '두드리면 열리리라'가 진리임을 절실히 깨달았다. 더불어 그런 조그만 일을 통해 내 미래의 가능성을 확인할 수 있었다.

아현동으로 계속 걸어가면서 열린 가게마다 들어가 주문을 부탁했다. 더 이상의 실적은 올리지 못했지만 실망하지 않았다. 다음 날

한구 녀석과 양씨는 신이 나서 제작 준비를 서둘렀다. 2만5천 원 월급에 5천 원을 더 주기로 하고 데려온 사람이었다.

"자, 빨리 도안하고 제작해! 나는 또 나가서 주문 받아올 테니까."

나는 의기양양하게 폼을 잡고 가게를 나왔다. 오늘은 어제와는 거꾸로 안국동에서부터 더듬어 갈 작정이었다. 안국동에서 인사동에 접어드니 '대신당필방'이란 가게가 눈에 들어왔다. 무조건 들어가 설명을 했더니 선뜻 주문을 해줬다. 무려 만2천 원짜리 간판이어서 7천 원의 이익이 생긴 것이다. 합이 만 원!

아크릴 사업은 순풍에 돛을 단 듯 잘 풀렸다. 주문을 받아 제작을 하면 그걸 가져가는 일도 내가 했다. 아주 힘들었지만 돈 버는 재미에 힘든 줄 모르고 열심히 했다. 개업 한 달쯤 되었을 때 두 가지 문제가 생겼다. 양씨가 월급을 올려달라고 한 것과 한구 녀석이 연애를 시작한 것이었다. 양씨는 월급을 3만 원에서 4만 원으로 올려주지 않으면 다른 데로 옮기겠다고 했다. 그야 충분히 올려줄 수도 있는 일이었다. 한구와 내가 조금씩만 덜 가져가면 되니까. 하지만 다른 곳으로 옮기겠다는 얘기는 협박으로 들려 기분이 좋지 않았다.

창덕유리집 주인아저씨를 통해 사정을 알아봤다. 양씨는 이미 3만5천 원이란 월급을 약속받고 다른 가게로 옮기기로 작정한 상태였다. 그러니까 월급 인상을 요구해 되면 좋고 안 되면 그쪽으로 옮길 생각이었던 것이다. 그게 더 기분이 나빴다. 양씨를 그만두게 하고 친구에게 제작까지 맡도록 했다. 우리는 그새 제작 기술을 다 배운 터여서 양씨에게 배짱을 튕길 수 있었다.

친구가 연애를 시작한 것도 문제였다. 특히 녀석의 방만한 근무 태도가 거슬렸다. 하긴 어떻게든 돈을 벌어야 하는 나는 포목 장사로 부유한 집안의 자식인 녀석과는 근본적으로 일하는 태도가 달랐다. 나와는 달리 녀석에게 간판 일은 단순한 소일거리에 지나지 않았다. 가끔 녀석의 애인이 가게에 놀러오기도 했다. 그때마다 일은 하지 않고 잡담을 하다 눈치를 봐서 나가버렸다. 폼을 잡아도 시원찮을 사랑하는 애인 앞에서 줄칼로 아크릴이나 자르고 있으려니 자존심이 상했던가 보았다. 납품 날짜는 어긋나고 내가 끊임없이 잔소리를 해대는 것도 자존심이 몹시 상했을 터였다.

두 달쯤 됐을 때 돈도 제법 들어오고 거래처로부터 신용도 얻었다. 갑자기 녀석이 그만두겠다며 투자한 돈 5만 원을 내놓으라고 했다. 미칠 노릇이었다. 돈을 벌 수 있는 길을 뻔히 보면서도 가지 못하는 게 안타까웠다. 그 돈을 내주면 가게 문을 닫아야 하는 현실도 큰일이었다. 아무리 하소연해도 설득이 되지 않았다. 결국 장사를 접고 장비를 팔아 돈을 나눠 갖기로 했다. 장비 처분은 녀석이 맡아 다른 친구에게 10만 원에 팔아넘겼다.

그런데 녀석이 내 돈 5만 원을 주지 않는 것이었다. 장비를 인수한 친구는 분명히 돈을 줬다는데, 녀석은 '돈을 못 받았다'면서 계속 나를 피해 다녔다. "야, 이 녀석아! 집도 잘사는 녀석이 치사하게 왜 그래? 빨리 돈 내놔!" 나도 참 집요한 놈이지 녀석을 한 3년 동안 쫓아다니며 졸라댔다. 잘나가던 사업을 녀석의 옹졸함 탓에 못하게 된 게 원통해서였던 것 같다. 나는 그 돈을 끝내 받아내지 못했고 중학교 친구들의 돈도 갚지 못했다.

그러자 가정교사로 입주한 집에 더 이상 있을 염치가 없었다. 여태 간판 일에 매달리느라 그 일에 소홀하기도 했지만, 춘호 녀석이 다운타운 가에서 DJ를 하겠다며 나가버렸기 때문이었다. 나는 간판집을 청산하고 조금 남은 돈으로 종로구 신교동에 있는 농아학교 근처에 월세방을 얻어 그 집을 나왔다.

그즈음은 강남에서 땅투기 바람이 막 일기 시작하던 때였다. 돈 있는 친구 몇몇이 나를 찾아와 부동산 일을 같이 해보지 않겠느냐고 유혹했다. 말을 잘하니까 부동산 일도 잘할 거라는 얘기였다. 그때 친구들과 같이 일했더라면 지금쯤 나는 재벌이 됐을지도 모른다. 돈 버는 데 머리를 쓰느라 대머리가 됐을 것이고, 기름지게 잘 먹어서 지금보다 배가 더 뽈록하게 나왔겠지. 나는 친구들의 제안을 단칼에 거절했다.

DJ가 되기까지 수많은 직업을 전전했지만 내 목표는 돈을 버는 게 아니었다. 물론 기자와 가정교사, 간판집을 한 것은 다 돈을 벌기 위해서였지만, DJ가 되는 데 써야 할 돈을 벌기 위한 것일 뿐이었다. DJ가 되는 데 온 정신을 쏟을 수 있도록 활동비를 두둑이 벌어 놓으려는 것이었다. 신교동으로 옮겨간 내 앞날에 또 다른 삶이 펼쳐지기 시작했다.

그 또한 DJ와는 거리가 아주 먼 일들이었다.

월세방을 얻을 때 주인아주머니의 말씀이 이랬다.

"이 집은 은행에 담보로 잡혀 있으니 보증금은 필요 없고 월세만 미리 내면 돼요."

강원도에서 올라온 아주머니는 생활력이 강했다. 남편이 가정을 버리자 자식 넷을 데리고 무작정 상경했다. 셋방살이로 억척스럽게 돈을 모아 마침내 전세방을 얻었다. 그게 담보 잡힌 집인 줄 나중에야 알게 된 것이다. 하루아침에 전세금을 날릴 판국이라 아주머니는 청와대에 진정서를 내고 여러 신문사에 하소연을 하는 중이었다. 그런 상태에서 반찬값이라도 벌어보겠다며 세놓은 아랫방에 내가 들어간 것이다. 아주머니는 또 다른 사람이 피해를 봐서는 안 되겠다 싶어 '은행 담보' 사실을 밝힐 만큼 양심적이었다.

원래 보스턴 가방 두 개뿐이던 내 짐은 이불 보따리 하나와 라디오가 늘어나 있었다. 여기에 아주머니가 빌려준 낡은 밥상이 밥상 겸 책상 노릇을 하는 내 짐의 전부였다. 라면을 주식으로 아주머니가 보태준 김치가 유일무이한 반찬이었다. 가끔 건네주는 찬밥은 별식인 셈이었다.

그런 을씨년스런 환경 속에서도 매일 밤 양말을 빨아 널고 반드시 발을 씻고 잤다. 한마디로 나는 깔끔쟁이였다. 동시에 고집쟁이기도 했다. 힘들고 외로운 생활이었지만 가족이나 선배를 찾아가 기대지 않았다. 혼자만의 능력으로 자립해야 한다는 강력한 의지, 혼자만의 능력으로 해내겠다는 자존심…… 이야말로 나를 지탱해주는 힘이었다. 그러니 얼마나 힘들었겠는가. 감기 몸살이라도 들어 아플 때면 조금씩 약해지는 마음…… 조금이라도 편해지고 싶다는 생각, 기대고 싶다는 유혹에 수없이 질 뻔했다. 나는 밤이면 밤마다 "어머니!"를 목이 메도록 부르며 흐느꼈다. 신기하게도 그런 날 밤에는 꿈속에 어머니가 나타났다.

"광한아! 광한아!"

어머니가 내 머리를 쓰다듬으며 이름을 불러주실 때마다 또 엉엉 울었다. 울다 깨면 베개가 흥건히 젖어 있었다. 그때 어머니의 깊은 뜻을 깨달았다. 어머니로선 고생하는 자식이 얼마나 안타깝고 불쌍했을까. 그렇게 어머니를 만나고 나면 자립하겠다는 의지가 더욱 용솟음쳤고 약해지는 마음을 다잡을 수 있었다. 어려운 삶 속에서도 내가 흔들리지 않고 DJ의 길을 향해 달릴 수 있었던 건 힘들 때마다 나타나 나를 격려해준 어머니 덕분이었다.

한번은 일주일가량 집을 비우고 돌아왔는데, 아주머니네 식구들은 아무도 보이지 않은 채 공사 중이었다. 어쩐 일인지 인부들에게 물어봤지만 아는 사람이 없었다. 근처 자주 드나들던 가게에 물어보니 뒤편의 빈집인 한옥으로 가보라고 했다. 그곳은 동네 아이들의 놀이터 겸 아지트로 사용되던 곳이었다. 주인이 오랫동안 손보지 않아 낡은 데다 마당에 잡초가 키를 넘을 정도로 우거져 있었다. 그 집에 아주머니네가 들어가 있다니 이상한 일이었다.

내가 친구네 집에 가 있는 동안 은행에서 '사흘 안으로 집을 비우라'는 통고가 날아왔다고 했다. 사흘 동안 아주머니는 자신이 할 수 있는 일은 다 했다. 은행 관계자들을 만나 하소연을 하고 떼도 쓰고 최소한 기일만이라도 미뤄달라고 통사정을 했다. 하지만 씨도 먹히지 않았다. 사흘이 지나자 사람들이 들이닥쳐 살림살이를 강제로 들어냈다. 하루아침에 길거리에 나앉게 된 아주머니는 눈이 뒤집혔다. 부엌칼을 가슴에 품고 은행장을 찾아가 칼을 내던졌다.

"나는 죽어도 우리집에서 못 나간다! 우리집을 뺏으려면 먼저 날 죽여라!"

난리 끝에 아주머니는 은행장에게서 '어떻게든 다른 조치를 취해주겠다'는 다짐을 받아낸 뒤, '집을 비우겠다'고 약속했다. 다음 날 은행장의 배려로 방이 다섯 개인 낡은 한옥에 입주할 수 있었다. 그

집도 은행 소유였다. 불행 중 다행으로 아주머니는 집의 관리인으로 월급도 받게 됐다.

"아저씨, 여기서 우리랑 같이 살아요. 월세도 낼 필요 없이 내가 밥 먹여줄 테니까."

아주머니가 함박웃음을 지으며 말했다. 자기네 식구들 방 하나, 나 하나 쓰고 나머지 방 세 개에 하숙을 칠 테니 도와달라는 얘기였다. 인근에 경복고등학교가 있어서 하숙생은 얼마든지 있었다. 그렇게 해서 이름하여 '하숙집 지배인' 생활이 시작됐다.

공짜 숙식에 비해 하는 일은 거의 없었다. 마당의 풀을 베어내고 청소를 한 뒤 시장에 가서 장판을 사다가 하숙방에 깔아줬다. 그 뒤론 지붕이 새면 올라가 손을 봐주는 정도였다. 아주머니는 자신이 할 수 없는 일 말고는 주인이라고 지배인을 부려먹지 않았다. 다만 정신적으로 내게 기대는 편이었다.

하숙생은 경복고 3학년생 세 명에 재수생 두 명이었다. 이들은 산적처럼 수염이 더부룩하게 난 나를 잘 따랐다. 인생 선배랍시고 녀석들에게 인생 얘기를 많이 해줬고, 가끔씩 모여 기타를 치고 노래도 부르며 놀았다. 그즈음 창간된 《월간팝송》의 독자란에 팝송에 관한 글을 열심히 투고하는 것도 내 일이었다.

하숙 사업은 제법 짭짤했다. 경복고가 당시 전국에서 2, 3위 하는 명문고다 보니 서울 바깥에서 유학 온 학생들도 꽤 많아 하숙생 확보는 어렵지 않았다. 1인당 하숙비가 3만 원으로 매달 15만 원의 수입이 고정적으로 들어왔다. 당시 말단 공무원 봉급이 4만 원 정도였으니 대단한 사업이었던 셈이다.

문제는 아주머니가 돈 관리를 잘 못한다는 데 있었다. 월말에 하숙비를 받아 큰돈이 생기면 무조건 먹자판이었다. 하숙생 애들에게 돼지고기, 쇠고기에 별식으로 중국집 짜장면까지 시켜서 엄청나게 먹이곤 했다. 하숙생들 아침, 저녁 식사며 도시락에 계란말이나 김, 쇠고기 장조림같이 비싼 반찬도 끊임없이 내줬다. 고기나 생선 같은 특식도 자주 만들어줬다. 내 자식처럼 하숙생들을 잘 먹이자는 게 아주머니의 신조였다. 양심적이고 좋은 일이긴 했지만 나는 불만이었다.

"아주머니, 여기서 생기는 돈은 저금하세요. 언제까지 여기서 살 수 있는 건 아니니 돈을 모아서 방 얻을 생각을 하셔야죠. 그렇게 돈을 펑펑 쓰시면 어떡합니까?"

그러면 아주머니는 눈물을 흘리며 대답했다.

"모르는 소리 마세요. 아저씨가 아직 자식을 안 키워봐서 그러는 거예요. 애들이 먹고 싶다고 할 때 먹여주지 못하면 부모 마음이 얼마나 아픈지 아세요?"

"아주머니, 먹는 건 끼니를 때우면 되는 거지, 그렇게 잘 먹을 필요 없습니다. 자선사업 하려고 하숙치는 것도 아닌데 반찬은 뭐 그렇게 잘해주세요? 특식은 왜 또 그렇게 자주 해주고요? 다른 하숙집보다 조금만 잘해줘도 욕은 안 먹으니까 반찬값을 줄이세요. 정작 도움을 받을 사람은 아주머니라구요!"

이런 일로 아주머니와 다투곤 했다. 하숙을 시작한 지 몇 달이 지났는데 남는 게 하나도 없었기 때문이었다. 그러다 돈이 떨어지면 이웃집에서 꿔다 쓰고 다음 달 하숙비 받아 갚고…… 적자의 악순환이었다. 결국엔 이 문제로 하숙집을 떠나게 되는데…….

하루는 시내에서 친구들을 만났다. 녀석들이 내 걱정을 했다.

"야, 너 어떡하니? 빨리 취직도 하고 자리를 잡아야 할 텐데……."

그런 소리가 제일 듣기 싫었던 나는 빽 소리를 질렀다.

"야, 인마! 그런 소리 하지 마! 지금 아픈 사람한테 필요한 건 걱정하는 말이 아니라 병을 고칠 수 있는 약이야, 인마!"

배고픈 거지에게 가장 필요한 건 '어이구, 얼마나 배가 고프시겠습니까?'라는 말이 아니었다. 바로 밥이었다. 이태복이란 친구가 내 말을 받아 이렇게 말했다.

"그래, 좋아! 그럼 너, 우리 현장에 와서 일할래?"

한양대 건축공학과를 나온 녀석은 서린호텔 건설 현장에서 설계사로 일하고 있었다. 건설 현장에 와서 막노동이라도 하라는 거였다. 오기가 생긴 나는 다음 날 당장 이력서를 내고 공사장을 누볐다. 시멘트나 자갈, 모래를 가득 담은 질통을 메고 2층만 올라가도 다리가 후들거리고 현기증이 났다. 험하고 힘든 일은 별로 경험이 없던 내겐 무리한 일이었다. 이를 악물고 일했지만 한 달쯤 되자 몸져눕고 말았다. 공사장 막노동은 오기만으론 어려운 일이란 사실을 깨닫고 미련 없이 그만뒀다.


어느 날 저녁 한 아이가 내 방 앞에 와서 불렀다. 하숙생들 가운데 나를 많이 따르던 이정섭이란 고3 아이였다.

"형, 형! 나, 약 먹었어."

"뭐? 무슨 약?"

"응, 쥐약."

"짜식은…… 너, 지금 농담하니?"

농담이 아니었다. 녀석의 방에 가보니 정말로 쥐약 병과 맥주병이 뒹굴고 있었다.

"진짜로 먹었네? 병원에 가자."

녀석이나 나나 쥐약을 먹었다고 해서 심각하게 생각하지 않았다. 호들갑은커녕 '소화가 안 돼? 그럼, 산책이나 하자'는 식이었다. 쥐약이 극약이라는 건 익히 알고 있었지만, 내가 먹은 적도 없었고 누가 먹은 걸 본 적도 없어서였을 것이다. 무엇보다도 쥐약을 먹은 장본인인 녀석이 너무도 태연자약했기 때문이었다. 결론적으로 말하면 녀석은 몇 시간 뒤 죽고 만다.

개인 병원을 거쳐 시립 병원 응급실에 들어서는 순간, 녀석의 가슴이 쿨렁거렸고 목울대도 껄떡껄떡했다. 잠시 뒤 모든 움직임이 뚝 멈췄다. 숨을 거둔 것이다. 새벽 3시쯤 녀석의 어머니가 들이닥치면서 한바탕 울음바다가 됐다. 날이 밝자 하숙집 동료들이 관을 메고 내가 정섭이의 사진을 든 채 장의사 차에 올랐다. 정섭이는 벽제 화장터에서 재가 되었고 한강 물에 뿌려졌다. 정섭이의 물건이며 옷가지도 연기가 되어 허망하게 사라졌다.

그 과정 내내 나를 사로잡은 건 극심한 죄책감이었다. 여유 부리던 녀석을 곧바로 업고서라도 뛰어 병원에 갔더라면…… 그랬다면 녀석은 죽지 않았을 텐데…… 몇 달 지나면 대학 입시를 보고 새로운 세상을 맞이할 수 있는 인생을 내가 죽였다는 생각에 미칠 것만 같았다. 병원 간호사는 쥐약을 먹고 맥주까지 마셔 빠른 속도로 전신에 독기가 퍼진 탓에, 어떤 방법을 써도 생명을 구하긴 힘들었을 거라 했다. 그래도 내 죄책감은 고스란히 남았다.

정섭이가 죽은 다음부터 하숙집 분위기가 이상해졌다. 쾌활함으로 분위기를 주도하던 녀석이 없어서이기도 했지만, 애들을 다독여주던 나마저 우울함 속에 침몰했기 때문이었다. 애들이 하나둘 다른 하숙집으로 옮겨갔다. 부모님의 지시라고 했다. 자살자가 생긴 집에 아들을 두고 싶지 않은 부모의 마음도 이해가 갔지만, 본인들도 굳이 남아 있고 싶지 않았을 터였다. 마침내 재수생 두 명만 남았다. 그즈음 나도 그 집을 떠나야겠다는 생각을 하고 있었다. 씀씀이가 헤프다며 아주머니와 다투는 일에도 지친 데다, 자꾸만 녀석 생각이 나서 견딜 수가 없었다.

하숙집 지배인을 그만두기로 마음먹은 날이었다. 나는 신교동에서 광화문 쪽으로 내려와 대성학원 앞을 지나고 있었다. 건너편 한국일보 효자보급소가 눈에 띄었다. 문득 얼마 전에 구독 권유를 위해 하숙집에 들른 효자보급소 총무의 말이 생각났다. 보급소에서 배달원에게 숙식도 제공한다는 것이었다. 하숙집은 나와야겠는데 당장 잘 곳이 없으니 신문 배달을 하며 해결하자는 생각을 했다. 그

길로 보급소에 들어갔다. 책상에 앉아 있던 어떤 아저씨가 경상도 말씨로 물었다.

"어떻게 오셨지요?"

"저, 신문 배달을 하러 왔는데요."

아저씨는 나를 위아래로 훑어보더니 소장실로 안내했다. 사람 좋아 보이는 소장도 이상한 눈으로 봤다.

"그러지 말고 총무를 하시지?"

배달원 하기엔 나이가 많아 보여서, 한 달 3천 원의 배달원보다 5만 원의 총무가 어울릴 거라 생각한 모양이었다. 하지만 내 목적은 잠잘 곳이지 돈이 아니었다. 총무 역할이 얼마나 골치 아픈지도 잘 알고 있었다. 총무는 신문 부수도 확장해야 하고 구독료 수금은 물론 배달 사고도 책임져야 했다.

"그냥 배달하겠습니다."

경상도 아저씨가 나를 밖으로 불러냈다. 수석 총무라고 자신의 신분을 밝히며 몇 살이냐고 묻더니, 자기가 두 살 더 많으니 형이라 부르라고 했다. 내가 마음에 든 모양이었다. 그러더니 특별히 배려해준다는 듯 자기 구역에서 배달을 시작해보라고 했다.

그렇게 해서 김광한의 신문 배달 인생이 시작됐다.

　집에 돌아와 바로 짐을 싸는 동시에 아주머니에게 지배인 자리를 그만두겠다는 통보를 했다. 아주머니는 겨울이나 나고 떠나라며 끈질기게 붙잡았다. 그런 아주머니를 뒤로한 채 보스턴 가방 두 개와 이불 보따리를 들고 문밖을 나섰다. 짐들은 세탁소에 맡겼다. 어차피 세탁을 해야 하는 옷들이었는데 고맙게도 맡아줬다.

　보급소에 도착하니 문 앞에 있는 커다란 난로 위의 냄비에서 물이 끓고 있었다. 가마솥이라고 해도 좋을 만큼 큰 냄비였다. 당시 우리나라에서 가장 큰 냄비가 아니었을까. 다 찌그러져 제 구실을 못하는 뚜껑에, 바닥이 시커멓게 탄 냄비 안으로 라면 스무

개는 충분히 들어갔다. 보급소 방에서 자는 인원은 스무 명이었다.

라면을 무진장 먹어본 인생으로서 잠시 라면 맛에 대해 얘기해보려 한다. 뚜껑을 덮고 물이 펄펄 끓을 때까지 기다렸다가 면을 넣어야 맛있다. 뚜껑을 여닫는 걸 잘 조절해야 한다는 뜻이다. 그런데 보급소에서는 뚜껑 같은 건 아예 덮을 생각조차 하지 않았다. 뚜껑 없이 물을 끓인 뒤 면을 넣는데도 라면은 잘도 끓어줬다.

젓가락이고 그릇이고 제대로인 게 없었다. 젓가락은 한 번 쓰고 버리는 나무젓가락이었다. 몇 번이나 썼는지 윤기가 반지르르하고 거의 흑색이 돼가고 있었다. 그릇을 만드는 것도 기술이었다. 손바닥을 펴고 그 위에 라면 봉지 두 장을 겹쳐놓은 다음 젓가락으로 가운데를 눌러 오목하게 만들면, 훌륭한 그릇이 즉석에서 만들어졌다.

흠이라면 라면 봉지 두 장을 통해 전달되는 열이 상당히 뜨겁다는 점이었다. 익숙하지 않은 사람에겐 더 뜨겁게 느껴지겠지만 사나흘만 지나면 곧 익숙해졌다. 무엇보다도 꼬르륵거리는 배 속 때문에 그 정도 뜨거움 같은 건 사정없이 무시해버릴 수 있었다. 결정적인 흠은 따로 있었다. 바로 그릇(?)이 라면의 정수인 국물을 먹기에 좋지 않다는 점이었다. 국물을 먹으려면 다 찌그러진 양은 컵을 사용해야 했는데 그 또한 여의치 않았다. 컵이 두 개뿐이라 식사 때마다 치열한 쟁탈전이 벌어졌다. 나는 점잖은 체면에 애들과의 쟁탈전에 가담할 수도 없었다. 결국 차례를 기다리다 보면 라면 국물은 바닥을 드러내기 일쑤였다.

식사를 마치고 나면 또다시 쟁탈전이 벌어진다. 이번엔 잠자리

전쟁이다. 다섯 평쯤 되는 방에서 스무 명이 자는 통에 벌어지는 일이었다. 방바닥은 온돌이어서 그나마 따뜻했지만 방 천장은 널판때기로 하늘만 가린 정도여서 외풍이 심했다. 우리는 조금이라도 바깥바람이 덜 들어오는 안쪽에 자리를 잡고자 치열한 다툼을 벌였다. 연탄 배달 차 바닥에 깔았던 것 같은 땟국이 흐르는 이불과 담요 역시 조금이라도 두꺼운 걸 차지하려고 난리였다.

애들은 중고등학생이 대부분이었다. 검정고시를 준비하는 학생들과 재수생도 몇 있는 가운데 내가 최고령자였다. 그래도 그들보다 엄연한 신참이었으므로 문가에 자리를 잡고 잠자리에 들었다. 코 고는 소리, 얼굴이며 다리며 배를 가리지 않고 이곳저곳에서 들어오는 발길과 손길, 이불을 뺏고 뺏기는 가운데 파생되는 소음들…… 나는 다음 날 새벽 4시 "기상!" 소리를 들을 때까지 거의 뜬 눈으로 지새웠다.

이윽고 신문 배달이 시작됐다. 내 담당 구역은 산동네인 종로구 옥인동. 중학교 2학년짜리 꼬마가 담당하던 구역을 넘겨받았다. 옷을 단단히 껴입은 다음 운동화 끈을 조여매고 꼬마를 따라나섰다. 꼬마는 우쭐대며 골목길을 달렸다. 가끔씩 옥인동 근처를 지나갈 때면 한 폭의 풍경화처럼 떠오르는 장면이 있다. 바로 새벽 푸르스름한 하늘 아래 잔뜩 긴장한 어른 김광한이 꼬마 뒤를 따라 달려가는 모습이다.

며칠 뒤 나 혼자 배달을 다니기 시작했고 곧 두각을 나타냈다. 나는 효자보급소의 누구보다도 일을 빨리 끝냈고 배달 사고도 일으

키지 않았다. 배달 사고로 구독자들이 항의 전화라도 하면, 내가 나서서 예의바르고 부드럽게 처리해줬다. 신문 보급소에서는 배달 사고가 나면 아주 난리가 났다. 사고를 낸 사람은 총무나 소장에게 무지하게 야단을 맞아야 했다. 그들도 구독자한테 욕을 먹거나 신문을 끊겠다는 위협을 받기 때문이었다.

다행히도 내가 처리하고 나면 구독자들은 욕설은 물론 '한국일보 사절' 소리도 일절 하지 않았다. 이런 연유로 나는 총무나 소장뿐만 아니라 아이들한테도 인기가 있었다. 처음엔 어른이 신문 배달을 하고 비좁은 방에서 같이 자니 이상하게 여겼지만, 그런 일이 거듭될수록 더욱 친근감 있게 나를 대했다. 아이들은 "아저씨, 아저씨!" 하면서 나를 따랐고, 나는 "형이라고 불러, 인마!" 하면서 아이들의 고민을 들어줬다.


즐거운 생활이었다. 돈 버는 게 목적이 아니었기에 그랬는지도 모른다. 어쨌든 또다시 척박한 현실 속에서도 뿌리를 내릴 수 있었다. 다만 참기 어려운 괴로움이 하나 있었으니 바로 배고픔이었다. 배고픔은 도저히 숙달되지 않았다. 아침에 라면, 점심에 라면, 저녁에도 라면을 먹은 데다 일도 어찌나 힘들던지…… 제대 후 한 번도 해보지 않은 아침 운동을, 그것도 매일 두 시간씩 산길을 오르락내리락하자니 하늘이 노랗게 보였다. 배달을 하다가 현기증을 느껴 주저앉아 쉰 적도 여러 번이었다.

우유라도 사서 마시고 싶었지만 비싸서 엄두를 못 낸 나는 도둑질을 하게 됐다. '사흘 굶어 도둑질 아니 할 놈 없다'는 속담처럼 '사흘 굶은 놈'이 되어 저지른 일이었다. 배달 순서로 따져 여덟 번째 집 앞에 항상 그 시간이면 혼자 서 있는 우유 배달 자전거가 목표였다. 왜 하필 우유였냐 하면 설명이 필요하다. 나는 어렸을 때부터 엄마 젖을 무척이나 좋아했다. 한번 입을 댔다 하면 서너 시간 젖을 먹곤 했다. 어머니가 동네 아주머니들한테 하신 얘기가 이랬다.

"얼마나 먹었는지 입속을 들여다보면 목젖까지 젖이 찰랑찰랑했다니까."

이런 내가 우유를 좋아하지 않을 리가 없었다. 어머니는 내 막내 동생을 늦게 낳으셨는데 젖이 부족해 우유를 먹여야 했다. 당시엔 우유를 구하기 어려워서 동대문시장에 나와 있는 미군 군수품 분유를 사왔다. 물과 함께 냄비에 넣고 끓인 다음 아기에게 숟가락으로 떠먹이곤 했다. 그럴 때마다 나는 옆에서 턱을 받치고 지켜봤다. 끝까지 기다리고 있노라면 어머니는 최소한 한두 숟가락쯤은 남겨서 내 입에 넣어주셨다. 그리고 그 냄비! 안쪽 둘레에 눌어붙은 분유 찌꺼기를 숟가락으로 닥닥 긁어 먹으면 얼마나 맛있던지! 그 또한 내 차지였다.

아무튼 나는 자전거 우유 상자에서 서울우유 한 병을 훔쳐 시멘트 쓰레기통 안에 감춰놓은 다음 배달을 계속했다. 배달이 끝나면 그걸 꺼내 마시면서 유유히 휘파람을 불며 돌아오곤 했다. 그때의 우유가 얼마나 고소했던지! 우유 한 방울 한 방울이 내 몸에 들어와 피가 되고 살이 되는 느낌이었다. 사실 그랬다. 하루 세 끼를 라면으로 때우던 시절에 우유 한 병은 엄청난 영양제 역할을 해줬다.

거의 매일 한 병씩 훔쳐 먹었지만 한 번도 걸린 적이 없었다. 우유 배달부 아저씨가 그 사실을 눈치채지 못했던 게 아닐까 싶다. 이 자리를 빌려 아저씨께 진심으로 용서를 빈다. "정말 죄송했습니다." 아저씨께서 이 글을 읽으신다면 노여움을 푸시기 바란다. 우유 덕분에 이렇게 건강하게 생활해서, 이 사회의 젊은이들을 건강하게 키우는 어엿한 일꾼으로 살아가고 있으니 말이다.

그래도 배고픔을 견디기 힘들 때면 나름의 방법이 있었다. 보급소 옆에 일식집이 있었는데 배가 고플 때면 무조건 들어갔다. 한쪽 구석에서 신문을 보고 있다가 옆 테이블 손님이 식사를 마치고 나간 자리를 보면, 대구탕이며 알탕이며 회 같은 게 많이 남아 있었다. 그 자리를 차지하고 앉아 배불리 먹은 다음 나오는 길에 "잘 먹었습니다" 하면 주인은 씩 웃곤 했다. 한번 그러고 나니까 내가 오면 으레 그러려니 했다.

내게는 이상한 버릇이 하나 있다. 내가 사먹든 누가 사주든 간에 밖에서 음식 먹는 걸 싫어한다. 가정을 가진 많은 사람들이 그렇겠지만, 산해진미에 진수성찬을 먹어도 집에서 먹는 밥만 못하다는 생각이 든다. 몇십만 원짜리 식사를 대접받아도 짜장면 한 그릇과 진배없이 여겨지는 것이다. 반면 남의 집에서 김치에 찬밥만 내놔도 몇십만 원짜리 식사를 대접받은 기분이 든다. 과장이 아니라 정말 그렇다.

나처럼 바깥 밥을 많이 먹어본 사람이라면 틀림없이 공감할 것이다. '가정'이란 것에 내가 몹시 굶주려서가 아닐까. 지금도 나는 "언제 우리집에서 식사 한번 합시다"라는 말을 들으면 설레는 마음으로 기다린다. 남의 집에 초대받는 것도 좋아하지만 우리집에 초대하는 것도 좋아한다.

　이런 식으로 민생고를 해결하면서 낮 시간에는 영화 구경을 다녔다. 우유 사먹을 돈도 없고 밥도 빌어먹는 놈이 무슨 영화냐고 할지 모르겠다만, 영화 구경은 공짜였다. 우리 보급소 구역 안에 있는 극장으로는 국제극장이 있었다. 당시 국제극장은 광화문 네거리의 기독교회관 자리에 있었다. 지금은 세종문화회관으로 바뀐 시민회관도 극장 노릇을 했다. 나는 그곳에 신문을 배달하는 애들을 앞세우고 영화와 쇼 구경을 자주 다녔다.

　그때 본 영화 가운데 생각나는 것이 있으니 바로 〈러브 스토리〉다. 사랑의 역경과 극복, 비극적인 종말에 감동받아 눈물깨나 흘렸던 그 영화를 세 번이나 보러 갔다. 영화를 보는 순간만큼은 DJ의 꿈 같은 건 까마득히 잊어버리고, 그런 사랑을 할 수만 있다면 성공한 인생이라고 굳게 믿었다.


　신문 배달 말고 다른 일을 시작했다. 외제 물건 장사였다. 낮 시간이면 시장을 자주 찾았다. 그곳에 가면 "골라, 골라!" 하는 소리며 사람 북적대는 모습에서 삶의 활력을 느낄 수 있었다. 남대문시장 대도상가 건물의 지하상가는 시장에 갈 때면 꼭 들르는 곳이었다.

거기엔 온갖 외제 물건이 산더미처럼 쌓여 있어서 없는 게 없었다. 값도 싼 편이어서 면도 크림이 60원밖에 하지 않았다. 수염이 많은 나는 면도 크림을 사다 썼다. 부수 확장이라도 하러 다니려면 수염을 말끔히 밀어야 했다.

하루는 면도 크림 값이 무척 싸다고 새삼 느꼈다. 그러다 '그걸 사서 개당 사오십 원씩만 남기고 팔아도 잘 팔리지 않을까?' 하는 데까지 생각이 미쳤다. 면도 크림은 비누와 달리 면도 후에 종이로만 닦아도 말끔해져서 편리하다는 장점이 있다. 수염이 많아 날마다 면도를 해야 하는 사람들은 절실히 느낄 것이다. 게다가 면도 크림을 쓰면 독특한 향취가 꽤 오래 남았다. 나는 시험 삼아 열 통을 샀다. 나처럼 그것을 필요로 하는 사람들이 분명 있으리라 믿고서.

신문 확장을 하러 나갈 때 가방 안에 넣고 다니며 팔았다. 얼마냐고 해서 일단 150원이라고 불러봤다. 그랬더니 "으응, 왜 이렇게 싸? 혹시 가짜 아냐?" 하는 반응을 보였다. 가짜라니? 그런 의심 같은 건 크림을 조금 빼서 만져보게 하고 냄새를 맡게 해주면 금세 사라졌다. 면도 크림은 날개 돋친 듯 팔렸다. 광화문 사무실에 다니는 사무원들은 항상 단정하게 수염을 깎고 다녀야 했다. 자동 면도기가 없어서 면도칼로 면도를 해야 했던 그때 싸고 좋은 물건이 나타났으니 수요는 무궁무진했다. 나중엔 2백 원으로 올렸는데도 잘 팔렸다.

그렇게 미제 장사를 하고 신문 배달과 확장을 하며 돈을 모았다. 많지는 않지만 DJ 공부를 하면서 내 한 몸 의지하고 여유를 느끼기에는 충분했다. 가끔씩 친구들이 찾아와 고생한다며 가슴 아파했지만 나는 전혀 고달프지 않았다. 힘든 줄도 몰랐다. 오히려 부모에게 얽매여 살아야 하는 그들보다 훨씬 자유롭고 풍요로운 인생을 살고 있었다. 왜냐하면 내겐 DJ라는 뚜렷한 목표가 있었으니까.

나는 애써 번 돈으로 팝송 자료를 사 모으고 라디오도 열심히 들으며 DJ 공부를 게을리하지 않았다. 라디오를 듣다 모르는 팝송 얘기가 나오면, 메모를 해둔 뒤 시간이 날 때마다 노트에 정리해 부지런히 외웠다.

그렇게 나는 끊임없이 DJ를 향한 열정을 불태웠다.

대한민국 남자들은 수많은 친구들을 사귄다. 코흘리개 친구부터 중고교 때 친구, 대학 시절 친구, 군대 친구, 사회 친구까지 다양하다. 사람마다 다르겠지만 대개는 가장 중요도가 떨어지는 그룹으로 군대 친구를 든다. 나는 정반대다. 이상하게도 가까운 친구들 중엔 군대 친구가 많아서 서로 도움을 많이 주고받았다. 월남 파병 동기인 박대관이란 친구도 그랬다.

어느 날 그 친구가 보급소를 찾아왔다. 나를 도와주고 싶은 마음에 과외 선생 자리를 물어온 것이다. 녹번동에 있는 집에 가서 초등학생 셋을 가르치는 일이었다. 애들 어머니는 남편이 세상을 떠난 뒤 세

운상가에서 식당을 운영하고 있었다. 한 달에 만5천 원의 과외비는 꽤 큰 금액이었다.

새벽에 신문 배달을 하고 할머니 혼자 집을 지키는 녹번동 집을 찾아가 점심을 얻어먹었다. 그런 뒤 학교에서 돌아오는 순서대로 애들 셋을 가르치고는 저녁 전에 돌아왔다. 애들은 모두 공부를 잘하고 말도 잘 듣는 모범생들이었다. 때문에 공부보다는 할머니 혼자 있는 집에 든든한 청년 하나를 들인다는 의미가 더 컸다. 과외 교사로서의 어려움은 없었다는 뜻이다.

도저히 참을 수 없는 게 하나 있었으니 바로 졸음이었다. 힘센 장사 헤라클레스도 자신의 졸린 눈꺼풀만큼은 절대 들어 올리지 못했다고 한다. 그 말처럼 새벽에 일을 하고 점심을 먹은 다음 밀려오는 졸음은 끝도 없을 지경이었다. 소개해준 친구에게 미안한 얘기지만 나는 한 달 만에 잘렸다. 다 내가 불성실했던 탓이다.

한 달 만에 과외 선생을 그만두고 소장의 부탁대로 신문 대금을 수금하는 일을 맡게 됐다. 총무들의 수금 성적이 영 시원치 않았기 때문이었다. 수금 순서는 이렇다. 일단 총무를 따라나선다. 수금할 집에 가서 구독료를 달라고 한다. 그러면 구독자는 못 주겠다고 한다. 몇 날 몇 날 해서 나흘이나 신문을 빼먹었으니 줄 수 없다고 버틴다. 총무가 이번엔 애원조로 말한다. 이런 일이 어디 한두 번이냐고 큰소리치는 구독자에게 무슨 소리냐, 한 번도 빼먹지 않고 꼬박꼬박 넣었다며 반박도 한다. 구독자가 콧방귀를 뀌며 매번 속았지만 이번엔 어림도 없다고 단호히 말한다. 마침내 총무의 언성이 높아지면서 말싸움이 시작된다.

　이제 내가 나설 차례다. 나는 분위기를 전혀 달리해 접근한다. 우선 신문 배달원의 어려운 현실에 대해 설명을 한다. 새벽 4시에 일어나 신문을 추려 들고 캄캄한 골목을 돈다. 각 가정의 요구에 맞춰 대문 밑으로도 넣고 2층에도 던져 넣는다. 문을 두들겨 주인이 나올 때까지 기다렸다가 직접 건네주기도 하고…… 그러다 개한테 물려도 어디 하소연할 데도 없고…… 그러니 구독료를 주시면 좋겠다고 한다. 그러면 열이면 아홉은 돈을 내줬다.


　광화문 어느 사무실에 갔을 때 사건이 하나 벌어졌다. 돈 주는 일을 맡은 경리 아가씨가 무턱대고 신경질부터 냈다. 업무상 스트레스를 많이 받은 모양인데 그렇다고 그런 식으로 풀면 안 되는 일이었다. 그 대목에서 웃어넘겼으면 될 일을 나도 한마디 했다. 그러자 아가씨가 쓰레기통에서 주워온 듯한 말을 내뱉었다. 내가 또 한마디 받아넘기려는 순간 내 오른쪽 뺨이 번쩍하더니 우당탕 넘어지고 말았다. 내 뒤쪽에 앉아 있던 어떤 남자가 주먹을 날린 거였다.

　왈칵 화가 치밀어 같이 맞서려는데 입안에서 웬 돌조각이 씹혔다. 뱉어보니 부러진 이빨 조각이었다. 볼 안이 찢어져 피가 좀 나올 뿐 고통은 없었다. 같이 간 총무가 얼른 전화를 하자 보급소 부소장이 달려왔다.

　"치과 가서 이빨 치료하고 진단서 떼와!"

　남자더러 들으라는 듯 부소장이 소리쳤다. 남자는 사색이 돼 있었다. 치과에 갔더니 썩은 이가 충격에 의해 부러졌다고 했다. 말하자면 곧 빼내야 할 이빨이어서 아프지도 않았던 것이다. 그러니 진단서고 뭐고 말할 만한 일이 아니었다. 치료를 끝내고 나오는데 수석 총무가 달려왔다. 결과를 듣더니 "그러면 안 되는데……" 하며 난감한 표정을 지었다.

"뭐가요?"

순진한 청년은 산전수전 다 겪은 수석 총무의 고민이 무엇인 줄 몰랐다. 그는 약국에서 마스크를 사다 순진한 청년의 얼굴에 씌웠다.

"너는 가서 말하지 말고 가만히 앉아 있어. 알았지?"

같이 다방으로 갔다. 고개 숙이고 앉아 있는 남자를 으르던 부소장이 나를 향해 눈을 찡긋했다. 알고 보니 남자도 꽤나 엉뚱한 친구였다. 그 사무실의 하청업자였는데 돈을 받으러 왔다가 그랬다고 했다.

"아니, 뭐요?"

나는 새삼 화가 치밀어 벌떡 일어섰다.

"같은 회사 직원이라 편드느라 그랬다면 모르지만, 같은 손님끼리, 그것도 그 여자가 하는 짓을 처음부터 본 사람이 그랬단 말이오? 당신, 깡패요?"

수석 총무가 옆에서 옆구리를 쿡쿡 찔렀다.

"좋아! 당신이 나를 한 대 쳤으니까, 당신도 나한테 딱 한 방만 맞으면 돼!"

"정말 죄송하게 됐습니다."

"죄송할 것 없어요. 나, 이빨 하나 나갔으니까 당신도 이빨 하나만 나가면 돼."

내 옆구리를 찌르는 수석 총무의 손길이 빨라지고 건너편에 앉은 부소장의 눈짓이 바빠졌다. 잠자코 있으라는 신호였다. 부소장이 10만 원의 위로금을 제안했다. 옥신각신 끝에 최종적으로 받은 위로금이 5만 원! 거금이었다. 면도 크림 5백 개를 팔아야 생기는 돈이었고, 신문 확장 250부를 해야 만져볼 수 있는 거액이었다. 살다 보니 이런 일도 있는가 싶었고, 돌아가신 어머니가 던져주신 호박덩이다 싶었다.


일단 내가 밥을 빌어먹던 일식집에 부소장과 수석 총무를 데리고 가서 저녁 대접을 한 다음 수고비로 얼마씩 줬다. 3만 원쯤 남은 돈으로는 방을 구할 생각이었다. 며칠 돌아본 끝에 누상동 어느 한옥집 방 한 칸을 보증금 3만 원에 월세 2천 원을 주고 얻었다. 조금 남은 돈으로 세탁소에 맡겨둔 옷을 찾은 뒤 입고 있던 옷을 몽땅 벗고 새 옷으로 갈아입었다. 기분이 상쾌했다.

비좁고 낡았지만 나 혼자만의 방에 누우니 마음이 편안하면서 설렜다. 창문턱에 송판을 얹고 끈을 매어 위로 고정해놓은 간이 책상도 만들었다. 의자는 누군가가 버린 걸 주워다 고쳤다. 그렇게 책상에 앉아 공부도 하고 음악도 듣고 라면도 끓여 먹으니 세상 살맛이 났다.

그때의 주식은 라면이었다. 정확히 표현하자면 라면 국수. 라면

이 거의 익을 때쯤에 '닭표국수' 3분의 1다발을 넣어 끓이면 라면 세 개쯤 끓인 양이 됐다. 라면 값을 줄이기 위한 방법이었다. 여기에 버터 한 숟갈 넣으면 한나절 동안은 배 속이 든든했다. 그러곤 거울을 쳐다보며 담배 한 대 피워 물면 세상 부러울 게 없는 김광한이었다. 배부르고 등 따뜻한 나만의 방이었다.

당장 신문 배달을 때려치웠다. 잘 곳이 없어 신문 배달을 했는데 이젠 내 방이 생겼으니까. 보급소를 나올 때 함께 배달하던 애 하나를 데려왔다. 수원이 집인 녀석은 검정고시를 준비하던 중이었다. 제힘으로 대학까지 가겠다며 열심히 공부하는 녀석이 기특해서 데려왔다. 신문 배달을 다섯 달 정도 하다가 그만두자 하루가 48시간처럼 한가로워졌다. 허기졌던 음악을 실컷 들으며 지내던 중 카네기의 『인생의 길은 열리다』란 책을 알게 됐다. 거기서 눈이 번쩍 뜨이는 구절을 발견했다.

'생각이 바뀌면 행동이 바뀌고, 바뀐 행동이 몸에 익으면 습관이 바뀐다. 습관이 바뀌면 운명이 바뀐다.'

무슨 생각을 하며 사느냐에 따라 운명이 바뀔 수 있다는 얘기였다. 그 말에 무릎을 치면서 내 인생을 돌이켜봤다. 한학을 배우신 아버지는 사주팔자를 잘 보셨다. 설날이 되면 자식들을 불러놓고 1년 신수를 봐주시곤 했다. 아버지가 보신 내 사주팔자는 이랬다. 아주 큰 사업가로 성공하고 자식도 아들만 여섯을 낳는다!

그런데 아들은 사업은커녕 DJ가 되겠다고 발버둥 치고 있었다. 또 아들 여섯은커녕 결혼은 생각지도 않는 운명으로 살고 있었다.

생각이 바뀌니 운명도 바뀐 것이었다. 그러면서 내 생각이 과연 철저히 바뀌었는지 또 내 운명이 바뀔 만큼 열심히 살아왔는지 반성했다. 생각을 바꾼다는 건 아침에 눈을 떠서 밤에 다시 감고 잘 때까지, 아니 잠 속에서도 그쪽으로 생각이 몰려 있어야 하는 것이었다. 과연 나는 그렇게 살아왔는지…… 정말 후회막급이었다.

그 후로 더욱 열심히 공부했다. 이종환 씨의 〈별이 빛나는 밤에〉와 박인희 씨의 〈3시의 다이얼〉을 비롯한 모든 팝 프로그램을 청취했다. 내가 모르는 얘기가 나오면 메모를 했고 신문, 잡지, 서적 등에서 팝에 관한 내용은 모조리 스크랩해 열심히 외웠다. 깨어 있을 때면 일거수일투족이 팝송과 관계된 일이었고 모든 생각도 그쪽을 바라보고 있었다. 길을 걸을 때도 어떤 팝송이 들려오면 '누가, 몇 년도에, 무슨 앨범을 통해 발표한 무슨 곡'이라는 해답이 머릿속에 척 떠올라야 직성이 풀렸다. 생소한 곡이면 그 곡이 나오는 곳을 찾아가 반드시 알아낸 다음에야 다시 길을 가곤 했다.

'DJ가 되겠다는 생각만 하다 보니 DJ 공부를 열심히 하게 됐다. 또 그렇게 하다 보니 DJ와 관계된 말과 행동, 생각만 하게 되어 끝내 DJ가 되고 말았다.'

# IV
# 사랑과 행운을 거머쥔
# 사나이

   팝송 자료를 구하러 다니던 어느 날이었다. 다방에서 친구를 기다리고 있는데 웬 남자가 테이블마다 종이 한 장씩을 놓고 갔다. 생년월일만 넣으면 사주팔자와 오늘의 운세가 나오는 점성술을 보라는 내용이었다. 가만히 살펴보니 다방 안에 있던 사람 가운데 다섯 명이나 보고 있었다. 곧바로 그 남자를 불렀다.

   "보실려우? 50원이우."

   "그게 아니라, 이거 50원이면 얼마나 남는 거요?"

   남자가 새우 눈으로 빙긋이 웃었다.

   "심심해서 물어보는 게 아니에요. 먹고살 길도

막막하고 배도 고파 이거라도 해볼까 해서요."

"정말이우?"

내 행색이 그런 일을 할 사람으로 안 보였는지 나를 위아래로 훑어봤다.

"배가 고픈데 농담하게 생겼소?"

새우 눈 남자는 무슨 간첩 접선이라도 하려는 듯 주위를 조심스레 둘러본 뒤, 쪽지에 자기 숙소의 전화번호를 적어줬다. 신설동 노벨극장 뒤쪽에 있는 '노벨여인숙'이었다. 거기로 돈을 가지고 찾아오라고 했다.

"얼마에 줄 건데요?"

"한 장에 15원."

15원이면 장당 35원이 남는 장사였다.

"하루에 몇 장이나 팔리는데요?"

"잘 되우."

35원에 하루 백 명이면 3천5백 원, 한 달이면 10만 원이다. 팝송 자료를 구하러 다니면서 이걸 팔면 일거양득이다! 다음 날 2천 원을 주머니에 넣고 노벨극장 뒤편 여인숙을 찾아갔다. 극장 뒷골목은 지저분했고 노벨여인숙은 범죄자들의 소굴처럼 음산하고 어두침침했다. 가르쳐준 방문을 열자 좁은 방 안에 대여섯 명의 사내들이 누워 있었다. 새우 눈이 벌떡 일어나 앉았다. 방 한쪽 구석에는 등사기 한 대가 놓여 있었다. 그곳에서 제작까지 하는 모양이었다.

자세히 물어보니 점성술은 사기였다. 생년월일이 어떻든 열두 가지 유형밖에 없어서 사람의 운명도 열두 가지뿐이라는 얘기였다. 어쨌든 50원이면 심심풀이는 되는 것이고, 잘 팔리는 걸 내 눈으로 봤으니 장사거리로는 괜찮은 아이템이었다. 한 장을 10원으로 깎아서 한 유형에 열 장씩 120장을 천2백 원에 사갖고 나왔다. 그걸 다 팔면 4천8백 원이 내 손에 들어오게 된다.

꿈에 부푼 채 숭인동으로 해서 동대문운동장을 거쳐 을지로6가까지 다방이란 다방은 다 들어갔다. 새우 눈은 잘만 하던데 한 사람도 보지 않는 게 이상했다. 다방에 들어가면 무조건 안내문을 돌리고 다시 걷을 때 '한번 봅시다' 하면 봐주는 방식이었다. 그러니 특별히 말솜씨가 필요하지도 않았다. '처음이라 그렇겠지' 하며 스스로를 위로하고 을지로 통을 걸어가는데, 계림극장 건너편에 '고려은단 도매'란 간판이 보였다. 그때는 버스에서 은단 파는 외판원들이 많았다. 순간 그 사람들은 차비를 내지 않는다는 데 생각이 미쳤다.

'점성술을 팔려면 버스도 타고 이동해야 하는데, 은단을 팔면 차비를 아낄 수 있겠구나!'

도매점 사무실에 들어가기 전 걸음걸이와 폼을 좀 껄렁껄렁하게 잡았다. 팔아본 사람처럼 굴어야 물건을 싸게 살 수 있을 것 같아서였다.

"은단 좀 주쇼."

"팔아봤수?"

"아뇨."

기껏 다짐을 하고 들어갔는데도 말이 헛나갔다.

사랑과 행운을 거머쥔 사나이

"단가는 쳐봤수?"

"단가요? 단가가 뭔데요?"

"어허, 이 양반이 단가도 모르네. 이 양반아, 아무나 은단 파는 거 아니우."

'단가'란 외판원들이 버스에 올라 떠드는 걸 가리키는 말이었다. 예를 들면 이렇다. "차 안에 계시는 신사숙녀 여러분! 금번 본사에서 나온…… 이것만 드리느냐? 아니올시다. 여기에다 멋쟁이 빗 하나를 척 얹어드리는데…… 단돈 일백 원에 모시겠사오니……." 일본식으로 단가에서 유래한 말 같았다.

나는 물건을 조금 사갖고 나왔다. 도매라서 시중가보다 훨씬 쌌다. 그때 돌아다니며 알아낸 정보는 지금도 유용하게 써먹고 있다. 물건을 아무 데서나 사지 않는 습관이 든 것도 이런 경험 덕분이다. 모르면 몰라도 물건 값이 터무니없이 비싸다는 걸 알면서 생각 없이 살 수는 없다.

버스를 탈 때마다 은단을 이용했다. 차마 단가는 칠 수 없어서 버스를 타면 은단 몇 알 넣은 샘플 한 봉지씩을 승객들에게 돌렸다. 그러면 버스 차장은 나를 자기처럼 사회의 밑바닥에서 고생하는 사람, 그러니까 차비를 받으면 안 되는 사람으로 여겼다. 공짜로 버스 타는 게 목적이었으니 은단이야 팔지 못해도 괜찮았다. 내릴 때 샘플 봉지 서너 개를 건네며 "고맙습니다"라고 하면, 차장은 생긋 웃으며 "많이 파세요" 하고 격려해줬다.

그런 식으로 공짜 버스를 타고 가서 그 지역의 다방을 몽땅 훑었다. 점성술 사업은 꽤나 짭짤했다. 몇 번 공치고 나자 요령이 생겼다. 나는 다방에서 데이트를 즐기는 아베크족을 주요 고객으로 삼았다. 지금과는 달리 당시 아베크족의 주무대는 다방이었다. 목표가 정해지면 무조건 옆으로 가서 앉았다. "실례합니다"란 말을 시작으로 나도 모르게 입이 열렸다.

눈이 왕방울만 하면, "근데 아저씨, 눈이 부리부리한 게 상당히 기분파시겠는데……." 코주부인 사람한테는, "코가 둥글둥글해서 재산을 많이 모으시겠는데요?" 새우 눈의 사내들한테는, "의리파여서 손해를 자주 보시겠어요?" 입술이 두터우면, "믿음직스럽고, 먹을 복이 많으신 분이로군요?" 입술이 얇으면, "입술이 얇고 선이 매끈한 것이 매력적이네요. 여자들이 잘 따르겠는데요?" 하는 식이었다.

눈이 크건 작건, 입술이 두껍건 얇건, 잘생겼건 못생겼건 간에 적당히 말을 만들어 미끼를 던졌다. 나도 그렇지만 사람들은 누구나 자기 자신에 대해 말하면 귀가 솔깃해지게 마련이다. 그러면 백발백중 누구나 "한번 봐주슈" 하고 나왔다. 맞는 말 같으면 여자의 것도 봐달라고 했다.

아예 다방에 손님이 없을 때도 방법은 있었다. 다방 종업원 아가씨들을 상대로 봐주는 것이다. 그럴 땐 30원으로 깎아주기도 했다. 돈은 잘 벌렸다. 번 돈을 매일매일 은행에 저금했다. 돈을 더 많이 벌 요량이었다면 노벨여인숙한테 돈을 주고 사올 게 아니라, 아예 내가 등사와 복사를 해서 몽땅 이문을 남기는 방법을 택할 수도 있었다. 나는 추호도 그럴 생각이 없었다. DJ가 목표인 내겐 DJ가 되는 데 필요한 최소한의 돈만 있으면 됐기 때문이었다.

돈을 벌기로 작정했으면 벌써 다른 길을 갔을 터였다. "광한이 너, 설득력 있게 말 잘하니까 나랑 같이 사업하자"며 그동안 수없이 부추기던 친구들을 따라가지 않았을까. DJ를 향한 길은 어쩔 수 없는 끼였고, 누구도 막을 수 없는 열망이었으며 운명이었다. 나는 지금도 방송을 할 때나 성인 애청자들을 만나는 자리에 나가면 이 얘기를 하곤 한다.

'애들이 무엇인가가 되고 싶다고 하면 사회적으로 나쁜 일이 아닌 한 절대로 막지 마라. 부모의 욕심대로 밀어붙이면 결국 자식의 인생이 불행해진다.'

나는 DJ란 직업 특성상 학생들을 많이 만난다. 부모 욕심의 덫에 걸려 신음하는 모습을 많이 봤다. 성인들 역시 부모가 정해준 직업을 택하고 그 속에서 허덕이곤 했다. 본인들한테도 불행이지만 사회적으로도 바람직하지 못한 일이다.

정치에 나는 문외한이다. 하지만 민주주의 사회가 돼야 전문가들이 대우받는 사회가 된다는 것쯤은 알고 있다. 전문가들이 대우받는 사회야말로 각자가 자기 분야에서 대우받으며 신나게 일할 수 있을 것이다. 그러자면 누구나 자기가 하고 싶은 일을 할 수 있어야 한다. 그래야 아무리 어렵더라도 신명나게 일할 게 아닌가. 내가 바로 그 증거라고 하면 너무 거창한가.

하루는 신문에서 한 광고 문구가 눈길을 끌었다. 동방생명보험주식회사에서 보험 세일즈맨을 구한다는 광고였다. '……미래의 지점장을 찾습니다. ……성공한 보험 세일즈맨은 에스키모에게도 냉장고를 팔 수 있다…….' 우리나라 최초로 남자 보험 세일즈맨을 모집하는 것으로 응시 자격이 '초급대학 졸업 이상자'였다.

광고 문구도 재미있었지만 내 능력을 확인하고픈 마음에 원서를 내고 면접을 봤다. 다른 회사들과 달리 기본급도 있어선지 응시생이 엄청났다. 하고 많은 사람들 가운데 넥타이와 신사복을 말끔히 차려입지 않은 이는 나 혼자였다. 잠바 차림에 가방을 들고 면접 위원 여섯 분 앞에 섰다.

"가방 안에 뭐가 들었습니까?"

은단과 점성술 복사물 등등. 모두들 폭소를 터뜨렸다.

"그거 파시던 분이 보험 세일즈 할 수 있겠어요?"

"지금 하는 것보다 훨씬 쉽겠죠. 소비자들한테 뚜렷한 이익을 드리는 일이니까요."

자기들끼리 수군거리는 걸 보고 순간 아차 싶었다. 말투가 보험 세일즈를 우습게 보는 것 같았을 테니 그들의 기분이 좋았을 리 있겠는가.

"됐습니다. 나중에 발표 보세요."

떨어졌다고 생각했다. 말을 잘못한 탓도 있겠지만 지원자가 너무나 많았던 까닭이었다. 나중에 발표를 보니 합격자 50명 가운데 내 이름 석 자가 떡하니 들어 있었다. 입사 후 하루 네 시간의 교육이 시작됐다. 대학교수, 심리학자, 스피치 강사 전영우 씨 등 전문가들의 강의를 들었다. 앞에 나가 개인 발표도 했다. 대단히 유익하고 재미있는 경험이었다. 지금의 서소문 중앙일보 옆에 동방생명 사옥이 있었는데 거기서 창문 밖을 내다보면 동양방송(TBC)이 보였다. 꿈에도 그리던 방송국이었다.

'그래, 거기 있어라. 내가 곧 갈 것이다.'

회사에서 점심 값도 천 원이나 줬다. 그걸 아끼려고 점심시간이면 남대문시장에 가서 떡을 사먹었다. 교육이 끝나자마자 영업에 들어갔다. 회사 측에서 강조한 건 연고자 중심의 세일즈였다. 이를

테면 식구들이나 친척, 선후배를 비롯한 친구들에게 보험을 팔라는 거였다. 나는 그 점이 싫었다. 지금껏 온갖 어려움을 겪으면서도 신세를 지지 않았는데, 보험을 팔겠다고 그들을 찾는 건 성미에 맞지 않았다. 고민 끝에 무연고 세일즈를 하기로 했다.

당장 양복이 필요했지만 8천 원쯤 드는 하복을 맞출 돈이 없었다. 아니 진실을 말하면 돈이 없었다기보다는 돈을 그런 데 쓰는 게 너무 아까웠다. 그래서 내수동에 있는, 후배 유동춘이 아는 양복점에서 외상으로 맞춰 입었다. 교통방송국이 광화문에 있던 시절 그 뒤편에 자리한 '우정양복점'이었다. 외상값은 1986년에야 갚을 수 있었다. 돈이 없을 땐 없어서 못 갚았고 갚을 수 있는 처지가 됐을 땐 까마득히 잊어버려서 못 갚았다. 나중에 외상값을 갚으러 가자 주인이 활짝 웃으며 그랬다.

"김광한 씨, TV에 나오는 것 많이 봤어. 볼 때마다 반갑더라구."

"아저씨 외상값 떼먹었는데 반가워요?"

"그런 거 잊어버린 지 오래됐어."

안 받겠다고 막무가내로 거절하는 주인의 손에 겨우 5만 원을 쥐여드렸다. 그렇게 10여 년 만에 외상값을 갚았다는 얘기다. 아무튼 외상 양복을 입고 보험 세일즈에 나섰다. 양복을 입고도 버스에 올라 은단 장사로 버스비를 아꼈다. 다방에 갔을 때는 틈틈이 점성술 장사도 병행했다. 그런 식으로 부지런히 뛰어 첫 달에 50명 중 2등을 하는 계약고를 올렸다. 용산의 수양어머니 덕분이었다. 첫 번째 고객이 돼주신 것은 물론 다른 수많은 고객을 소개해주셨다.

보험 세일즈를 위해 외상으로 양복을 맞춰 입은 젊은 시절의 김광한(1974)

두 번째 달에는 계약고 0명을 기록했다. 그래도 첫 달에 많이 해 놓은 덕으로 2등 성적은 유지할 수 있었다. 그 무렵 박진구란 중학교 때 친구가 나를 찾아왔다. 충무로에 다방을 차리게 됐는데 관리 겸 DJ를 맡아달라는 거였다. 안 그래도 보험 세일즈 일에 회의를 느끼던 참이었다. 그들은 '불가능이란 없다'는 걸 필요 이상으로 강조하면서 세일즈맨들을 툭하면 심하게 다그쳤다.

'누구는 1등을 하고 누구는 2등을 한 아주 대단한 사람들이다! 그들에게는 이러이러한 선물이 주어졌다! 자, 뛰어라! 당신들의 행복과 미래를 위해 뛰어라! 부지런히 뛰는 자만이 성공할 수 있다!'

내 눈엔 그들의 수법이 훤히 보였다. 서로를 경쟁시켜 거기서 파생되는 부산물을 따먹으려는 거였다. 다시 말해 인간을 기계처럼 움직이게 해서 실컷 부려먹다가 쓸모가 없어지면 도태되도록 만드는 수법이었다. 나는 그런 비인간적인 방법이 싫었다. 지금은 세일즈맨들의 환경이 많이 달라졌다고 하지만 당시 내가 겪은 세일즈 세계는 그랬다.

친구네 다방으로 찾아갔다. 널찍한 음악실이 마련돼 있는 '블랙스타'란 이름의 가게였다. 당시의 다방에는 대개 음악실이 따로 있어 많은 젊은이들이 와서 음악을 듣곤 했다. 지금이야 젊은이들이 다방에 잘 가지도 않고 다방 역할을 하는 곳 또한 다양하지만, 그때만 해도 젊은이들이 갈 만한 곳은 다방 정도뿐이었다. 레스토랑이나 카페 같은 곳은 그리 흔하지 않았다. 한마디로 다방은 젊은이들을 위한 유일무이한 문화 시설이었다.

지금은 인터넷이나 다양한 채널을 통해 음악을 마음껏 접할 수 있지만 그때는 그렇지 못했다. 전축이 사치품으로 분류될 만큼 가진 사람이 많지 않았고 레코드판이나 카세트테이프조차 구하기 어려웠다. 음악을 들으려면 다방을 찾아가는 게 좋았다. 다방에서는 그런 손님을 끌기 위해 방송 시설을 잘 갖추고 레코드판을 많이 보유해야 했다. 뿐만 아니라 솜씨 좋은 DJ도 확보해야 했다. 음악 감상을 하기 편안한 의자도 필수였다.

블랙스타가 그런 분위기였다. 빽빽하게 꽂혀 있는 레코드판들과 최신형 방송 시설이 나를 기다리고 있었다. 그곳은 다른 사람이 아닌 바로 내가 있어야 할 곳이었다. 나는 흔쾌히 승낙하고 그날로 회사에 사표를 제출했다. 동시에 셋방 생활을 정리해 잠자리를 다방으로 옮겼다. 그러자 보험회사의 소장이 득달같이 찾아왔다.

"김광한 씨, 당신은 장래 지점장감이에요. 지점장이 되면 차도 나오고 월 수익이 얼만데, 그걸 때려치우고 판을 돌리다니요? 제발 출근하세요. 아니, 출근은 안 해도 좋으니 영업만 계속해줘요."

단호히 거절했다. 나한테는 '판을 돌리는' 일만큼 중요한 일이 없었다. 나중에 동기 50명 가운데 지점장이 세 명이나 나왔다는데, 내가 그냥 보험업계에 있었다면 지점장이 되고도 남았을 것이다.

그 뒤로도 월말만 되면 소장은 내 월급을 갖고 찾아와 설득을 했다. 기본급이 6개월 동안 나오게 되어 있었던 것이다. 나는 여전히 요지부동이었다. 레코드판을 닦고 정리하고, 손님들에게 틀어줄 곡을 고르고 그날 멘트를 메모했다. 이런 일들이 나를 들뜨게 했다. 손님들에게 음악을 틀어주고 그들과 대화를 나누는 일은 정말 신이 났다. 두 가지 이유로 나는 제법 인기를 끌었다.

먼저 멘트를 들 수 있다. 나는 그 시절의 일반 DJ들과는 색깔이 전혀 다른 멘트를 했다. 내 인생에 다양한 일들이 있어서 가능했을 것이다. 나는 나름대로 인생의 요체와 진실을 깨닫고 있었고 젊은이들의 욕구를 알고 있었다. 이에 못지않게 목소리도 중요하다. 목소리를 매력적으로 만들고자 남다른 노력을 기울였다. 본래의 내 목소리는 약간 허스키했다. 지금은 청취자들로부터 얼굴은 못생겼는데 목소리는 정말 감미롭다는 평을 받는다. 내 목소리는 천부적으로 타고난 게 아니라 꾸준한 훈련에 의해 만들어졌다는 얘기다.

목소리는 가꾸면 된다. 성악 하는 사람들은 공명을 내기 위해 배에 힘을 주고 끊임없이 발성 연습을 한다. 판소리 하는 사람들은 득음을 하고자 폭포수 아래서 소리를 낸다. DJ뿐 아니라 가수, MC나 연기자도 마찬가지다. 일반 사람들도 다르지 않다. 이처럼 자신을 나타내는 명함 이상으로 중요한 목소리에 사람들은 신경을 잘 쓰지 않는다.

잘생기고 능력이 있는데도 타인에게 주목받지 못하는 사람이 있다면 목소리를 점검해보기 바란다. 목소리는 훈련을 통해 가꿀 수 있다. 소리 내서 큰 소리로 읽고 평소에도 입을 크게 벌려 말하며, 배에 힘을 주고 말하는 훈련을 게을리하지 않는다면 누구나 매력적인 목소리를 가질 수 있다.

나는 다방 관리자로서도 능력이 괜찮았다. 손님을 유치하기 위해 차량을 동원하는 방법도 개발했다. 당시 나이트클럽은 올나이트 개념이었다. 통행금지가 있을 때여서 자정이 되면 클럽은 문을 닫았다. 그 안에서 손님들은 통금이 해제되는 새벽 4시까지 놀 수밖에 없었다. 이윽고 4시가 되어 통금이 풀리면 사람들은 청진동 해장국집으로 몰려가 해장국으로 허기를 때웠다. 그 시간이 5~6시. 바로 집에 들어가기는 어려워서 충무로나 명동에 있는 새벽 다방으로 몰려갔다. 나는 그런 손님들을 잡고자 친구의 합승 버스인 폴크스바겐을 빌려 청진동 골목 앞에 댔다. 차 위에 두른 현수막에는 이렇게 썼다.

'충무로 새벽 다방 블랙스타 행!'

손님들이 타면 쏜살같이 달려 블랙스타에 부려놓곤 또다시 청진동으로 달려갔다. 밤새 열정적인 음악에 취해 환희를 불태운 뒤 해장국집에서 속을 달랜 그들을 위해 따끈한 커피 한잔과 토스트 한 조각, 부드럽고 달콤한 음악을 선사했다. 지친 나머지 곯아떨어진 단골손님들에게는 두툼한 코트를 덮어줬고 학생들에겐 형이나 오빠로서 야단도 쳤다.

"너, 또 왔니? 춤추는 것도 좋지만 너무 자주 다니는 것 같다? 좀 자제해라!"

나를 짝사랑하는 아가씨들도 제법 많았다. 부모님으로부터 집 한 채를 사주겠다는 다짐을 받았다며 '제발 결혼해달라'는 아가씨도 있었다. "제발 밖에서 차 한잔만 같이 해요"라고 조르는 아가씨들도 숱했다. 내가 여자를 밝히는 남자였다면 수백 명은 그물로 건졌을지 모른다. 유일한 문화 시설의 지배자인 DJ는 당시 젊은이들의 우상이었다. 나 역시 블랙스타 손님들의 우상이었다. 그럴 때마다 나는 호통을 쳐서 내쫓았지만, 아가씨들은 여전히 블랙스타로 찾아와 내 주위를 맴돌곤 했다.

그런 환경 속에서도 그나마 무사(?)할 수 있었던 것은 내 성격 덕택이다. 나는 다른 건 몰라도 DJ가 되는 일만큼은 도사가 수도하는 것처럼 행했다. 먹고 자고 책 보고 떠들고 걸으면서도 늘 DJ가 되는 것만 생각했고, 그것과 관계되는 일에만 신경을 썼다. 예쁜 여자와 얘기를 나누다가도 '내가 지금 뭐하는 거지? 이러면 안 되지' 하고 스스로를 추스르는 인간이 바로 나다. 자의식 과잉이랄까 그런 점이 나한테 있었다. 변명하자면 목표를 이룰 때까지 여성 쪽으로 향한 문을 굳게 닫아놓은 것뿐이었다. 하지만 목석은 아니었다.

그녀는 진 휘트니Jean Fetney의 「If I Have Dime」이란 곡을 좋아했다. 하루에 세 번 이상은 들어야 마음이 안정된다고 할 정도였다. 나는 판을 걸어놨다가 그녀가 출근하자마자 진 휘트니를 등장시켰다. 점심 직후 노곤해지는 시간과 퇴근 직전에도 그 노래로 블랙스타를 가득 채우곤 했다. 애조 띤 곡조와는 달리 그녀는 항상 입가에 웃음꽃을 물고 있었고 누구에게나 상냥했다. 나보다 겨우 두 살 위였지만, 화사하면서도 야하지 않은 한복을 입고 머리를 틀어 올리면 한참 연상으로 보였다. 정국희란 이름 대신 '정 마담'으로 불리던 그녀는 블랙스타의 마담이었다.

당시의 '다방 마담'은 다방을 대표하는 얼굴이었

다. 다방 말곤 문화 시설이 거의 없던 그때 마담이 그 문화를 주도하는 존재였다고 하면 과장일까. 다방 마담은 종업원 아가씨들을 관리하는 일부터 손님들 각각의 비위를 맞추며 다방으로 몰리게 하는 역할까지 해야 했다. 같은 마담이라 해도 예전에 상영된 김지미 씨의 〈티켓〉에 나오는 유형의 마담부터, TV 드라마에서 중심 역할을 하는 여주인공 유형의 당당한 마담까지 천차만별이었다. 또 다방은 마담의 질에 따라 색깔이 달라지게 마련이었다. 마담이 진하게 놀면 그 다방은 향락업소가 됐고, 마담이 품위 있고 지성을 갖춘 사람이면 문화의 장이 될 수 있었다.

그때는 지성과 교양미를 갖춘 마담이 꽤 많았다. 여자가 특별한 기술을 갖지 않는 한 돈 벌기가 쉽지 않았던 당시, 대학물을 먹은 사람들 가운데 어려운 집안 살림을 돕고자 마담이 되는 경우가 종종 있었다. 미와 지성, 교양을 한몸에 갖춘 마담들은 당시 총각들에게 짝사랑의 대상이 되곤 했다. 손님들과 문학을 토론하고 영화 평을 나누며 음악을 음미하고 인생을 얘기할 줄 아는 데다, 미모까지 뛰어났기 때문이었다. 비가 오면 우산을 빌려주고 궁색할 땐 돈도 빌려주며 연애가 잘 안 되는 사람에겐 지혜까지 빌려주는 낭만을 갖추고 있었다.

정국희 씨가 그런 마담이었다. 당시 마담들은 대개 한복을 입고 근무했다. 그녀가 블랙스타에 처음 온 날 한복을 입고 들어서던 우아한 모습은 김광한이란 총각의 가슴을 울렁거리게 했다. 그래봤자 거기서 그치는 나였다. 앞서도 말했지만 DJ 외의 것에는 문을 딱 걸어 잠근 상태다 보니, 마음속 울렁거림을 어떻게 발전시켜야 할까 하는 따위의 궁리조차 하지 못했다.

그럼에도 그녀가 우아한 한복 차림으로 다방 안을 걸어다닐 때 눈길이 따라가는 건 어쩔 도리가 없었다. 그녀는 영화배우 강수연과 비슷한 미모에 늘씬한 몸매였다. 그런 그녀가 종업원 아가씨 편으로 진 휘트니의 노래를 신청하는데 어찌 마다할 수 있겠는가. 나는 다른 신청곡들을 다 제쳐두고 그녀의 노래부터 틀어주곤 했다.

"어느 우아한 여인이 신청하신 영혼의 노래를 들려드리겠습니다."

이런 멘트와 함께 음악을 내보내면 그녀는 음악실 안의 나를 향해 살짝 미소를 보내곤 했다. 한번은 종업원 편에 메모를 보내왔다.

'내려와서 식사하세요!'

얼른 홀 안을 훑어보니 그녀가 보이지 않았다. 저녁 어스름한 시각, 나는 서둘러 식당으로 갔다. 그녀가 불고기 백반(그땐 꽤 비싼 특별식에 속했다)을 시켜놓고 기다리고 있었다. 말하자면 그녀의 데이트 신청이었는데, 다방의 궂은일도 도맡아 하고 종업원 아가씨들도 잘 도와줘 고맙다는 말을 했다. 그러더니 농담인 척 고백까지 했다.

"나는 광한 씨 같은 남자가 좋더라."

그 후로 우리는 가까워져서 퇴근 뒤 데이트를 종종 즐겼다. 그래봤자 한 시간의 여유밖에 없었다. 그녀의 퇴근 시간은 밤 10시였는데 그녀의 집으로 가는 정릉 행 버스의 막차 시간이 11시였던 탓이다. 우리는 명동이나 신세계 근처에서 식사를 하고 어슬렁거리다 겨우 차 한잔을 마시고 헤어졌다. 그녀를 집까지 바래다주고 싶었지만 그럴 수 없는 형편이었다. 다음 날 새벽같이 일어나 나이트클럽 손님들을 맞이해야 하는데, 12시인 통금 시간에 맞춰 정릉까지 갔다 돌아올 수가 없었다.

재미있는 건 데이트를 할 때마다 한 사내의 감시와 추적을 받았다는 거다. 나중에 안 사실이지만 국희 씨가 블랙스타에 오기 전부터 그녀를 짝사랑해 쫓아다니던 청년이었다. 장래가 촉망되는 직장인으로 은행에 근무하는 데다, 나보다 열 배쯤 잘생겨서 '모여라!' 하면 아가씨들이 줄을 설 것 같은 사람이었다. 그런데도 그에겐 오로지 그녀밖에 없었다. 국희 씨가 매력적인 여성이기도 했지만 그 남자의 사랑이 그만큼 순수했던 것 같다. 사랑은 이 세상 누구도 저항할 수 없을 만큼 강력하고 어떤 시련도 견뎌낼 수 있을 만큼 열렬한 것이다.

나중에 그녀가 말하길 우리가 식당이나 찻집에 들어가면 내 뒷자리에 앉아 있었다고 했다. 거리를 거닐 때면 다섯 발자국 뒤에서 졸졸 따라오기도 했다. 식당에서 내가 잠시 자리를 비우면 그녀와 대화를 나눈 적도 있었다. 그러다 내가 나타나면 두 사람은 서로 모르는 척 떨어졌다. 나는 그 장면을 보고도 묻지 않았다. 그녀의 사생활을 존중했기 때문이었다. 나중에 그녀는 내 태도를 가리켜 '매너 만점!'이었다며 흐뭇해했다. 나의 그런 태도가 우리 사이를 갈라놓은 결정적인 요인이 될 줄도 모르고······.

어쨌든 그 사내라는 존재도 우리 사이를 갈라놓진 못했다. 내 눈엔 그 남자가 참 이상하게 보였다. 좋으면 어떻게든 자기 여자로 만들든가 싫다고 하면 깨끗이 잊어버릴 일이지, 그렇게 미적대는 건 내 성미에 맞지 않았다.

사내의 존재에도 불구하고 우리 사이는 날이 갈수록 긴밀해져서, 블랙스타의 종업원들에게도 공인받을 정도가 됐다. 하지만 그건 겉모습에 지나지 않았다. 내게 따뜻한 정을 밀물처럼 몰아 보내준 그녀에게 나는 언제나 'DJ'라는 방파제를 높이 쌓아두고 있었다. 참으로 어리석은 인간이었다. 그녀와 시간을 같이 보낼 때면 즐겁고 행복하고 포근했지만, 그녀와 헤어지고 나면 마음속의 행복감을 썰물처럼 내보내곤 했던 것이다.

하루는 그녀가 집안일 때문이라는 전화를 주고선 이틀이나 결근했다. 다시 출근했을 때 그녀는 수척해 보이는 얼굴로 "집안일 때문에 걱정을 좀 했더니"라는 변명을 했다. 순진한 나는 그냥 믿고 아무것도 묻지 않았다. 그날 저녁 우리는 여느 때처럼 퇴근해 밖에서 만났다. 그녀는 술을 마시고 싶다고 했다. 의외였다. 만나는 동안 내가 술을 마시지 못해 술자리를 가진 적이 없었다. 술을 전혀 못하지는 않았지만 의식적으로 생각이 흐트러지는 걸 막기 위해 입에 대지 않는 편이었다. 이 역시 맑은 머리로 DJ 공부를 해야 한다는 강박관념 탓이었다.

술집으로 자리를 옮겼다. 한 잔이 두 잔이 되고 다섯 잔이 되자 11시였다. 그녀는 몇 잔만 더 마신 다음 택시를 타고 들어가겠다고 했다. 그런데 곧 인사불성이 되고 말았다. 그녀를 부축해 술집에서 나왔는데 택시를 태워준다고 하자 싫다고 했다. 술 취한 꼴을 어머니가 보시면 혼이 난다는 거였다. 나는 블랙스타로 들어갈 것을 권했다. 종업원 아가씨들이 자는 방에서 같이 자면 될 터였다. 그녀는 그것도 싫다고 했다. "그러면 어떻게 해요?"라고 물어도 묵묵부답.

인사불성인 그녀를 두고 우물쭈물하는 사이 12시, 통금 사이렌이 요란하게 울렸다. 나는 허겁지겁 그녀를 데리고 눈에 띄는 아무 여관에나 들어갔다. 그녀는 방에 들어가 겉옷을 벗자마자 침대로 떨어졌고 나는 침대 아래에 쪼그리고 누웠다. 새벽 4시 통금이 해제되자마자 혼자서 여관을 나왔다. 지난 네 시간 동안 그녀는 술에 취해 잘도 잤건만 나는 잠을 잤는지 안 잤는지 머리가 멍했다. 그녀에게 너무나 미안했다. 무방비 상태인 그녀에게 마음속으로 '원초적 본능'을 끊임없이 일으켜서 그녀를 괴롭혔던 것이다.

나는 출근한 그녀의 얼굴을 똑바로 쳐다보지 못했다. 그녀는 여느 때처럼 상냥하게 웃어줬는데 그 미소가 너무 환해서 눈을 뜰 수가 없었다. 밤이 되어 퇴근하는 그녀의 뒤를 쫓아갔을 때 그녀는 보이지 않았다. 왠지 사과를 해야 할 것 같아 버스 정류장 쪽으로 달려가 샅샅이 찾았다. 하지만 끝내 보이지 않았고 그 후로 블랙스타에선 그녀를 볼 수 없었다. 그녀는 다방을 아니, 나를 떠나간 것이었다.

다음 날 저녁 무렵 종업원 아가씨 편으로 그녀의 편지를 전달받았다. 대학 노트 석 장에 빽빽이 박힌 글자들이 모두 들고 일어나 내 뒤통수를 사정없이 후려갈겼다. '야, 이 멍청하고 못난 놈아!'라는 자책에 시달렸다. 편지에는 나를 향한 사랑의 마음이 알알이 담겨 있었다. 편지를 읽는 내 마음에서 DJ란 방파제가 무참히 깨져 나가는 걸 느꼈다. 아니 내 손으로 그것을 부숴버리고 싶었다.

'아, 이 여자야!'

그녀의 무한하고 따뜻한 사랑이 물밀듯 밀려와 새삼 나를 감동으로 떨리게 했다. 그녀가 나를 그토록 사랑한다는 걸 왜 몰랐을까? 왜 그 사랑을 떳떳이 문을 열고 나가 맞이하지 못했던가? DJ가 되는 일에 방해가 될 것 같아서? 그렇다고 치자. 이런 사랑도 팽개치면서 DJ 자리를 얻는다 한들 과연 가치가 있을까?

'찾아야 해! 그녀를 만나 사랑을 고백하고 무릎을 꿇고 빌어야 해!'

나는 눈물로써 맹세하고 그녀를 찾아 나섰다. 블랙스타에는 그녀를 찾을 수 있는 단서가 하나도 없었다. 그녀의 주소나 전화번호는 물론 그녀에 대한 정보를 조금이라도 갖고 있는 종업원 아가씨도 없었다.

"정릉 종점은 아니구요, 몇 정거장 전이에요."

정보는 오로지 그것뿐이었지만 내가 누구인가. 고교 1학년 때 정선이 누나도 찾아본 경험이 있는 집념의 사나이 아니던가. 그날부터 시간을 내서 그녀를 찾기 시작했다. 정릉을 종점으로 삼고 있는 버스는 세 개 노선. 종점 몇 정거장 전이라고 했으니, 각각의 종점 다섯 정류장 전에서 시작해 오전 8～10시와 오후 8～10시만 지키면 언젠가 만날 수 있으리라. 최소한 5(개 정류장)×3(개 노선)×2(오전, 오후)=30차례, 15일만 시간을 내면 될 일이었다.

'……다시 만나요. 그때까지 몸 건강히, 안녕.'

그녀는 편지에서 다시 만나자고 했다. 지금은 말 못할 사정이 있으니 기다리면 찾아오겠다는 얘기였다. 최악의 경우 그런 희망이 남아 있었다. 하루, 이틀, 사흘…… 속절없이 시간은 흘러갔다. 덩달아 블랙스타도 내 팬들도 친구 녀석도 불만이 많아졌다. 하지만 그땐 그녀보다 중요한 건 아무것도 없었다.

"정 네가 불편하면 나 그만둘게." 그렇게 선언하자 친구 녀석은 투덜대면서도 어쩔 수 없다는 얼굴을 했다. 그동안 블랙스타는 녀석이 손 하나 대지 않아도 나를 중심으로 잘 돌아가고 있었다. 나만한 동업자를 구하기란 쉽지 않음을 녀석도 잘 알고 있었다.

두 달을 노력했지만 결국 그녀를 만나는 데 실패했다. 그 뒤로 정류장 지키는 건 포기했지만 그녀만큼은 항상 내 가슴속에 있었다. 그녀의 편지를 곱게 접어 왼쪽 안주머니에 넣고 다녔던 것이다. 하늘이 내 마음을 알아 그녀를 만나게 해달라는 주술적인 의미가 담겨 있었다. 그 지극한 뜻이 하늘에 통했는지 다섯 달 뒤 그녀를 극적으로 만나게 된다. 점심 무렵 볼일이 있어 어디를 다녀오다가 문득 생각이 나서 정릉 행 버스를 탔다. 그런데 그녀가 미도극장(미아리고개 정릉 쪽 기슭에 있던 극장으로 지금은 없어졌다) 앞에서 내가 탄 버스를 타는 게 아닌가.

가슴은 쿵쾅거리는데, 그녀는 좌석에 앉아 있던 나를 보지 못하고 맨 뒷좌석에 가서 앉았다. 나는 마음을 진정시키고 일어나 창밖을 바라보는 그녀의 옆에 가서 섰다. 그녀가 슬며시 고개를 돌려 나를 올려다봤다. 어찌된 일인지 그녀의 표정엔 전혀 변화가 없었다. 난생처음 보는 사람 대하듯 다시 눈길을 창밖으로 돌리는 것이었다. 이상하기도 하고 당황스럽기도 했다.

그녀가 종점에서 내렸다. 나도 따라 내렸다. 그녀는 시내 쪽을 향해 걷기 시작했다. 나는 끈으로 연결돼 있는 듯 따라 걸었다. 30미터쯤 갔을 때 갑자기 그녀가 몸을 휙 돌려 다시 종점 쪽으로 걸어갔다. 나도 따라 걸었다. 우리는 버스 안에서 상봉한 순간부터 그때까지 아무 말도 없었다. 슬며시 화가 나려는 순간 그녀가 몸을 돌려 오던 길을 다시 가려고 했다. 내가 팔을 붙잡자 그녀는 뿌리치려 했고 순간 나도 모르게 그녀의 뺨을 후려쳤다.

생각해보면 영화의 한 장면과도 같았다. "에이, 누가 저런 순간 저렇게 해?" 하고 깔깔거리며 보는 3류 영화의 한 장면. 그 장면을 내가 만들었던 것이다. 나는 가슴에 품고 다니던 그녀의 편지를 꺼내 던지곤 뒤도 돌아보지 않고 떠났다. 그러곤 그녀를 머릿속에서 모조리 씻어내기로 결심했고 정말 그렇게 했다. 그런데 이렇게 다시 회상하게 되니 기분이 묘해진다. 지금은 어떻게 변했을까? 어떤 사람과 결혼했을까? 아이 두셋은 낳았겠지?

돌이켜보면 모든 게 아름답다. 떠난 기차는 아름답고 그립다.

특히 무한한 가능성이 있는 젊은 시절은 다신 돌아오지 않으니까…….

블랙스타는 장사가 아주 잘됐다. 나는 신명나게 뛰었다. 내 음악을 듣고자 블랙스타를 찾는 젊은이들이 갈수록 늘어났다. 하루는 '닐바나 나이트클럽 사장'이란 명함을 들고 누군가 찾아왔다. 닐바나 나이트클럽은 퇴계로 대연각호텔 뒤쪽에 있는 오리엔트호텔의 나이트클럽이었다. 거기 손님들을 통해 내 소문을 듣곤 닐바나의 DJ로 일해달라는 부탁을 하러 온 거였다. 블랙스타보다 무대도 더 넓고 수입도 훨씬 많았다. 나이트 손님들을 블랙스타에 유치하는 데도 도움이 될 것 같아서, 곧바로 승낙을 하고 그날부터 일을 시작했다. 낮에는 블랙스타, 한밤에는 닐바나에서 DJ로 활동하는 이중생활이 열린 것이었다.

그때 닐바나에 오면 딥 퍼플Deep Purple의「Smoke On The Water」가 귀청을 때렸다. 클리던스 크리워터 리바이벌C.C.R.의「Proud Mary」에 온몸을 뒤흔들었고, 시카고Chicago의「Make Me Smile」이 환호를 지르게 했다. 또 템페스트, 데블스, 아도니스, 윤항기와 키브라더스 같은 쟁쟁한 국내 그룹들이 자신들의 노래를 생음악으로 들려주기도 했다.

그러면 홀 안은 흔들고 비틀고 찌르고 솟고 가라앉고 소리치는 젊음과 춤의 열기로 가득 찼다. 나도 그걸 보면서 흥분에 떨곤 했다. 지금도 춤추는 건 즐기지 않지만 춤 구경은 무척 좋아한다. 춤의 열기와 생동감에 나도 모르게 동화되기 때문이다. 젊은이들이 춤추는 모습을 보면서 나는 어떻게 하면 분위기를 더 띄울 수 있을까 궁리하곤 했다.

매일 밤 네 시간 동안 그야말로 젊음을 불태운 뒤 하얀 재가 되어 블랙스타로 돌아왔다. 곧바로 나이트클럽에서 역시 재가 되어 새벽 다방에 들른 젊은이들을 위해 조용하고 감미로운 음악을 틀어 줬다. 그러면 나는 그 감로수를 마시고 곧바로 재생되곤 했다.

하루는 닐바나로 찾아온 서병후 씨를 소개받았다. 그분은 우리나라 최초의 팝 칼럼니스트로 박원웅, 이종환, 최동욱, 이해성 같은 분들과 더불어 한국 팝계의 제1세대에 속하는 개척자였다. 그런 분을 만나게 됐으니 얼마나 좋았겠는가. 내가 깍듯이 대하자 그분도 나를 인정해줬다. 친해진 것은 물론이었다. 나는 그 사실만으로도 DJ 계에 한 발 다가선 것 같은 흥분으로 가슴이 뛰었다.

하루는 그분이 내게 물었다.

"자네, 팝송 관계 원고 좀 쓸 수 있나?"

나는 지난날 《월간팝송》의 독자란에 투고했던 원고들을 보여드렸다.

"음, 이 정도면 괜찮은데? 자네, 날 좀 도와주겠나?"

장덕진 씨가 초대 사장인 《주간시민》이란 주간지에 편집국장으로 가게 됐는데, 나더러 기자가 되어 '방송 란'을 맡아달라는 것이었다. 순간 '방송국 출입 기자 → DJ'란 도식이 머릿속을 스쳤다. 팝송계의 거물과 함께 일한다는 사실도 크게 다가왔다. 가슴이 마구 뛰기 시작했다. 월급이고 근무 조건이고 따지기 전에 DJ와 관계된 일이란 사실이 가장 중요했다. 고민할 필요 없이 승낙했다. 이렇게 해서 'DJ'에 더욱 가까워진 셈이었다.

《주간시민》에서는 주로 방송에 관계되는 기사를 쓰는 일을 했다. 방송국을 출입할 수밖에 없는 상황이 되자 기분이 너무나 좋았다. 가서 박원웅 씨도 만났고 예전에 방송 모니터요원 시절 편성부 차장이었던 홍종선 씨도 만났다.

"결국 이렇게 되셨군요? 그럴 줄 알았습니다. 잘되시길 빕니다."

그분들은 나를 격려하면서 취재에도 기꺼이 협조해줬다. 기자 신분으로 만나니 대우가 달라진 것이었다. 그때 내가 쓴 기사는 '인물로 쓴 한국 팝송사'를 비롯해 굉장히 많았다. 내가 아는 것도 관심

있는 것도 그쪽이었기 때문이었다. 방송가의 다른 얘기들도 써야 했지만 김두한 씨의 따님인 탤런트 김을동 씨 기사 정도뿐이었다. 그러면서 방송국 관계자들 눈에 띄어 DJ가 될 수 없을까 하는 속마음도 커져갔다.

그 꿈은 서병후 씨가 《주간시민》을 그만두면서 물거품이 되고 말았다. 내 유일한 방패막이가 사라지자마자 보급부로 발령났다. 보급부는 판매 기획과 신문 판매를 하는, 말하자면 내 꿈과는 전혀 관계가 없는 곳이었다. 그동안 '방송 란'을 맡아 일하면서 '방송'을 등한시한 결과였다.

보급부에 가서도 나는 열심히 일했다. 그때는 고교 야구가 인기 절정이었다. 신문에 야구 기사를 싣게 해서 서울운동장에 나가 《주간시민》이라고 쓴 띠를 두르고 판촉을 하는 등, 기획력도 제법 발휘하곤 했다. 하지만 아무리 노력해도 신문사 임원들의 마음에는 들지 못한 모양이었다. 그도 그럴 것이 내 행색이며 주변 환경이 신문사 직원답지 않았다. 생각하고 꿈꾸는 것이 DJ인 만큼, 당시 나는 장발에 팝송 가수 같은 옷차림을 하고 책상엔 가수 사진을 덕지덕지 붙여놨다. 때문에 내 방에 들어오는 사람들은 무슨 음악실에 들어온 것 같다는 말을 했다.

얼마 지나지 않아 나는 보급부에서 구매과로 발령을 받게 된다. 구매과는 회사에서 필요한 모든 물품을 구입하는 곳이었다. 거기서도 맡은 바 직분에 열심이었다. 누가 빗자루 하나 사달라고 품의를 올리면, 그 부서를 찾아가 '과연 빗자루가 생명을 다했는지' 살펴본 다음 구입을 결정하곤 했다. 빗자루가 멀쩡해 보이면 아무리 졸라대도 구입해주지 않았다. 가끔은 내 손으로 직접 수리해서 더 사용하라고 돌려주기도 했다.

뿐만 아니라 업자들에게는 까다로운 구매자 노릇을 했다. 최저의 값으로 최고 품질의 물품을 구입하는 데 최선의 노력을 기울였다. 물품에 하자가 두 번 이상 발생하면 가차 없이 거래 선을 바꾸는 방법으로 업자들을 다그쳤다. 그렇게 까다롭게 굴수록 업자들한테서 뇌물이 많이 들어왔다. 그러면 나는 '차라리 그 액수만큼 값을 깎아달라'며 퇴짜를 났다. 이런 일이 알려지면서 사장님의 전폭적인 신임을 받은 것은 물론 일도 늘어났다.

하루는 상무라는 사람이 새로 들어왔다. 당시 《주간시민》은 중앙대학교 재단의 소유였는데, 재단이사장의 인척으로 외국 유학을 다녀와 상무로 취임한 것이었다. 우연히 총무과에서 상무의 인적사항을 보게 됐다. 나와 동갑이었다. 순간 멍해지면서 왈칵 울음이 치밀 것만 같았다.

'이 사람은 이 나이에 상무인데, 나는 무엇인가. 그동안 나는 무얼 했나. DJ가 되겠단 놈이 여기서 지금 뭘 하고 있는가. 광한아, 정신 차려라!'

극심한 열등감에 휩싸였다. 도저히 그대로 있을 수 없어서 그날로 사표를 쓰고 나왔다. 전체 직장 생활 중 가장 긴 2년의 시간이었지만 미련은 없었다. 나는 캐나다로 이민 갈 생각을 했다. 당시엔 미국 이민보다 캐나다 이민이 쉬웠는데, 그곳에 가서 본고장의 팝을 배워오겠다는 계획이었다. 그래서 열심히 이민 관계 서적을 뒤졌지만 곧 포기했다.

그러던 중 후암동 가정교사 집의 춘호를 길에서 우연히 만났다. 녀석은 굉장히 반가워했다. 그날 밤 우리는 삼선교에 있는 내 방에서 밤새 얘기를 나눴다. 부모가 이혼을 하는 등 춘호네 집도 커다란 변화가 있었다. 춘호는 바로 아래 동생만 데리고 집을 나올 작정이라고 했다. 아버지가 월세방 얻을 돈은 준다고 했다는 것이다. 그런데 막상 집을 나오려니 불안하고 걱정스럽던 차에 나를 만난 거였다. 녀석은 같이 살기를 강력히 원했고 나도 녀석이 싫지 않았다.

다음 날부터 집을 보러 다니다 정릉 산동네에 셋방을 얻었다. 블랙스타 시절의 국희 씨를 한 번이라도 만날 수 있지 않을까 하는 마음이 여전히 있었던 모양이었다. 산길을 올라가야 하고 주위 환경이 좋지는 않았지만, 아래로 내려다보이는 경치는 일품이었다.

이렇게 해서 김광한의 정릉 시대가 펼쳐졌다.

정릉 산동네 셋방살이 시절

　정릉으로 이사를 오자마자 춘호는 방위로 입대를 했다. 중학생인 춘성이를 내가 부모처럼 돌봐야 했다. 얼마 뒤 춘호가 훈련을 마치고 방위로 배치되자 조금 여유가 생겼다. 매일 근무하는 게 아니라 하루걸러 이틀씩 근무했다. 그사이 나는 같은 집에 세 들어 사는 정씨 아저씨와 친해졌다.

　아저씨는 직장에 나가는 두 아들과 살았다. 왼팔이 부자유스러운데도 새벽이면 쌀을 씻어 밥을 짓고 반찬을 만들곤 했다. 처음엔 좀 궁상맞아 보였다. 동네 사람들 얘기론 아주머니가 춤바람이 나서 도망갔다는데 그 때문인가 싶었다. 얼굴을 익히고 보니 착하고 인정 많은 분임을 알게 됐다.

아저씨는 아침 일찍 나갔다 밤늦게 돌아왔는데 뭘 하는 분인지 몹시 궁금했다. 어느 날 물어봤지만 그냥 씩 웃기만 하면서 끝내 대답하지 않았다. 1976년 봄 집세를 내야 할 날이 다가왔지만 수중에 한 푼도 없었다. 궁리 끝에 아저씨한테서 3천 원을 빌렸다. 그걸로 청계천 청계극장 뒷골목에서 여자용 샌들을 샀다. 한 켤레에 3백 원씩 열 켤레를 들고 이화여대 앞으로 갔다. 다방으로, 미장원으로, 양품점으로 다니면서 팔았다. 천5백 원씩에 팔았는데 금세 다 팔렸다.

그렇게 해서 번 돈이 만5천 원. 집세 6천 원을 내고 빌린 돈을 갚고도 6천 원이 남았다. 여기서 중요한 건 얼마를 벌었느냐가 아니라, 아저씨가 내 급박한 사정을 알게 됐다는 사실이다. 아저씨는 자신이 하는 일을 말해줬다. 바로 병아리 장사였다.

"아무한테도 말하면 안 돼. 왕병아리를 파는 일이야."

"왕병아리가 뭔데요?"

"약으로 쓸 때 넣어서 고아 먹는 병아리야."

"돈 잘 버는 거예요?"

"하기 나름이지."

"그거 나도 하면 안 돼요?"

"힘들어."

"괜찮아요."

그렇게 해서 아저씨를 따라갔다. 중랑교 지나 퇴계원 가는 길로 접어들자마자 가건물이 여러 채 있었다. 닭을 전문적으로 부화시키고 키우는 곳이었다. 수천 마리의 닭이 모여 있는 장면은 난생처음 봤다. 거기서 왕병아리를 마리당 40~50원에 사서 150원쯤에 되파는 장사였다.

왕병아리는 예전에 초등학교 앞에서 아이들에게 팔던 병아리와는 다르다. 불량품 판정을 받아 사흘밖에 못 사는 것들과는 달리, 왕병아리는 병아리 과정을 막 지난 것들로 살집도 제법 있어서 약으로 쓸 수 있었다. 아저씨는 왕병아리를 자기도 사고 나한테도 백 마리를 사서 줬다. 그걸 구멍이 숭숭 뚫린 상자 두 개에 나눠 넣고 멜빵까지 만들었다. 우리는 시내로 들어와 동부터미널 근처에서 헤어졌다.

"잘 팔아봐. 너무 힘들면 부화장으로 그냥 돌아오고."

아저씨의 말에서 걱정의 빛이 역력했다. 나는 터미널 뒤쪽의 주택가를 돌아다니며 외쳤다.

"왕병아리 사려, 왕병아리! 아주머니, 아주머니, 빨리 오세요! 늦게 오시면 후회합니다!"

내 '단가' 소리에 몰려나온 아주머니들은 경쟁적으로 왕병아리를 사갔다. 봄철에 잘 팔리는 것은 봄부터 집 안에서 키우면 여름 복날쯤엔 삼계탕을 해먹기 알맞게 자라기 때문이었다. 지금 그 주택가는 흔적도 없이 바뀌었지만, 가끔 근처에 가면 김광한이 병아리 상자를 둘러메고 외치던 소리가 들려오는 듯하다. 그날 나는 신나게 뛰어다니며 외쳐댔고 얼마 안 걸려 몽땅 다 팔 수 있었다.

현실 적응력이 뛰어나다고 해야 할까. 나는 고교 시절까지 부잣집 아들로 부족함과 어려움 없이 살았다. 얼마 전까지는 화려한 밤

무대의 DJ로 각광을 받았고 방송국 출입 기자까지 했다. 내가 어떻게 이런 적응력을 가질 수 있었던 걸까? 어린 시절에 뛰놀던 낙원동이란 지역의 특수성과 내 성격 때문이 아닐까 싶다.

낙원동에는 부촌이, 또 외곽으로는 빈촌이 있었다. 나는 집안이 어려운 애들과 어울리고 땡땡이도 치는 등 양쪽 동네를 넘나들며 놀았다. 그러다 보니 내겐 가난이 낯설지 않았고 그들의 강인한 생활력을 곁에서 볼 수 있었다. 그때부터 아무거나 잘 먹고 잠자리를 가리지 않는 털털함과 수더분함이 몸에 밴 게 아닐까.

아무튼 병아리를 다 팔고 부화장으로 가서 빈 상자를 돌려줬다. 아저씨는 아직 돌아오지 않았다. "신병치고는 정말 대단해!" 이슥해진 밤, 집에서 만난 아저씨가 깜짝 놀라며 한 말이었다. 대학까지 나온 젊은이가 해낼 수 있을까 걱정스러웠는데, 몇 시간 만에 다 팔았다는 소리를 닭집 아주머니에게 듣곤 믿기지가 않더라고 했다.


그때부터 병아리장수로서의 경력을 쌓기 시작했다. 추석이 가까워지자 아저씨는 대구로 원정을 가자고 했다. 추석에 대구로 가서 병아리를 잘만 팔면 겨우내 앉아서 먹고살 수 있을 만큼 한몫을 잡을 수 있다고 했다. 해마다 가는 원정에서 수입이 제법 괜찮았다는 말에 좋다고 했다. 아저씨의 동료 한 사람과 셋이서 대구로 떠났다. 나는 숙식비까지 합해 만5천 원의 자본금을 준비했다.

대구역에 내려 아저씨는 망설임 없이 어느 여관으로 직진했다. 병아리장수들의 아지트인 듯했다. 여관에 들어서니 마당 구석에

옹기종기 모여 있는 일고여덟 명의 사내들이 보였다.

"어, 벌써들 와 있네!"

아저씨는 외마디 비명처럼 혼잣말을 했다. 우리를 한쪽에 앉혀두고 그들에게 갔다. 무슨 말을 하는지 들리지는 않았지만 흥정을 하는 듯했다. 잠시 뒤 터덜터덜 돌아왔다.

"금년에는 글렀네. 저것들이 선수를 쳤어."

대구의 병아리 시장은 전국의 병아리장수들이 노리는 상권이었다. 그런데 대구 근처에서 공급되는 병아리는 극소수에 불과해 거의 모든 물량이 서울에서 내려왔다. 서울 상권이 워낙 커서 부화장들이 서울 근교에 몰려 있는 데다, 지방에서 병아리가 필요하면 서울 부화장에 주문해 기차 화물로 받는 시스템이었다. 그것도 물량이 많아야 보내주므로 여러 명의 장수들이 뭉쳐서 주문을 하곤 하는데, 먼저 온 사내들이 이미 주문을 해버린 것이었다. 게다가 그들과 정씨 아저씨는 친한 사이가 아니었는지 조금만 나눠달라는 말도 거절당했다고 했다.

"이제 어떡하죠?"

"방법이 없는 건 아냐. 여기까지 와서 빈손으로 가서는 안 되지."

대구 근교의 칠성부화장이란 곳에서 아주 작은 병아리를 사서 김천 시골을 돌며 팔자고 했다. 왜 대구에서 안 팔고 김천 시골까지 가야 했는지는 기억이 나지 않는다. 아무튼 우리는 그날 아까운 돈 들여 여관에서 묵고 다음 날 서둘러 근교의 칠성부화장으로 갔다. 전날 저녁에 부화된 병아리를 한 마리에 3원씩 각자 2백 마리를 사서 버스를 타고 김천으로 이동했다. 어둠이 내린 시각에 도착, 터미널 근처의 여인숙에 간신히 방을 구해 짐을 풀었다.

김천은 이른바 교통 요충지로 온갖 사람들이 몰려들었다. 때문에 터미널 근처의 숙박업소는 항상 사람들로 붐볐다. 우리가 든 여인숙도 만원이었다. 나는 손발을 씻고 마루에 앉아 사람들을 살폈다. 별의별 직업을 가진 사람이 다 모인 것 같았지만 대개는 말쑥한 차림들이었다. 맥이 빠진 채 술잔을 기울이는 사람도 있고 신이 나서 떠드는 사람도 있었다. 그날 장사에 재미를 본 사람과 그렇지 못한 사람은 한눈에 구별이 됐다.

그 많은 사람 가운데 나는 코가 빠진 축에 속했다. 왈칵 서러움이 치솟았다. DJ를 꿈꾸는 놈이 병아리 장사를 하겠다고 경상도 김천까지 내려와 그런 꼴로 앉아 있으니…… 병아리의 생명은 사흘뿐이니 다음 날 하루 안에 몽땅 팔아야만 했다. 잠자리에 들자 병아리 소리가 유난히도 크게 들렸다. 하긴 6백 마리의 합창을 머리에 이고 자니 쉽게 잠이 올 리 없었다.

다음 날 아침 일찍부터 서둘러 길을 떠났다. 두 아저씨는 버스를 타고 나가 근교에서 김천 시내로 돌아오는 코스를 택했다. 나는 반대로 시내에서 바깥으로 나가는 방법을 택했다. 우선 시내로 나가 열심히 외치며 돌아다녔다.

"병아리 사요! 토실토실한 병아리가 한 마리에 80원, 열 마리에 5백 원이요! 자, 싸게 팝니다!"

정신없이 팔고 다니다 보니 어느새 김천 변두리 산골이었다. 다리도 아프고 배도 고파서 아무 집이나 불쑥 들어갔다.

"아주머니, 저는 병아리 파는 사람인데요, 배가 고파서……."

그러면 밥상을 차려줬다. 오이지와 고추장 반찬에 시커먼 보리밥뿐이었지만 아주 꿀맛이었다. 감사한 마음에 병아리 몇 마리를 주려고 하니 한사코 받지 않았다.

"그라모 벌 받는기라예."

"누구한테 벌을 받아요?"

"누군 누긴교, 천지신명님이제."

마음씨 고운 아주머니 덕분인지 2백 마리 가운데 열다섯 마리를 남기고 몽땅 팔 수 있었다. 어느새 김천 가는 막차마저 끊어진 깜깜한 밤이었다. 난감했다. 밥을 얻어먹던 솜씨로 아무 집에 들어가서 나머지 병아리라도 주고 잔 다음 아침에 갈까 싶었다. 아저씨들의 판매 성적도 궁금하고 또 돌아가지 않으면 걱정할 것 같아 가기로 했다. 막차가 떨어졌으니 택시를 합승해 가는 방법밖에 없었다. 탑승비는 무려 천 원. 삐악거리는 병아리 상자를 무릎에 얹고 김천으로 가면서 기가 막혔다. 발바닥이 부르트도록 걸으며 몇십 원 벌겠다고 소리소리 질렀던 놈이 한순간에 천 원을 날려버리다니…….

여인숙에 돌아오자 먼저 와 있던 두 아저씨는 소주잔을 기울이고 있다가 깜짝 놀라며 반겼다. 내가 병아리를 못 팔아 창피한 나머지 못 들어오는 게 아닌가 싶었다고 했다. 밤이 깊어가도 소식이 없자 비관한 나머지 목이라도 맨 게 아닌가 몹시 걱정했다는 것이다. 내

경상북도 김천역 근처 뒷골목에서 병아리를 팔고 있는 김광한(1976)

가 열다섯 마리 남기고 다 팔았다고 하자 펄쩍 뛰었다. 자기네들은 이삼십 마리밖에 팔지 못했다는 것이다. 한마디로 정신력의 차이였다.

그들은 몇 년 동안 왕병아리 장사로 재미를 보아 한겨울 먹고살 돈을 마련해온 터라 이번에도 그렇게 될 줄 예상하고 내려왔다. 그런데 일이 뜻대로 안 풀리자 허탈해져서 악착같이 병아리를 팔아야겠다는 의욕을 잃은 상태였다. 나도 그 재미를 알고 있었더라면 그들과 똑같았을지도 모른다. 어쨌든 나는 그걸 몰랐고 본전이라도 뽑아야 한다는 마음에 열심히 뛴 결과가 거의 '완판'으로 나타난 셈이었다.

다음 날 아침에 눈을 뜨자마자 병아리들을 살폈다. 다행히 모두 쌩쌩해 보였다.

"자, 열심히 팝시다!"

신참이 고참들을 격려하는 가운데 뿔뿔이 흩어졌다. 나는 남은 열다섯 마리 상자를 메고 김천 시내를 약간 벗어나 걷다가 아무 집에나 들어갔다.

"아주머니, 내가 다 팔고 요거 남았는데 싸게 드릴 테니 사세요."

병아리 열다섯 마리를 마루 위에 꺼내 놨다. 삐악삐악 시끄러운데 한 놈이 다리를 슬슬 벌리며 자빠지려고 했다. 나는 귀여워서 만지는 척하며 녀석을 똑바로 세웠다. 다리를 벌리면서 주저앉거나 조는 놈들은 죽을 때가 됐다는 신호였다.

"떨이예요, 떨이! 이거, 마당에서 키우셔도 되고 푹 고아서 잡수

셔도 몸에 아주 좋아요."

　말하는 동안에도 이쪽저쪽에서 비실거리며 조는 놈들이 속출했다. 그런 만큼 내 손길도 바빠졌고 결국 5백 원을 받고 팔아넘겼다. 밖으로 나와 상자를 하늘 높이 내던지며 환호성을 질렀다. 모두 만5천 원의 수익을 올렸으니 제법 재미를 본 셈이었다.

　걸어가다 배가 고파서 또 아무 집에나 들어가 밥을 얻어먹고, 또 걷다 졸음이 쏟아지면 풀밭에 누워 잠깐 눈을 붙이기도 하면서 여인숙으로 돌아왔다. 아저씨들은 빈손으로 저녁 무렵에 돌아왔다. 몇 마리 팔지도 못했는데 비실거리며 조는 놈들이 속출해 개천에다 몽땅 버렸다는 것이다. 내가 다 팔았다고 하자 "허어, 대단한 친구야!" 하면서 벌린 입을 다물 줄 몰랐다.

1976년 추석. 전날 부모님 산소에 홀로 찾아가 성묘를 했다. 병아리 장사로 돈을 좀 벌었으니 제수도 조금 마련했다. 술을 따라 올리고 절을 하는데 눈물이 펑펑 쏟아졌다. 1년 전 성묘 때에 비해 나아진 게 없다는 사실에 가슴이 아파왔다. 그때 부모님 앞에서 이렇게 맹세했었다.

"어머니 아버지, 내년에는 반드시 자랑스럽게 DJ가 돼서 성묘를 오겠습니다. 꼭 지켜봐주십시오."

그랬는데 1년이 지나도 DJ는커녕 병아리나 파는 신세였으니 서러움이 북받쳐 올라왔다. 며칠 전에도 병아리 판 돈 일부를 헐어 중앙시장에 가서 또 레코드를 사왔다. 그렇게 레코드판만 모은다고 DJ

가 될 수 있을까.

왜 진작 방송국 쪽으로 접촉해볼 생각을 안 했는지 모를 일이었다. DJ란 게 양성 학원이 있는 것도 아니니 열심히 공부하면서 스카우트에 대비해야 한다고만 생각했다. 그런데 왜 그 반대는 생각 못했는지…… 방송국에서 DJ는 어떻게 구하는지 왜 생각 못했는지…… 방송국 주위에서 직접 발품을 팔며 구하면 될 일 아니던가. 감이 익으면 홍시처럼 저절로 뚝 떨어진다고, 내 실력이 알려지면 방송국에서 스카우트 손길을 뻗칠 거라 생각만 하며 멍청하게 앉아 있었다니…… 똑똑한 척하면서 멍청한 짓은 혼자 다 하고 있었던 거였다.

그날부터 나는 고민에 빠졌다. 아무리 해도 DJ가 될 수 없으니 포기하고, 남들처럼 돈이나 벌면서 사는 게 나을 것 같았다. 가을바람 소슬한 어느 날 밤 마침내 결정을 내렸다.

'DJ를 포기하자!'

우선 1천 장쯤 되는 레코드판부터 팔아치우기로 했다. 음악을 틀고 음악에 대해 얘기하는 날만 고대하며 하나씩 모아오던 것들이었다. 거기에는 DJ를 향한 내 집념이 알알이 배어 있었기에, 눈에 안 띄게 없애버려야만 DJ를 완전히 잊을 수 있을 것 같았다. 동시에 음악다방이나 레스토랑처럼 판이 필요한 곳에 팔아 돈이나 제대로 챙기자는 생각이 들었다.

이튿날부터 판을 싸들고 나갔다. 버스를 타고 돈암동에서 내려 음악다방 몇 군데를 거쳤다. 열 장 가까이 팔렸다. 나는 그걸 넘겨줄 때마다 한 번씩 쓰다듬곤 했다. 내 살이라도 떼어 내놓는 것처럼 가슴이 아팠다.

이번엔 성균관대 앞 명륜동으로 갔다. 혜화동 로터리 옆의 '모래틈'이란 레스토랑에서는 무려 스무 장이나 팔고 주문까지 받았다. 모두 내가 갖고 있던 판들이었다. 다음 날 가져다주기로 하고, 이대 앞으로 가서 신촌역을 거쳐 연대 앞 골목을 지나 홍대 앞까지 갔다. 어느새 들고 나간 판이 다 팔리면서 제법 큰돈을 손에 쥐게 되었다. 주문도 많이 받았다. 그렇게 해서 '돈암동 → 명륜동 → 이대 앞 → 연대 앞 골목 → 홍대 앞' 코스가 정해졌다.

DJ들은 처음엔 무척 거만하게 굴었다. 나는 음악실 유리창을 두드린 다음 문을 조금 열어 고개만 들이밀고 말했다.

"좋은 판 많이 가져왔는데 잠깐 내려와보슈."

그러면 고개를 천천히 돌려 쳐다보고는, 귀찮다는 듯 어기적어기적 슬리퍼를 끌고 나와 거만한 태도로 의자에 앉았다.

"골라보슈."

헝겊 가방을 앞으로 밀어주면, 가방 안을 한 손으로 뒤져 맨 앞쪽에 있는 앨범의 재킷만 흘깃 봤다. 또 한 장을 보면 점점 눈동자가 커지고…… 급기야 두 손으로 뒤지면서 '어, 어!' 소리가 나오다가 나중엔 '허겁지겁'이 되곤 했다.

"얼맙니까?"

판값은 살 때의 값 그대로였다. 대개는 군말 없이 지불하면서 다른 건 없냐고 물었다. 나는 그걸 메모해두고 다음에 가져다줬다. 나한테 없으면 도매 시장이나 청계천8가 중앙시장 안의 고물 시장에 가서 구해주곤 했다. 덕분에 두 번째 방문부터는 제법 대접을 받았다. 희귀 판을 많이 소장하고 있기도 했지만 부탁만 하면 어김없이 구해줬기 때문이었다.

그렇게 판을 구하러 다니다 보니 평소 내가 찾던 레코드가 눈에 많이 띄었다. 그것도 사서 팔고, 주문을 받아 또 사고…… 고물 시장에 중고 판이 왕창 나왔다는 말이 나오면 지체 없이 달려가서 샀다. 거기에도 손님들이 원하는 판들이 무척 많았다. 주문받은 것을 골라 가져다주면 또 주문을 했다. 판을 팔고 주문받고, 구해서 다시 팔고, 또 주문받는 일이 되풀이됐다.

그러면서 팝에 대해 더 많이 알게 됐고 돈도 많이 벌었다. 완전히 없애려던 판은 오히려 전보다 훨씬 많아졌다. 처음엔 가슴이 아팠지만 점차 나름대로 재미있었고 보람도 생겼다. 그렇게 해를 넘겨서도 계속 그 일을 했다.

그때 가장 많이 도움을 준 분은 돈암동에 있는 '희로애락'이란 레스토랑의 주인 이하영 씨였다. 대학을 나왔음에도 여관에서 조바(심부름꾼) 노릇을 했을 정도로 고생과 실패를 많이 맛본 분이었다. 마지막이라며 처갓집에서 자기네 건물 2층에 레스토랑을 차려준 것이 희로애락이었다.

나는 희로애락에 판이 많다는 소문을 듣고 찾아갔다. 판은 많을

레코드 행상 시절의 김광한,
왼편으로 레스토랑 '희로애락'의 간판이 보인다.

수록 더 필요하다는 점을 알고 있었다. 이하영 씨는 내가 가져간 판을 마구 사들였다. 알고 보니 음악을 무척 좋아하는 분이었다. 판매가 시원찮을 때 희로애락을 찾아가면 그분이 몽땅 사주곤 했다.

"그냥 음악실에 갖다놓고 개수만 알려줘요."

무슨 앨범인지 보지도 않고 사는 것이었다. 처음엔 황당하고 미안하기도 해서 "좀 보셔야죠" 하면 그분의 대답이 이랬다.

"뭘, 김 형이 가져오는 건데 보긴 뭘 봐?"

나중에 듣기를, 돈암동에 사는 내 후배 두 녀석이 거기 단골인데 녀석들로부터 내 얘기를 들어 익히 알고 있었다는 거였다. 덕분에 나는 레코드 판매 수입의 절반은 그분으로부터 얻었다고 해도 과언이 아니었다. 그분의 은혜를 지금도 잊지 않고 있다. 그만큼 나를 좋아했던 그분은 좀 친해지고 나서는 종종 DJ를 부탁하기도 했다.

"김 형, 시간 좀 있으면 딱 한 곡만 어때?"

이미 DJ가 있었지만 마음에 들지 않는 모양이었다. 나는 그 DJ의 양해를 얻고 음악실에 들어가 피터 프램튼Peter Frampton의 「Show Me The Way」를 틀곤 했다. 그 한 곡이 '또 한 곡'이 되어 한 시간, 두 시간씩 DJ를 보기 일쑤였다.

그러던 어느 날 '돌멩이' 클럽을 만났다. 돌멩이는 희로애락에서 매주 한 번씩 만나 팝 음악을 감상하는 모임이었다. 내가 희로애락에 간 날이 마침 돌멩이 클럽의 모임 날이어서 DJ가 나를 소개시켰다. 열두 명 회원에 남녀가 반반이었다.

그들 가운데는 팝에 대한 지식이 상당 수준에 있는 사람도 있었으나 대부분 초보 수준이었다. 자연히 나한테 발언 기회가 많이 돌아오면서 어느새 주목을 받게 됐다. 몇몇 사람들이 질문을 던지고 내가 대답을 하면 또다시 질문이 쏟아졌다. 진지한 분위기 가운데 내 눈에 번쩍 들어오는 아가씨가 있었다.

아가씨는 질문과 대답이 오가면 열심히 메모를 하며 고개를 끄덕이곤 했지만, 정작 자신은 아무런 질문도 하지 않았다. 내가 대답을 할 때 가끔 눈이 마주치곤 했는데 그때마다 화들짝 놀라 눈을 내리깔았다. 양 볼이 붉게 물들지 않았을까 싶었다. 얼마 뒤 다시 희로애락에 가서 돌멩이가 남긴 메모를 전달받을 때까지도, 그 아가씨를 까마득히 잊고 있었다.

'이번 주 토요일 오후 5시에 저희들 모임이 있습니다. 그때 꼭 참석하셔서 자리를 빛내주시면 정말 고맙겠습니다. 돌멩이 회장 올림. 추신: 부탁드릴 중요한 얘기도 있습니다.' 중요한 얘기가 뭔지 생각해보다가 양 볼이 붉어졌을지도 모를 아가씨가 문득 떠올랐다. 그러다 내 주제에 무슨 여자 생각인가 싶어 혼자 피식 웃었다.

토요일 오후 돌멩이의 주말 모임에 참석했다. 중요한 얘기란 내게 클럽의 고문을 맡아달라는 거였다. 잠시 망설이다 수락을 했다. 작가가 되려 노력하다 여의치 않으면 훌륭한 독자로 남는 작가 지망생처럼, DJ 되기에 실패한 내가 팝송의 팬으로 남는 것도 괜찮을 듯했다. 열두 명의 회원들과 일일이 인사를 나눴다. 그 아가씨의 이름은 최경순이었다. 나는 자기소개를 하면서 그저 팝의 열렬한 팬이라고만 밝혔다.

'돌맹이 클럽' 멤버들과 함께. 오른편에 서 있는 이가 김광한, 그 옆이 아내 최경순(1977)

"김 고문님은 어디서 DJ를 하셨던 분 같아요. 팝송에 도사이시고, 목소리도 매력적이시고 판도 많이 갖고 계시고……."

누군가의 말에 뜨끔했지만, 방송국이나 다운타운 가에서의 DJ 경력을 밝히진 않았다. '실패한 DJ 지망생'이라 말하기엔 자존심이 상했다.

그날부터 시작해 매주 돌멩이 모임에 참석했다. 내가 건의해 회지를 만들기로 했다. 이름하여 《돌멩이》. 편집자는 나였다. 혼자 하기는 힘이 들 테니 도와줄 사람 하나를 지목하라는 회장의 말에 냉큼 최경순을 찍었다. 그녀는 의외였는지 두 눈을 동그랗게 떴다.

그 뒤로 경순을 수시로 만났다. 그녀의 집은 삼양동이어서 만나기도 좋았다. 다행히도 경순은 직장에 다니지 않는 양가집 규수였고, 나 또한 남아도는 게 시간뿐인 자유인이었다. 회지 편집을 빙자한 데이트였지만 순진한 경순은 대여섯 번을 만나도 눈치채지 못했다. 나는 경순보다 여덟 살이나 많은 아저씨인 데다 팝송에 도사인 '고문님'이었으니까.

만남이 계속되자 아예 그녀를 내 조수로 만들었다. 《돌멩이》에 실을 인터뷰 기사 '취재 담당'이라는 명목으로. 정릉에서 판을 싸들고 출발하면서 전화하면 그녀는 희로애락으로 나왔다. 그곳에서 합류해 명륜동, 이대, 연대 앞, 홍대까지 걸어서 돌아다니곤 했다. 그 나이에 레코드를 들고 다니며 파는 내가 한심하게 비쳤을 법도 하건만 경순은 전혀 내색하지 않았다. 아니 그런 생각조차 하지 않는 것 같았다.

나 또한 눈에 뭐가 씐 모양이었다. 그녀는 내 앞에서 한복을 입거나 쪽 진 모습을 보여준 적이 없었다. 우리 어머니처럼 온화한 구석도 없었고 크게 미인도 아니었다. 그런데도 어느 때부터인지 안 보면 보고 싶고 만나면 헤어지기 싫었다. 이런 게 사랑이련가.

경순은 꽃을 참 좋아했다. 꽃 얘기를 자주 하곤 했는데 나는 그 얘기가 듣기 싫었다. 군대를 다녀온 다음부터 나 자신을 강하게 단련시켜야 했기에, 내 마음을 부드럽게 만들 만한 건 모두 의식적으로 멀리했다. 여자를 멀리한 이유이기도 했다. 내가 꽃에 대해서나 여자와 함께 있을 때의 진정한 맛을 알지 못했던 것도 이 때문이었다.

하지만 자꾸만 경순의 꽃 얘기를 듣게 되면서 단단하고 강하기만 하던, 그래서 삭막하기만 하던 내 안에 부드러운 세계가 자리 잡는 게 느껴졌다. 그때부터 나는 경순에게 '꽃님이'란 이름을 붙여줬다. 꽃님이는 나와 헤어질 때면 늘 내 손에 쪽지 한 장을 쥐여줬다. 예를 들면 이런 글들이 적혀 있는 쪽지들.

'광한 님의 발 님아! 밤에 잘 때 제발 이불 좀 차지 마렴. 우리 광한 님이 배 아프시단 말이야.' '당신이 등을 돌려 멀어져갈 때면 저는 한 마리 목이 긴 슬픈 짐승이 됩니다. 당신의 등이 너무도 외로워서 그만 달려가 내 작은 가슴에 품어주고 싶어집니다.' 문학 소녀였던 꽃님이는 이런 쪽지로 나를 사로잡았다. 나를 감미로움에 취해 헤어나지 못하게 만든 것이다.

한마디로 김광한이가 사랑에 빠졌다는 얘기다.

　그해 가을 꽃님이네 집을 방문했다. 8남매 중 일곱째인 꽃님이. 미래의 장인어른은 병환 중이셔서 장모님께 큰절을 드렸다. 웬 사람들이 그리 많은지 동네 아주머니들부터 오빠 친구들까지 모두 구경을 왔다. 그날 나는 호기롭게 술을 마시고 얘기도 나누며 놀다가 나왔다. 그뿐이었다. 장래 장인 장모님께서는 사윗감이 별로 마음에 들지 않으셨겠지만, 내 나이며 직업이며 앞으로 결혼을 할 것인지조차 묻지 않으셨다. 물론 꽃님이나 나도 결혼에 대해 구체적인 얘기를 나눈 적은 없었다. 우리는 그저 서로를 믿고 따르는 사이였다.

　방송국에서 낭보가 날아왔다. 회지《돌멩이》가 방

송국에 전달되었는지 내가 초청된 것이었다. 구자룡이란 후배가 회지를 박원웅 씨에게 전달하면서 내 얘기를 했다. 박원웅 씨는 1978년 당시 최고의 인기를 누리던 MBC FM의 〈박원웅과 함께〉를 진행하고 있었다. 내가 한창 일할 시간에 방송돼서 잘 듣지는 못했다.

"팝을 무척 좋아하고, 팝송에 대해서는 도사예요."

그렇게 해서 나는 그해 여름 〈박원웅과 함께〉에 출연해달라는 요청을 받고 방송국으로 갔다. DJ의 꿈을 버린 상태였지만 방송국 건물은 여전히 내 가슴을 뛰게 했다. 두근거리는 가슴으로 박원웅 씨를 만났다. 그는 나를 알아보지 못했다. 《주간시민》 기자 시절이 4, 5년 전의 일이니 기억할 리가 없었다. 나 또한 한 사람의 청취자로서 그분을 대했다.

"김광한 씨 소개할 때 음악 평론가라고 할까요?"

"그냥 〈박원웅과 함께〉 청취자라고 하죠."

나는 청취자로 나가서 흑인들의 '블루스' 음악에 대해 얘기했고, 내가 가져간 판들을 틀어줬다. 당시엔 블루스에 대해 아는 사람이 별로 없었고 소개해주는 프로도 없었다. 그뿐이었다. 방송 출연을 한 며칠 뒤 일이 벌어졌다. 꽃님이와 데이트를 하고 밤늦게 귀가해보니 후배 구자룡이 기다리고 있었다.

"형, 왜 이제 와? 지금 방송국에서 난리가 났단 말야!"

"왜?"

"형이 출연한 게 반응이 어마어마하게 좋았대. 그래서 다시 출연해달래."

'그러면 그렇지!' 싶었다. 팝의 뿌리, 팝의 고향인 블루스를 얘기했으니 호소력이 클 수밖에 없었다. 내가 출연한 이후 '그 사람의 블루스 음악을 더 듣고 싶다'는 엽서가 쏟아지면서 다시 초청된 것이었다.

기분은 좋았지만 일이 좀 이상하게 돌아가는 것 같았다. 그렇게 다가가려 할 땐 먼발치로 자꾸만 멀어지더니, 포기하고 마음을 비우니 다가오는 건 무슨 조화란 말인가. 전쟁터에서 죽기를 두려워하면 죽고 죽기를 겁내지 않으면 산다고 한다. 남녀 사이에서도 남자가 다가가면 여자가 떠나가고 남자가 포기하면 여자가 다가온다. 이런 게 세상 이치던가.


방송국으로 가는 동안 이제야 내 앞에 DJ의 길이 열리는가 싶었다. 박원웅 씨를 만났다.

"반응이 얼마나 엄청나던지, 우리도 깜짝 놀랐어요. 어떻게 이런 대단한 분이 그동안 초야에 묻혀 있었습니까?"

"고맙습니다. 근데 혹시 박 선생님, 저 기억 못하시겠습니까?"

《주간시민》을 거론하자 그제야 그분은 무릎을 치면서 내 손을 잡았다.

"그래요, 기억납니다! 다시 만나서 정말 반갑습니다."

이번에는 '경음악 평론가'로서 사흘 연속으로 출연할 예정이었다. 당시만 해도 게스트가 사흘 연속 출연하는 건 파격적인 대우였는데 나는 그것도 훌륭히 해냈다. 그때 방송에서 틀었던 판들은 고물상에서 산 것이었다. 아무도 거들떠보지 않은 물건이었지만 내게는 진주보다 더 소중했다. 그것들이 마침내 빛을 발하게 된 거였다.

40~50년대의 블루스 판들을 보고 박원웅 씨도 놀라 입을 다물지 못했다. 그분뿐 아니라 모두들 놀라지 않을 수 없었다. 포크 음악의 대가로서 전설적인 인물 밥 딜런Bob Dylon의 선생님뻘 되는 라이트닝 홉킨스Lightnin' Hopkins 같은 뮤지션들의 음악이었으니까. 사흘간의 출연이 끝나고 〈박원웅과 함께〉의 고정 게스트와 스크립터로 일해달라는 부탁을 받았다. 나는 대뜸 물었다.

"얼마나 줍니까?"

박원웅 씨는 또 깜짝 놀랐다. 방송에 출연만 시켜줘도 고마워해야 할 풋내기가 건방져 보여선지 아니면 의외로 당당해 보여선지 모르겠지만, 출연료가 엄청났다. 그때 DJ들의 1회 출연료가 2만 원이었는데 나는 주말 하루만 원고를 써주고 출연해서 받은 게 5만 원이었다. 원고는 열 장을 써달라고 하면 밤을 새워 스무 장 정도를 써갔다. 박원웅 씨는 내 원고를 무척 좋아했다. 거기다 음악까지 맞춰 자신의 수고를 많이 덜어줬으니 더 그랬을 것이다.

나대로도 아주 신이 났다. 첫 출연료를 받고는 감격의 눈물을 흘렸다. 그때껏 벌었던 어떤 돈보다도 소중했기 때문이었다. DJ의 꿈이 다시 꿈틀거리기 시작했다. 나는 간절한 마음을 담아 기도했다.

'하늘이시여! 내 프로를 딱 한 달만 맡게 해주십시오. 아니 일주일이라도 좋습니다. 그런 다음에 다른 어떤 일을 해도 저는 만족할 것입니다. 하늘이시여!'

고정 게스트로 출연하면서도 레코드 행상은 계속했다. 방송 출연을 했다고 다운타운 가에 소문이 났는지 나를 대하는 DJ들의 태도도 많이 달라져 있었다. 제법 두둑한 수입이 들어온 것은 물론이었다.

1979년 10월 14일, 내게 행운을 실어다준 여인 꽃님이와 종로구 이화예식장에서 결혼식을 올렸다. 우리 대학 강사와 FBS의 방송부장으로, 나를 FBS의 DJ로 발탁해주셨던 한용희 선생님을 주례로 모셨다. 나는 아내에게 두 돈짜리 금반지를, 아내는 내게 시계를 예물로 줬다.

파란만장한 세월을 살아온 신랑은 지난날에 대한 온갖 서러움이 다시금 북받쳐 올랐는지, 주례사가 끝나자 갑자기 울음을 터뜨렸다. 마스카라가 볼에 얼룩지는 것도 아랑곳하지 않고 신부도 흐느꼈다. 하객들도 울었다. 신랑은 자신에게 이렇듯 따뜻한 날이 오리라고는 꿈도 꾼 적이 없었다. 그런데 마침내 행복의 문이 활짝 열렸으니 차갑게 얼어붙어 있던 울음보가 녹아내린 듯했다. 신랑이 엉엉 통곡을 하자 식장은 울음바다가 되고 말았다.

신혼여행은 방송 스케줄 때문에 멀리 가지 못하고 워커힐호텔 1박이 전부였다. 신혼의 보금자리는 돈암동 시장 안에 있던 단칸 월세방. 꽃님이가 나한테 복덩이였는지 결혼하자마자 기회가 찾아왔다. 무슨 일인지 얘기하려면 우선 MBC FM의 장일영 부장을 언급해야 한다. 지금은 작고하신 그분은 우리나라 FM방송의 중흥자로 맹렬히 활동하신 분이다. FM 사무실에 '매일매일 특집 방송 하듯이

1979년 10월 14일 종로구 이화예식장, 꽃님이와 결혼식을 올리다

하자!'는 표어를 붙여놓고 관계자들을 독려하곤 했다. 그분의 열성
적인 철학은 오늘날 나의 철학이 돼주고 있다.

　그런 분이 나만 보면 항상 뭐라고 했다. 그때 나는 MBC FM의
〈박원웅과 함께〉뿐만 아니라 맞대응 프로인 이수만 진행의 TBC
FM 〈오후의 대행진〉에도 고정 게스트로 출연하고 있었다. 당시엔
게스트들이 겹치기 출연을 하는 것이 관행이었다. 장 부장은 유독
나만 다른 방송, 특히 TBC에 출연하지 않도록 하라며 박원웅 씨를

닭달하곤 했다. 장 부장이 나만 보면 뭐라고 하니까 박원웅 씨는 그의 눈치를 보느라 이런 당부를 했다. "사무실 문 살짝 열어봐서 부장님 계시면 아예 들어오지 말라"고.

원래 〈박원웅과 함께〉의 경쟁 프로는 동아방송(DBS)의 〈3시의 데이트〉와 김기덕의 〈2시의 데이트〉밖에 없었다. 여기에 TBC FM에서 〈오후의 대행진〉을 두 시간짜리로 늘리면서, 당시 인기 최고였던 이수만 씨를 기용해 3파전을 만들어놓은 상태였다. 따라서 아전인수식으로 해석해본다면, 내가 MBC가 아닌 다른 곳으로 가면 장차 큰 라이벌이 될 거라 생각했던 모양이었다.

당시 최고의 DJ였던 박원웅, 김기덕, 이종환과 함께

10월 말쯤이었을 것이다. 바로 그 TBC FM의 〈오후의 대행진〉이 펑크가 나게 생겼다. 이수만 씨가 과로로 쓰러진 것이다. 출연료를 받으면 거의 몽땅 판을 사던 때다 보니 단골인 광화문의 '예음레코드'는 내 연락처를 겸하고 있었다. 여느 날처럼 그곳엘 갔다가 'TBC에서 빨리 연락해달라'는 얘기를 전해 들었다. 오후 1시 40분. 〈오후의 대행진〉이 2시부터 시작인 걸 알고 있던 나는 곧 감을 잡았다.

'아하, 이수만 씨 방송 사고가 났구나. 연락을 하면 오라고 할 것이고 가면 꼼짝없이 방송을 해야 할 텐데……'

그렇게 되면 박원웅 씨가 난처해질 판이었다. TBC가 서소문에 있으니 광화문에서 걸어도 10분이면 닿을 수 있었다. 나는 꼼짝 않고 시간이 흐르기를 기다렸다. 다시 전화가 왔다. "없다고 그래라" 하고 천천히 걸어 TBC FM에 도착한 시각이 2시 5분. 스튜디오에 가보니 같은 게스트 중 한 사람이 방송에 들어가 있었다. 방송계 후배쯤 되는 사람이었다. 송 PD가 나를 보더니 펄쩍 뛰었다.

"아니, 김광한 씨, 어딜 갔다가 이제 나타나요? 빨리 들어가서 방송해요, 빨리!"

"무슨 일 있어요?"

나는 능청을 떨었다. 송 PD는 이런저런 사정을 설명하며 빨리 들어가라고 다그쳤다.

"후배가 하고 있는데 어떻게 뺏습니까?"

"무슨 소리! 처음부터 부장님이 김광한 씨한테 하라고 했어요. 근데 연락이 돼야지."

그때 FM 부장은 양규환 씨였다.

"그래도……."

송 PD와 나 사이에 실랑이가 벌어졌다. 나는 좀 더 시간을 끌다가 못 이기는 체 들어갔다. 둘이서 진행해 방송을 마치자 이번엔 당장 내일부터 맡아달라고 했다. 물론 이수만 씨가 회복될 때까지였다. 나는 또 거절했다.

"나도 DJ는 하고 싶어요. 하지만 후배가 먼저 하던 걸 뺏는 식으로 시작하긴 싫습니다."

그러면서 슬쩍 떠봤다.

"내가 하면 다음 개편 때 나 시켜줄 거요?"

"누가 알아요? 나야 백번 그러고 싶지만 내 선에서 되는 일이어야지."

맞는 말이었다. 웬만해선 하고 싶었지만 그러면 박원웅 씨가 곤란해질 것만 같았다. 물론 이런 사실을 밝힐 순 없었다. 식사 대접을 하겠다고 해서 끌려갔다. '못 한다'와 '해야 된다'의 평행선이 지루하게 이어지는 가운데 아는 얼굴이 나타났다. 군대 동기이자 월남 파병 동기 김문수였다. 송 PD는 문수와 고교 동창이어서 내 얘기를 들어 알고 있었는데, 내가 뻗대자 구원 요청을 한 것이었다.

"인마, 해! 그렇게 DJ 하려고 고생한 놈이 왜 안 해? 해, 인마!"

"야, 내가 왜 안 하고 싶겠냐? 안 시켜줘도 하려고 대들 판인데. 그래도 길어야 열흘 정도인데, 먼저 들어간 후배한테 기회를 줘야지. 나도 겨우 열흘이나 하려고 그러는 놈도 아니고……."

평행선은 술집과 우리집까지 이어졌다. 우리집을 알아놓은 다음 안 나오면 집에 와서 끌고라도 가겠다는 의도였다. 그렇게까지 송 PD가 집요함을 보인 건 내가 미치도록 예뻐서가 아니었다. 데스크인 양규환 부장님의 엄명이었기 때문이었다. 그래서 '더럽고 치사해서 포기'하고 싶었겠지만 그럴 수 없었던 거였다. 생각해보면 불쌍한 게 PD였다. 결국 측은지심에 고집을 꺾은 나는 다음 날 나가겠다고 약속하고 말았다.

우여곡절 끝에 〈오후의 대행진〉 대타를 하게 됐다. 그때 이수만 씨가 맡은 또 다른 프로 가운데 MBC AM의 〈10시에 만납시다〉가 있었다. 그 프로 역시 펑크가 나자 AM 부장이 '김광한이한테 맡기라'고 해서 그것도 맡게 됐다. 겨우 열흘 동안이지만 졸지에 낮에 방송하고 밤에 또 뛰고, 엄청나게 바삐 뛰어다녔다. 하늘이 '단 일주일만이라도……'라는 내 기도를 들어주신 듯했다. 그렇다고 내 행복을 위해 남의 불행을 기뻐한 건 절대 아니다. 어차피 누군가 대신할 사람이 필요했고 나는 내 실력을 보일 수 있어서 기뻤을 따름이다.

곤란해진 사람은 박원웅 씨였다. 그분 얘기론 장 부장이 펄쩍 뛰며 노발대발했다고 했다. "내년 봄 개편 때 DJ로 기용할 계획이었는데……" 하며 고정 게스트라도 고려해보라고 했다는 것이다. 나는 속으로 '열흘뿐인데……' 하면서도 생각해줘서 고맙다는 인사를 잊지 않았다. 방송가의 생리를 잘 알고 있던 나는 솔직히 봄 개편 얘기를 믿지 않았다. 방송가에서는 내 손에 쥐여지지 않은 건 내 것이 아니다. 소문에 들뜨고 소문에 풀죽기를 거듭한다면 진이 빠져 오래 살지도 못한다.

그때 생각난 사람이 있었으니 바로 바비 비Bobby Vee였다. 1959년 당시 미국 최고의 로큰롤 스타 가운데 버디 홀리Boddy Holly가 있었다. 그는 아이오와 주 클리어 레이크 시에서 공연을 성황리에 끝내자마자, 다음 공연지인 노스다코타 주의 파고 시로 가는 4인승 전세 비행기에 올랐다. 그런데 이륙 직후 비행기가 고장나 추락사하고 말았다. 주최 측에선 난리가 났다. 공연장에는 구름처럼 인파가 몰려들기 시작하는데, 취소한다고 알리면 대소동이 벌어질 게 뻔했다.

주최 측은 사람들을 풀어 파고 시 전역을 뒤지기 시작했다. 버디 홀리의 노래를 가장 잘 흉내 내는 가수를 찾으려는 것이었다. 마침내 사람들은 바비 비라는 무명 가수를 찾아냈다. 그는 버디 홀리 대신 무대에 올라 그의 히트곡 여섯 곡을 완벽하게 열창해 관중의 열렬한 갈채를 받았다.

그는 마침 공연을 보러 온 리버티 레코드 사장에게 발탁돼 즉석으로 계약을 체결했다. 이후 첫 싱글 「Suzzy Baby」와 「Davil Or Angel」을 연달아 히트시키면서 스타덤에 올랐다. 「One Last Kiss」라는 곡으로 우리나라 팬들에게 많은 사랑을 받기도 했다. 그는 이처럼 '대타가 스타 되는' 일이 있을 때마다 입에 오르는 가수로도 유명하다. 나 역시 대타가 스타 되는 경우에 끼고자 무진 노력을 기울였다. 두 프로를 위해 무려 열다섯 시간을 준비했고, 아내를 모니터 삼아 대여섯 시간씩 실제 연습까지 했다. 덕분에 큰 실수 없이 열흘 뒤에는 이수만 씨에게 두 프로를 넘겨줄 수 있었다.

앉으면 눕고 싶다고 왠지 섭섭했다. 하늘에 바라던 일주일을 넘겨 열흘씩이나, 그것도 두 프로나 한꺼번에 진행했는데도 내 프로는 아니었던 것이다. 나는 최선을 다한 것으로 만족하고 다시 '고정 게스트'라는 내 자리로 돌아왔다. 희한하게도 그때부터 레코드 행상의 매상고가 급경사를 이루며 치솟았다. 대타였지만 한꺼번에 두 프로를 뛰고 나서부터는 다운타운 가에 소문이 쫙 퍼져, 가기만 하면 DJ들이 헤드폰을 벗어던지고 맨발로 달려 나왔다. 그들이 음악 얘기를 물어오면 자문에 응했고, 레코드판도 주문하는 대로 구해다줬다. 자연히 매상고가 오를 수밖에 없었다.

게다가 동아방송, 동양방송, 기독교방송 등 민간 방송국의 팝송 프로에 모두 출연하게 됐다. 열심히 공부하고 연구하며 출연하고 또 공부하면서 나는 DJ가 되기를 바라고 또 바랐다.

이듬해의 꽃피는 봄날 꽃님이는 내게 또다시 대타가 스타 되는 행운을 배달해줬다.

# V

# 나의 사랑,
# 나의 뮤직

MUSIC, 내 첫사랑이자 마지막 사랑
11년 90일 진행한 〈김광한의 팝스다이얼〉
팝송의 본고장에서 U2의 공연을 보다
'나는 우리나라 1호 쇼 비디오 자키다'

1980년 4월 나는 꿈에 그리던 DJ가 됐다. 임시 진행자 때 청취자들의 반응이 좋았던 모양이었다. 다음 프로 개편 때 〈오후의 대행진〉이 〈탑튠쇼〉로 개명되고 한 시간짜리로 바뀌면서 내가 맡게 됐다. 발탁은 양규환 FM 부장이 했다. 그게 바로 89.1MHz로서 내가 서울 FM에서 DJ의 꿈을 키우며 시험방송을 했던 전파였다. 시험방송을 낸 지 15년 만에, 정식으로 프로를 맡은 DJ가 되어 다시 그 전파에 내 목소리를 싣게 된 것이다. 감개가 무량하다는 말이 절로 나왔다. 〈탑튠쇼〉라는 프로 명도 마음에 들었다. 1964년 동아방송에서 존경하는 최동욱 님이 진행하던 프로 이름이었기 때문이었다.

원로 연기자이며 성우, DJ로 명성을 날린 피세영 선생(고 피천득 님의 아들, 왼쪽),
한국 방송 DJ 1호이자 〈탑툰쇼〉의 원년 DJ 최동욱과 함께

'최고로 좋은 음악을 들려주는 쇼'

한국 방송 DJ 제1호가 진행하던 프로 명을 물려받는 건 가슴 떨리는 영광이었다. 수없이 연습에 연습을 거듭하고 첫 방송을 시작했다. 4월 1일 오후 3시가 가까워오는 시각, 헤드폰을 쓰고 스튜디오에 앉아 있으려니 긴장과 흥분이 오락가락했다. 지나온 10년 세월이 영화 필름처럼 스쳐 지나갔다. 하늘의 계시를 기다리는 광신도처럼 오로지 하나만을 위해, 단 하나 그 시간을 만나기 위해 살아온 나였다.

큐 사인이 떨어지자 청취자들에게 인사를 드렸다. 그 시간을 위해 두 번도 생각하지 않고 골라놓은 곡, 존 마일스John Miles의 「Music」을 첫 곡으로 틀었다. 'Music was my first love, and last love……' 이런 가사로 시작되는 「Music」은 내게 큰 의미가 있는 곡이었다. '음악은 내 첫사랑이자 마지막 사랑……' 음악은 나의 전부란 뜻이다. 마찬가지로 내게는 DJ가 내 첫사랑이자 마지막 사랑이었고, 내 인생의 전부이자 천직이었다.

스튜디오 밖에서는 박광희 씨가 유리창 너머로 흐뭇한 얼굴을 한 채 바라보고 있었다. 서울 FM 시절 아나운서 겸 PD로 근무하면서 나를 무척 아껴줬었다. 그분은 당시 동아방송 아나운서를 거쳐 동양방송에서 PD로 근무하고 있었다. 서울 FM 시절이 떠올랐다. 그로부터 15년…… 얼마나 길고 긴 세월이었던가. 얼마나 험한 길이었던가. 온갖 상념이 꼬리에 꼬리를 물고 일어나는 가운데 나는 신나게 얘기하고 음악을 틀었다. 한 시간이 어떻게 흘러갔는지 모를 지경이었다. 방송이 끝나고 헤드폰도 벗지 못한 채 얼마나 울었는지 모른다. 숱한 회한의 세월을, 배고프고 춥고 갈증에 허덕이던 세월을 누가 알랴. 내 눈물의 의미를 누가 알랴.

마침내 시작됐다. 또 한 번의 장거리 경주에 접어들었다. 첫째 목표는 저만큼 앞서 달리고 있는 MBC 김기덕의 〈2시의 데이트〉를 따라잡는 것이었다. 〈오후의 대행진〉은 이수만 씨를 기용하고도 여의치 않자 퇴진시키고 한 시간짜리로 주저앉힌 다음, 〈탑튠쇼〉를 같

1980년 4월. 꿈에 그리던 DJ 첫방송(TBC)

은 시간대에 편성해 김광한을 대타로 등장시켰다. 그러니 〈2시의 데이트〉를 바짝 뒤쫓기만 해도 김광한의 DJ 생명은 유지될 터였다.

나는 〈2시의 데이트〉를 제쳐버리기로 1차 목표를 잡았다. 신인 DJ치고는 하룻강아지 범 무서운 줄 모르는 도전이었다. 하지만 내가 그냥 신인이었던가. 김기덕 씨가 방송가에서 뼈가 굵었다면, 나 또한 방송가에서 정식으로 교육받고 다운타운 가에서 다져온 실력이 있었다. 대보지도 않고 지레 겁을 먹기에 나는 너무나도 겁 없는 신인이었다.

무서운 각오로 매일같이 팽팽한 긴장감 속에서 일했다. 하루는 레이프 가렛Leif Garret이 내한 공연을 한다는 정보가 4월 중순쯤 입수됐다. 그때 팝송 프로그램은 10대들에게 뜨거운 사랑을 받고 있었는데, 레이프 가렛의 「I Was Made For Dancing」이란 곡이 그랬다. 션 캐시디Shaun Cassidy, 올리비아 뉴튼존Olivia Newtonjohn, 앤디 깁Andy Gib 등도 선풍적인 인기를 모으고 있었다. 외국 가수의 공연이라곤 거의 없는 우리나라에 외국의 인기 가수가 내한한다는 소식은 10대들을 열광시켰다. 이제 김광한의 DJ 생명은 레이프 가렛에 대한 청취자들의 욕구를 어떻게 채워주느냐에 달려 있었다.

우선 레이프 가렛의 미국 프로모션 측과 직접 접촉했다. DJ 공부를 하는 한편 프로모션에 관심을 갖고 계속 지식을 축적해온 덕택이었다. 가수가 그저 노래만 잘해서는 안 되고, 홍보를 비롯한 두뇌 플레이를 잘해야만 살아남는 시대가 되리라는 데 일찍이 착안했다. 이런 준비 덕에 레이프 가렛의 프로모션 측과 접촉할 수 있었고, 매일매일 그의 움직임을 받아 〈탑튠쇼〉에서 내보냈다. 매일 방송이 끝나는 4시부터 한 시간 동안 우리 FM 사무실로 오는 전화는 모두 내 전화였다.

"레이프 가렛, 언제 와요?"

"동양인을 싫어한다는데, 정말이에요?"

"표를 못 샀는데, 어떻게 구할 방법이 없어요?"

청취자들의 줄 이은 전화를 받느라 정신을 못 차릴 정도였다. 그런 일은 그때나 지금이나 다른 프로에서는 찾아보기 힘든 현상이었다. 레이프 가렛 덕분에 〈탑튠쇼〉의 인기는 쑥쑥 올라갔다. 공연은 5월 7일부터 일주일 동안 숭의음악당에서만 12회 있을 예정이었다. 외국 가수가 한 곳에서만 많은 공연을 하는 일은 앞으로도 보기 어려울 것이다.

레이프 가렛이 오는 날은 토요일이었다. 공교롭게도 그날은 TBC FM의 모든 PD들, 출연자와 스크립터가 무주구천동으로 단합대회를 떠난 날이었다. 나는 나중에 가겠다고 말하고 무주구천동 캠프의 위치를 알아냈다.

레이프 가렛의 김포공항 도착 예정 시간은 오전 8시 40분. 나는 책가방만 한(지금처럼 작은 녹음기가 없었다) 녹음기를 메고 헐레벌떡 공항으로 달려갔다. 이른 시각임에도 공항에는 수많은 10대 팬들이 나와 있었고, 록그룹 '무당'의 멤버들도 눈에 띄었다. 무당은 로스앤젤레스에서 활동해온 교포 록그룹이었다. 국내로 돌아와 활동하던 중 레이프 가렛의 프로모션 측과 연결돼 공연 오프닝 밴드로 나오기로 했다.

독점 녹화하기로 한 MBC TV도 나와 있었지만 라디오 쪽에서 나온 사람들은 아무도 없었다. 나는 쾌재를 불렀다. 라디오계에서는 단독 특종이었다. 기상이 좋지 않아 비행기는 정오를 넘긴 2시 무렵에야 도착했다. 나는 쏜살같이 달려가 레이프 가렛에게 마이크를 들이대고 인터뷰를 했다.

"동양인을 싫어한다는데, 그게 정말이냐?"

"천만에! 나는 그런 말을 한 적이 없다."

김포공항에서 레이프 가렛을 취재 중인 김광한

CBS 방송국에서 33년 만에 다시 만난 레이프 가렛

"한국에 대한 첫인상은?"

등등 어설픈 영어지만 열심히 주절거리는데 소리가 날아들었다.

"아, 김광한 씨! 거 좀 비켜요!"

MBC TV의 카메라에 내가 걸리적거린 거였다. 그러거나 말거나 신나게 취재를 했다. 시내로 들어오는 길에는 레이프 가렛의 백밴드가 탄 승합 버스에 편승했다. 또 그들을 취재하고 목소리도 떴다. 월요일 방송에 내보낼 수 있다는 생각만으로도 뿌듯하고 신이 났다. 그들의 숙소인 롯데호텔에 도착해 기념 촬영을 하고 방송국엘 갔다. 방송국 캐비닛 안에 녹음테이프를 잘 보관해놓고 나서야 고속터미널로 갔다. 절로 콧노래가 나올 만큼 들떠 있었다. 지금이야 흔한 일이지만, 당시만 해도 현재 인기 있는 외국 가수가 내한 공연을 갖는다는 것 자체가 드문 일이었다. 게다가 인터뷰까지 했으니 흥분되지 않을 수 없었다.

전주에 도착해 무주구천동으로 가는 버스를 타야 했다. 시간이 많이 걸리는 버스 대신 거금을 주고 택시를 대절했다. 안 가도 되는 단합대회였지만 약속을 한 이상 가야 했다. 택시를 타고 가다가 누군가에게 그 사실을 말하고 싶어 안달이 났다. 운전수에게 레이프 가렛을 아느냐고 물었다. 역시 몰랐다. 이번엔 당시 유행하던 '현철과 벌떼들'의 「춤을 춥시다」는 아느냐고 물었더니 안다고 했다. 그게 바로 레이프 가렛이란 가수의 번안 가요라고 했더니 그제야 "아하!" 했다.

TBC FM의 다른 사람들도 다르지 않았다. 밤이 이슥해서 무주구천동에 도착해 따로 일박한 뒤 일행을 만났다. 인터뷰 사실을 자랑스럽게 말했더니, 그저 "수고 많았네요" 정도였다. 그래도 괜찮았다. 월요일 방송을 듣고 열광할 청취자들만 있으면 오케이였다.

월요일에 인터뷰 내용이 방송됐다. 방송 전에 공연이 취소될지도 모른다는 소문이 떠돌았다. 광주 쪽에서는 매일같이 시위가 이어졌고 서울 분위기도 좋지는 않았다. 때는 바야흐로 1980년 5.18을 바로 앞둔 시점이었다. 5월 7일에서 13일 사이는 별일이 없어서 공연은 무사히 치러졌다. 나는 천3백 석의 숭의음악당이 매회 꽉꽉 차는 12회 공연을 내내 지켜보면서, 공연 모습과 관객들이 열광하는 장면들을 시시콜콜 청취자들에게 전달했다.

공연이 끝난 며칠 뒤 '5.18 광주민주화항쟁'이 일어났다. 당시야 언론이 통제되던 때라 정확히 알 수 없었지만, 입에서 입으로 퍼진 소문에 의하면 수많은 사람들이 군인들의 총격으로 죽었다고 했다. 방송국에서도 5월 17일, 18일 이틀 동안은 킹 크림슨King Crimson의 「Epitaph」(묘비명) 같은 조용한 음악만 내보내며 멘트도 거의 하지 않았다.

아무튼 이렇게 해서 청취자들의 〈탑튠쇼〉에 대한 인지도를 부쩍 높일 수 있었고, 나도 인기를 조금씩 얻을 수 있었다. 덕분에 여섯 달 동안 잘나간 뒤 9월 가을철 개편 때도 계속 프로를 맡았다. 가을 개편이 끝나고 11월이 되어 연말 특집으로 어떤 방송을 할까 한참 고민하고 있을 때였다. 방송가에 대지진이 일어났다. 그 유명한 5공

제5공화국의 언론통폐합 시기,
1980년 11월 30일 TBC 마지막 방송을 마친 후 암울한 방송국 모습(가운데가 김광한)

화국의 '언론 통폐합'이 단행된 것이다.

　TBC의 방송은 11월 30일까지 하고 12월 1일부터는 KBS로 넘어
갈 예정이었다. 나를 비롯한 모든 방송 관계자들이 촉각을 세우는
가운데 KBS 편성부에서 편성 결과를 발표했다. 그 명단에 내가 빠
져 있었다. 대부분은 KBS로 넘어갔는데 나와 고영수 씨, 이진 씨만
빠져 있었다. KBS에서는 우리 세 사람이 필요하지 않다는 뜻이었
다. 김광한이는 팝송 틀면서 소리나 지르고, 고영수는 개그나 하고,
이진은 깔깔거리고 웃기나 한다는 얘기였다.

　하루아침에 날벼락을 맞은 꼴이었다. DJ의 꿈을 키운 지 15년 만
에 소원 성취를 했건만, 겨우 여덟 달 만에 물거품이 되다니! 운명

의 신도 너무하시지, 아무리 '한 달만 맡게 해달라'고 했기로서니 1
년도 안 되어 원점으로 돌려놓으시다니…… 나는 11월 30일 마지
막 방송에서도 「Music」을 마지막 곡으로 내보냈다.

　노래 가사대로 'Music'은 'My last love'가 되고 말았고, 김광한은 다
시 원점으로 돌아간 것이다.

　집에 앉아 있으면 답답증이 일어 가만있을 수가 없었다. 당시 사직동에서 살고 있었는데, 집에서 나와 사직공원을 쏘다녀봐도 답답하기는 매한가지였다. 혼자 교외선 열차를 타고 헤매다 인천에 내려 바다 구경을 했지만, 미칠 것 같은 심정은 누그러들지 않았다. DJ 되기만을 기다리던 지난 15년 동안보다도 더 절망스러웠다.

　하루가 1년 같았다. 술을 마셨다. 술김에 지나가는 사람에게 시비를 걸었다. 소리도 질렀다. 다방에서 만난 여자를 꼬드겨 나쁜 짓을 할까 생각도 해봤다. 그래봤자 모두 무의미했다. 방송을 끝낸 지 이틀째 되는 날, 밖을 배회하다 집에 돌아오는 내게 꽃님이가 이상한 말을 했다.

"조금만 기다려봐요. 좋은 일이 있을 거래요."

주인집에 갔더니 어떤 할머니가 와 계셨는데, 그분이 꽃님이의 얼굴을 자세히 보더니 그러시더라는 얘기였다.

"색시, 지금 신랑이 아무 일도 안 하지? 조금만 기다려봐. 며칠 내로 좋은 소식이 올 거야."

할머니가 점을 치는 분인지는 모르겠지만 나는 콧방귀를 뀌었다. 그런데 다음 날 저녁 KBS의 김홍서 PD에게서 전화가 왔다. 김 PD는 TBC FM에서 KBS로 가자마자 〈0시의 다이얼〉을 맡았다.

"광한아, 너 요즘 노래들 판 많이 갖고 있지? 조용하고 달콤한 걸로 한 스무 장만 갖고 내일 방송국 5층 로비로 나와!"

"왜요? 그걸로 뭘 하려는 건데요?"

"인마, 오라면 와!"

그러자 꽃님이가 방긋 웃으며 말했다.

"거 봐요, 좋은 소식 있잖아."

다음 날 나가보니 〈0시의 다이얼〉 '판돌이' 자리가 나를 기다리고 있었다. 통합 전까지 TBC에서 〈밤을 잊은 그대에게〉를 진행하던 황인용 씨가 KBS로 왔다. 옛날 동아방송의 〈0시의 다이얼〉을 맡게 됐는데 판이 없다고 했다. KBS는 항상 무게만 잡던 곳이라 자료실에 팝송 판이 거의 없었던 것이다.

이런 사정으로 내가 판을 틀어주게 됐는데 내게 수고비를 줄 명목이 없었다. 김 PD는 스튜디오에 들어가 몇 마디 아무 말이나 하고 나오도록 시켰다. 어떻게든 근거를 남겨야 출연료 결재를 올릴 수 있다고 했다. 그렇게 고정 게스트로서 매일 잠깐씩 방송에 들어가 몇 마디를 하고 나왔다.

이듬해 1월 15일 프로 개편이 되면서 KBS 2AM 라디오의 〈2시의 다이얼〉에서 다시 DJ를 맡게 됐다. 가을이 돼서는 다시 FM으로 돌아가 저녁 시간대 〈추억의 팝송〉을 진행했다. 또 이듬해인 1982년 2월 1일부터는 낮 시간대로 돌아와 〈김광한의 팝스다이얼〉을 맡았다. 그때부터 1993년 4월 30일까지 무려 11년 90일 동안 진행했다.


1982년 2월 1일 〈김광한의 팝스다이얼〉 첫 방송 날. 11년이 넘는 긴 여정의 첫걸음을 딛는 날이면서 나만의 역사가 창조되는 날이었다. 10년 같은 1년을 지루하게 기다리다 다시 내 프로를 맡게 되니 새삼 열정이 끓어올랐다. 옛날 MBC FM 장일영 부장의 말대로 매일매일 특집 방송을 하듯 열정적으로 일했다.

그해 여름 그동안 생각해오던 'DJ 순회공연'을 감행했다. 사실 수도권의 청취자들은 공개 방송을 통해 만날 기회가 있지만, 지방 청취자들에게는 그런 기회가 주어지지 않는 게 늘 불만이었다. 반응은 놀라울 정도였다. DJ가 청중을 열광시키긴 어려운 일이었지만 나는 그들을 울리고 웃기며 엄청난 호응을 얻었다. 가끔은 이용, 남궁옥분, 이동원, 시나위, 장덕 등의 가수들을 동반하곤 했는데 그들 이상의 박수갈채를 받았다. 이 'DJ 라이브 쇼' 무료 공연은 1984년부터 비디오 쇼로 발전하게 된다. 요즘 흔해진 '비디오 콘서트'나 '비디

김광한의 팝 비디오 콘서트를 알리는 입간판
(전국을 돌며 청취자들을 만나는 일이 즐거웠다)

오 쇼'는 여기서 비롯된 것이다.

오로지 봉사 정신으로 임한 시간이 10년. 돈이 생기는 것도 아니고, 〈김광한의 팝스다이얼〉을 진행하고 있는 마당에 나 자신을 위한 홍보도 아니었다. 오로지 팝송 팬들을 위해 또 팝송의 저변 확대를 위해 손해를 감수한 일이었다. 당시 하루 20만 원 수입의 밤무대 다섯 군데를 뛰고 있었으니 하루 빠지면 백만 원의 손실이 났다. 하지만 그깟 돈이 무슨 소용이랴, 나를 기다리는 팝송 팬들이 있는데! 사람들이 내게 '팝송 전도사'란 영광스러운 별명을 붙여준 것도 이때문이 아닐까.

한편으론 국민의 시청료로 운영되는 KBS에서 출연료를 받고 있는 만큼 국민을 위해 봉사할 의무도 있다고 생각했다. 공인 의식과 사명감은 철저한 자기 관리로 이어졌다. 안 그래도 정도를 걸으며 살아야 한다는 의식이 예전부터 머릿속에 깊이 뿌리내려 있던 터였다. 방송이나 순회공연을 하면서 늘 청취자에게 교사 같은 소리만 하다 보니, 내가 모범을 보여야 한다는 생각이 스스로를 세뇌시켰던 거다. 이런 연유로 부동산 투기 같은 건 꿈에도 생각하지 않았고 집은 한 채로 만족했다. 스캔들 비슷한 것도 일으킨 적이 없었다.

80년대 초에 디스코 클럽이 무수히 생겨났다. 그때 나는 신라호텔의 '유니버스' 디스코 클럽을 비롯해 밤무대를 파트타임으로 다섯 군데나 뛰었다. 밤무대에는 으레 뛰어난 미모에 세련된 옷차림의 돈 많은 여자들이 나타나곤 했다. 이들은 춤을 추는 디스코 클럽에 와서 춤보다는 부킹을 취미로 했다. 이를테면 DJ를 유혹하는 것이다. 못생긴 DJ 김광한이가 뭇 여자들한테 사냥의 대상이 된 것도 그 시절이었다.

나는 한눈팔지 않았다. 일이 끝나면 곧장 사라지곤 했으니 꼬임을 당할 기회가 없었다. 어쩔 수 없이 맞부딪쳐 피할 수 없게 된 여자들이 몇 있었다. 지성과 교양미가 넘치고 미모와 훌륭한 몸매를 가진 여자들에게 흔들리지 않을 사내가 이 세상에 얼마나 될까. 나는 건강한 신체와 뜨거운 피를 가진 사내였지 희로애락을 초월한 도덕군자가 아니었다. 살얼음 같은 위기를 겪으면서도 유혹의 강에 빠지지 않고 무사할 수 있었던 건 오로지 강력한 '자기 세뇌' 덕분이었다.

여인들이 옷을 벗고 유혹해오는데도 아무 반응도 보이지 않은 나를 비인간적이라고 할지 모른다. '결혼은 필요 없고 김광한의 아기를 낳아 키울 수 있게만 해달라'는 여인에게 코웃음을 던지는 나를 냉혈한이라 비웃을지도 모른다. 아무래도 좋다. 그 정도 욕을 먹는다 한들 올곧게 살고자 하는 내 인생에 무슨 문제가 되겠는가. 성적인 유혹이 빈번한 밤무대 DJ를 하면서 그들과 눈곱만큼이라도 타협을 했다면 지금쯤 폐인이 됐을지도 모른다. 타협하지 않는 삶을 살았기에 그토록 오랫동안 DJ란 자리에 서 있을 수 있지 않았을까.

이런 생각으로 일을 하면서 나는 끊임없이 새로운 걸 찾고자 노력했다. 〈김광한의 팝스다이얼〉이 그때껏 방송사에서도 생각하지 못한 '팝송의 본고장 소식 직송'을 시도한 건 그런 노력의 결과였다. 당시 SBS TV의 〈독점 연예가 정보〉 진행자였다가 나중에 KBS 2TV의 〈지구촌 영상음악〉을 진행한 권오규가 미국에 이민을 가 있었다. 뉴욕 현지를 연결해 그 친구에게서 매주 생생한 팝계 소식을 생방송 중에 전달받았다. 지금은 통신원을 이용하여 전 세계를 연결해 실시간으로 소식받는 게 보편화돼 있지만, 그때만 해도 아주 획기적인 사건이었다.

어느 가을날 코미디 프로그램 PD 김웅래 씨가 찾아왔다. 가을 개편 때 개그맨들을 등장시키는 〈젊은이의 토요일〉이란 프로가 생기는데, 거기서 뮤직비디오 코너를 맡아달라는 거였다. 지금이야 완전히 역전됐지만, 그때만 해도 사람들이 개그란 말이 있는지조차

모를 만큼 코미디언의 전성 시절이었다. 모험적인 시도이다 보니 '뮤직비디오' 아이디어를 냈고, 이 아이디어를 소화할 수 있는 사람을 찾다 보니 최신 팝송에 대해 해박하고 자료도 가장 많이 갖고 있는 김광한이더란 얘기였다.

처음엔 자신이 없었다. 텔레비전에 출연해본 거라곤, 1980년 언론 통폐합 때 TBC의 모든 출연자가 나와 마지막 방송을 하던 날 잠깐 스쳐 지나가는 TV 카메라에 잡힌 게 전부였다. 그때 나는 방청석에서 침통한 표정으로 앉아 있었다. 게다가 우락부락하게 생긴 내 용모도 자신이 없었다.

"이 못생긴 얼굴로 어떻게 TV에 출연합니까?"

"아니, 김광한 씨가 왜 못생겼어요?"

자신감을 심어주고자 하는 말이었을 것이다. 결과적으로 김웅래 PD의 선택은 탁월했다. 〈젊은이의 토요일〉은 내가 진행하는 뮤직비디오 코너에 힘입어 큰 성공을 거뒀다.

결과는 대성공이었지만 시작은 험난했다. 당장 첫 주에 내보낼 비디오 자료가 없었다. 그래서 생각해낸 것이 디스코 클럽 효과였다. 김형곤, 주병진, 장두석, 최양락, 이성미 등의 개그가 끝나면 맨 마지막에 주병진과 내가 턴테이블을 옆에 놓고 앉아 있는다. 뒤에서는 출연자들이 사이키 조명 속에서 음악에 맞춰 몸을 흔든다. 이때 주병진이 묻는다.

"어떤 노랠 소개해주시겠습니까?"

"예, 이번 주에는 알이오 스피드웨건R.E.O. Speedwagon의 「In Your

〈젊은이의 토요일〉 녹화 현장

〈유머 1번지〉 이성미와 함께(1982)

Letter」를 소개해드리겠습니다. 알이오 스피드웨건은 불자동차(소방차) 모델명인데……."

그러면 우리 뒤쪽으로 폭죽이 터지면서 음악이 나가고 출연자들은 곡에 맞춰 춤을 춘다. 그때 카메라가 크레인으로 오르락내리락하면서 그 장면을 잡는다. 지금 이렇게 내보내면 당장에 '촌스럽다!'며 채널을 바꾸겠지만 당시만 해도 독특한 콘셉트였다. 다음 주부터는 뮤직비디오를 구해 크리스토퍼 크로스Christopher Cross의 「Best You Can Do」를 내보냈다. 이 노래는 〈Arthur〉란 영화의 주제곡이었다. 'Let's Go Pops'란 코너의 주제곡 또한 히트였다.

'One Two Cha Cha Cha, Three Four Cha Cha Cha!'

이렇게 시작하는 산타 에스메랄다Santa Esmeralda의 「Another Cha Cha Cha」란 곡이었다. 그 곡 덕분에 'Let's Go Pops'도 인기였고 〈젊은이의 토요일〉도 성공을 거뒀다. 비디오가 하나씩 소개될 때마다 장안에 화제를 불러일으켰다. 국내 비디오 자키 1호인 나도 인기를 얻으면서 〈김광한의 팝스다이얼〉 인기도 급상승했다.

버글스Buggles 그룹의 「Video Killed Radio Star」란 곡이 있다. '라디오 스타가 되기를 원했는데 비디오 때문에 실패했다'는 내용이다. 이와 반대로 나는 비디오에서도 성공하고 라디오에서도 성공했다. 뿐만 아니라 톱 DJ의 대열에도 서게 됐다. 독자 투표로 결정되는 한국 최초 종합 연예지 《TV가이드》의 1983년 인기 DJ 순위에서 1위에 오른 것이다. 그 후에도 인기는 시들 줄 몰랐다. 1984년, 1985년에도 연속 1위를 차지해 3연패를 기록했다.

〈2시의 데이트〉를 진행하였던 당시 최고의 라이벌 DJ 김기덕과 함께

　김기덕의 〈2시의 데이트〉 청취율에 육박해 거의 대등한 인기를 누린 1985년은 김광한의 절정기였다.

　　팝송의 본고장인 캐나다와 미국을 가보지 않고
어떻게 팝송 DJ를 하느냐는 생각은 늘 갖고 있었
다. 그동안 여건이 여의치 않아 엄두를 못 냈다가
1985년에 기회가 생겼다. 캐나다 밴쿠버에 살고 있
는 석세욱이란 친구로부터 초청장이 왔다. 밴쿠버
칠리웍이란 소도시의 지방 방송국에서 내게 보낸
것이었다. 지금과 달리 해외여행이 자유롭지 못했
던 그때는 초청장이 없으면 여권이 아예 나오지 않
았다. 게다가 이런저런 서류가 한 뭉치나 필요했다.
KBS에서 일하고 있다는 증명서를 내고 나서야 여
권과 함께 캐나다와 미국 비자를 받을 수 있었다.

　　준비를 철저히 했다. 제일 중요한 장비인 비디오

카메라를 무려 3백만 원이나 주고 구입했다. 지금 팔면 골동품 취급이나 받겠지만 비디오테이프를 장착하는 기기와 카메라가 분리된 최신형이었다. 여기에 비디오테이프와 배터리, 일반 카메라 두 대를 준비했다. 어떤 분의 조언을 받아 남대문시장에서 500~700원 하는 노리개도 50개쯤 샀다. 외국 사람들이 매우 좋아한다고 했다. 실제로 나는 미주를 여행하면서 노리개 덕을 톡톡히 봤다.

방송국에서는 한 달을 허락해줬다. 물론 여행 경비는 모두 자비였다. 밴쿠버에 있다는 방송국 직원의 동생도 소개받고, 김포공항에서 꽃님이의 '빠이빠이!'를 받으며 캐나다로 날아갔다.

밴쿠버에 도착해 친구도 만나고 방송국 직원의 동생도 만났다. 칠리왁의 방송국에 가서 '초청해주어 고맙다'는 말을 전한 다음, 친구와 여기저기 돌아다니며 나흘을 보냈다. 시차와 그곳 환경에 적응하기 위해서였다. 그런 다음 토론토로 날아갔다. 아는 사람이 없어서 궁리 끝에 한국일보 토론토 지사를 찾아갔다. 다행히도《월간 팝송》의 토론토 통신원도 겸하고 있던 까닭에 이경목 기자가 나를 알아봤다.

거대한 음악 시장이라고 할 수 있는 토론토에는 라이브 하우스만 해도 2백 군데가 넘었다. 내가 찾아간 어느 라이브 하우스에서는 자메이카 밴드의 공연이 열리고 있었다. 그 밖에도 여러 곳을 취재한 다음 몬트리올로 향했다.

몬트리올에서는 우선 이 기자에게 소개받은 몬트리올 한인회장을 찾아갔다. 그분의 집에 여장을 풀고 몬트리올에 대해 대강 소개를 받았다. 그러곤 나 혼자 무작정 집을 나섰다. 시내를 들쑤시며 다녀보니 팝이 생활화돼 있다는 느낌이었다. 시내 곳곳에 자리한 넓디넓은 공연장에선 항상 공연이 열리고 있었고 관중들도 많이 몰려들었다.

'몬트리올 포럼'이란 공연장에 갔을 때 나는 눈이 번쩍 뜨였다. U2의 공연이 바로 그날 열린다는 포스터가 붙어 있는 게 아닌가. 아일랜드 밴드인 U2는 지성적인 록그룹으로 유명했다. 결코 놓칠 수 없는 공연이었다. 표를 사려는데 완전 매진이었다. 만5천 석이나 되는 표가 한 장도 없다니 부러운 일이었다. 그곳에도 암표 장수가 있어서 15달러짜리 표를 100달러나 달라고 했다.

나는 U2가 속한 아일랜드 사 직원의 도움으로 공연장에 무료로 들어갈 수 있었다. 거기서 만5천 관중들이 환호하고 열광하는 광경을 부러운 눈으로 지켜봤다. 카메라를 전혀 쓸 수 없어서 기록을 못한 게 안타까울 따름이었다. 그들은 사업과 연관되는 부분에서는 아주 철저해서, 계약을 맺지 않은 비디오나 카메라는 아예 공연장에 갖고 들어갈 수 없었다. 그 또한 부러운 일이었다.

몬트리올에서 미국 입국 심사를 받고 뉴욕으로 날아갔다. 앞서 말한 바 있는 권오규란 친구가 당시 뉴욕에 거주하고 있어서 이미 연락을 해뒀다. 뉴욕 라과디아 공항에 도착해보니 미국 특유의 냄새가 났고 엄청나게 덩치가 큰 흑인들이 우글거렸다. 왈칵 겁이 나서 잔뜩 움츠리고 있는데 몸집이 아주 작은 권오규가 나타났다. 그러자 공포심은 온데간데없이 사라지고 그가 슈퍼맨처럼 믿음직해 보였다.

그의 도움으로 짐을 맡기고 곧장 취재에 나섰다. 맨해튼에 있는 워싱턴 스퀘어 가든을 돌아보고 많은 무명 밴드의 길거리 공연을 구경했다. 그러곤 바로 옆의 블리커 스트리트로 접어들어 즐비하게 늘어서 있는 재즈 카페, 포크 뮤직 카페, 록카페 등을 둘러본 뒤 소호 스트리트로 갔다. 그곳에는 '라임라이트 카페'란 재즈 카페가 있었다. 단원이 20명이나 되는 재즈 오케스트라가 60평쯤 되는 카페의 반을 차지하고 있었다.

지휘자가 대학교수이자 박사인 오케스트라의 연주를 듣고 있는 청중은 테이블 열다섯 개를 차지하고 앉아 있는 30여 명. 그들이 모두 15달러짜리 식사 손님이라고 해도 수지 타산이 맞을 것 같지 않았다. 음악이 생활화돼 있다는 게 실감나는 현장이었다. 한참을 재즈 선율에 잠겨 있다가 나온 뒤 숙소를 정하고자 동분서주했다. 뮤직비디오가 24시간 나온다는 케이블 TV가 설치된 호텔을 찾기 위해서였다. 여섯 군데를 거친 끝에 간신히 호텔을 잡았다. 그런데 들어가자마자 TV를 아무리 돌려봐도 뮤직은커녕 그 비슷한 방송도 없어서 새벽까지 잠만 손해보고……

다음 날 디트로이트로 가려고 했으나 아는 사람이 없어 포기하고 시카고 행 비행기 표를 샀다. 비행기를 기다리는 동안 필라델피아에 이민 와서 살고 계시는 수양어머니께 전화를 드렸다. 제대 후 이리저리 떠돌아다닐 때 나를 많이 보살펴주셨고 가정교사 자리도

뉴욕의 록카페에서 연주하던 뮤지션들과 함께

알아봐주셨던 분이다. 어머니는 펄쩍 뛰며 오라고 했다. 오기가 힘들면 당신이 달려오겠다고도 했지만 끝내 어머니를 뵙지 못했다. 한 곳이라도 더 취재해 가려는 내 욕심이 너무도 강했다.

이렇게 해서 시카고로 갔다. 그곳에는 셋째 형님이 살고 있어서 별다른 걱정은 없었다. 형님은 내게 미세스 전을 소개시켜줬다. 한국 교포였던 그녀는 일리노이 주 주지사의 아세안 담당 특별 보좌관으로 있었다. 그분의 각별한 도움으로 시카고 남쪽에 있는 블루스 음악 라이브 하우스를 샅샅이 취재할 수 있었다. 해만 지면 총성이 울리고 살인 사건이 속출하다 보니 백인은 물론 흑인도 출입을 꺼리는 지역이었다. 미세스 전이 흑인 조직의 보스 정도 되는 보디가드를 붙여준 덕분에 취재가 가능했다.

저녁 8시쯤 되어 거리는 깜깜해지고 다니는 차도 뜸해지면서 미세스 전의 우려가 실감이 났다. 그런데 정작 블루스 카페에 들어가니 위험은커녕 평화롭기까지 했다. 블루스 음악이 흐르는 가운데 손님들은 술을 마시고 떠들고 춤을 췄다. 그곳에서 조금 떨어진 곳의 재즈 카페 역시 비슷한 분위기였다. 나는 열심히 셔터를 눌러댔다. 아무리 위험한 사람들이라고 해도 '너희들 음악을 사랑하는 나를 해코지하지는 않으리라'는 믿음이 있었다.

시카고를 둘러본 다음 백인들의 컨트리 음악의 본고장인 내슈빌로 갔다. 그곳에는 아는 사람들이 없어서 궁리 끝에 호텔 여주인에게 노리개 뇌물을 썼다. 그렇게 해서 소개받은 사람이 중앙일보 내

슈빌 지사의 강 기자였다. 강 기자의 도움을 얻어 시내를 돌아다녔다.

내슈빌은 음악 도시이자 관광 도시였다. 시내 곳곳에 무수히 많은 공연장이 있었다. 세계적으로 유명한 대중음악인들의 기념관과 박물관도 무척 많았다. 가는 곳마다 구경거리가 널려 있을 정도였다. 거기서 자니 캐시Johnny Cash 박물관을 취재했다. 짐 리브스Jim Reeves 박물관은 내부 수리 중이어서 구경도 못하고 발길을 돌려야 했다.

다음 날 LA로 떠나기 전 아쉬운 마음에 밤거리를 혼자 나갔다. 화려한 도심지보다 변두리를 보고 싶었다. 한가롭게 걷는데 불쑥 흑인 여자 둘이 다가왔다.

"두 유 원트 꼼빠니? 두 유 원트 꼼빠니?"

'Do you want company?' 즉 '친구를 원하느냐?'는 것이었다. 이른바 '밤의 꽃'이었다. 조금 떨어진 곳에 서 있던 차 안엔 흑인 남자들이 가득했다. 아무래도 그들과 같은 패거리 같았다. 자칫하면 내 뒤통수에 총구멍이 날지도 모른다 생각하니 바짝 긴장이 됐다. 그렇다고 겁먹은 모습으로 '엄마, 뜨거라!' 하고 도망치기는 싫었다. 나는 치근덕대는 여자들에게 점잖게 말했다.

"I need three!"

놀라는 여자들을 뒤로하고 유유히 걸어 나오는데 등 뒤에선 식은 땀이 흘러내렸다. 그것도 잠깐, 도로 건너편을 보니 경찰 순찰차가 경고등을 번쩍거리며 서 있는 가운데 살벌한 광경이 펼쳐지고 있었다. 사내들 다섯 명이 벽에 두 손을 대고 서 있었고 세 명의 경관이 그들의 뒤통수에 권총을 겨누고 있었다. 또 한 명의 여경관은 한 손으론 권총을 겨눈 채 다른 한 손으론 사내들의 몸을 수색하고 있었다.

'역시 미국이구나!'

그런 광경이 벌어지고 있는데도 전혀 겁이 나지 않았다. 그동안 숱하게 봐온 미국 영화를 관람하는 듯한 느낌이 들었기 때문이었다. 그곳이야말로 내가 익히 알고 있던 미국이었다.


마지막 취재지인 LA로 날아갔다. LA에서 나는 AFKN을 통해 늘 상 보던 〈American Top 40〉를 17년 동안 진행한 케이시 케이슴Casey Kasem을 만날 계획이었다. 〈American Top 40〉의 제작 회사로 연락을 해서 사흘 뒤 회사 사장과 식사를 했다. 그는 내게 뭘 원하느냐고 물었다. 나는 케이슴과의 인터뷰를 요청하는 동시에, 공연 포스터를 보고 알게 된 알이오 스피드웨건의 콘서트를 관람하고 싶다고 했다. 부탁을 들어주겠다는 말을 듣고 헤어졌다. 사장이 친절을 베푼 것은 KBS가 자기네들의 〈American Top 40〉를 사서 쓰는 고객인 덕분이었다.

다음 날 사장이 백 달러나 주고 산(그들은 공짜 표가 없다) 표로 알이오 스피드웨건의 콘서트에 갔다. 좌석도 무대에서 두 번째로, 기자석 바로 뒷좌석이었다. 신나게 찍어댈 수 있었던 것은 물론이었다. 이튿날엔 케이슴을 만나 인터뷰를 했다. 내 비디오는 홈 비디오 카메라라 절대 안 된다고 해서 그의 스튜디오로 갔다. 나도 분장을 하고 그의 방송용 카메라로 녹화를 했다. 그가 당시 진행하고 있던 〈American Top 40〉에 대해 물었다. 그는 '콤팩트디스크(CD)가 앞으로 레코드 산업의 주종을 이룰' 거라고 전망했다.

케이슴과 인터뷰를 끝내고 나오자 나를 안내해준 사장의 국제 담당 비서가 씩 웃으며 말했다.

"당신은 만 달러를 벌었군요."

미국에서 인터뷰는 공짜가 없다. 그 정도의 거물 DJ와 한 차례 인터뷰를 하려면 상당한 거금을 쥐여줘야 한다는 뜻이었다.

이 일을 끝으로 미국 땅을 떠나 하와이와 일본을 거쳐 귀국했다. 책과 레코드판을 산 자료 구입비까지 총 경비가 7백만 원, 비디오 장비까지 합하면 천만 원이 든 여행이었다. 거금이 든 만큼 취재해온 내용들이 방송에 큰 도움이 된 걸 생각하면 전혀 아깝지 않았다.

게다가 취재 내용은 나를 꽤 폼나게 해줬다.

만 달러를 주어도 만나기 힘든
케이시 케이슴(*American Top 40*의 진행자)과의 인터뷰

음악의 본고장인 미국과 캐나다로 취재 갔을 당시

1985년 12월 31일. 나는 밤무대 다섯 군데를 펑크 내고 후배들과 함께 자선 공연 티켓을 팔러 다녔다.

내가 떠돌이 시절 신문 배달을 할 때 결심한 것을 실천에 옮기기 위해서였다. 그때 고학생 신문 배달원들을 보면서, 앞으로 여유가 생기면 반드시 도움을 주리라 결심했었다. 그 뜻에 동조하는 후배들과 함께 디스코 클럽에 들어가 DJ에게 양해를 구하고 마이크를 잡았다.

"안녕하세요, 김광한입니다. ······여러분의 작은 손길이 그들에게는 큰 힘이 될 것입니다. 아무쪼록······."

1986년 자선공연 후 한국일보사에 장학금을 전달하는 모습
(이승철, 한용진, 이승진, 부활 멤버들의 앳된 모습이 보인다)

김광한 장학금 전달식(1987)

티켓 한 장에 천5백 원. 우리의 표어는 '천5백 원으로 3백만 원을!'이었다. 많은 분들이 호응을 해줬다. 티켓을 팔다 보면 잔돈이 없어서 만 원짜리를 내놓는 사람이 있었다. 그런 분들에게는 여섯 장을 안기고 천 원을 거슬러줬다. 그래도 불평하는 사람은 아무도 없었다. 밤이 깊도록 돌아다니다 제야의 종소리를 들으며 설렁탕을 먹었다. 살을 에는 겨울바람을 맞으며 모금을 다니고 공연 포스터를 붙이느라 고생한 후배들에게 "겨우 설렁탕이어서 미안하다"고 했다. 내 말에 후배들은 펄쩍 뛰었다.

공연은 이듬해 1월 12일에 있었다. 공연장은 옛날 태평극장 자리에 세워진 이태원 록월드의 주인인 신중현 씨가 무료로 빌려줬다. 난방 장치가 안 되어 손이 얼 만큼 추운 공연장이었는데도 두 번의 공연은 청소년들로 꽉꽉 채워졌다. 뮤직비디오를 하나씩 보여주며 해설을 곁들일 때마다 환호를 지르고 춤을 추고…… 그들의 열기는 혹한을 덮을 만큼 뜨거웠다.

그렇게 거둔 돈이 무려 4백여만 원! 그 돈을 한국일보에 건네고 신문 배달 고학생들에게 전달될 수 있도록 했다. 많은 돈은 아니었지만, 액수보다는 그들을 잊지 않고 있다는 사회의 관심이 그들을 용기백배하도록 만들어줬으면 했다. 그 뒤로도 자선 바자회나 자선 공연 등으로 돈을 모았고, 모두 신문사를 통해 고학생들의 자립을 위해 쓰이도록 했다.

이렇게 1986년은 희망찬 보람으로 시작됐지만 그해 여름은 잔인했다. 태풍 델마가 우리집을 강타한 것이다. 그때 우리 부부는 역촌동 넓은 지하 방에 세 들어 살고 있었는데, 외출에서 돌아오니 방 안은 온통 물바다로 변해 있었다. 바닥에서 30cm 위에 설치한 판꽂이의 레코드판들이 물판이 되고 말았다. 나는 꽃님이의 투덜거림을 들으며 장마가 끝나자마자 옥수동의 아파트로 이사를 했다.

"마누라가 이사하자고 할 때는 들은 척도 않더니, 레코드판들이 눈물 흘리니까 즉각 움직이네요?"

귀여운 아내의 푸념이었다.

역촌동 지하 셋방 시절의 김광한

〈웃음꽃방〉이라는 KBS TV의 코미디 프로가 있었다. 1987년 프로 개편 때 야심차게 출발한 이 프로는 시작하고 두 달이 지나도 시청률이 바닥을 맴돌았다. 관계자들이 매일같이 모여 논의를 거듭한 끝에, MC를 내세운 새로운 형태의 프로그램으로 전환하기로 결정했다. 내가 초대 MC로 결정됐고 프로그램 이름은 〈김광한의 비디오 코미디 쇼〉였다. 지금은 사회자의 이름을 앞세운 프로가 많지만 당시엔 처음 있는 일이라고 했다.

〈젊은이의 토요일〉이 〈유모어 극장〉으로 바뀌는 가운데 계속된 'Let's Go Pops' 코너는 어떤 개그나 코미디보다도 강렬한 인상을 남겼다. 개그맨들은 나와 함께 'Let's Go Pops' 코너 진행을 하고 싶어 했다. 시청자들에게 자신을 부각시킬 수 있기 때문이었다. 나는 나대로 팔도라면 CF를 찍었다. 못생긴 김광한이가 말이다.

그런 내가 〈김광한의 비디오 코미디 쇼〉 사회자가 되자 프로그램의 인지도가 높아졌다. 4월 개편 때 〈쇼 비디오 자키〉로 바뀐 이 프로그램의 시청률을 높이고자 방송국에서는 총력을 기울였다. 코미디언들도 열심히 했다. 나는 각 코미디 코너의 교통정리를 맡는 MC로서 중심 역할을 수행했다. 뿐만 아니라 뮤직비디오에 컴퓨터 그래픽을 최초로 도입해 소개한 장본인이 되기도 했다. 여기에는 코미디 프로로서는 최초로 공개 방송을 단행한 윤인섭 PD의 감각 있는 연출이 든든한 바탕이 돼줬다.

수많은 이들의 노력으로 〈쇼 비디오 자키〉는 4년 동안 최고의 시청률을 기록했다. 그 프로를 통해 임하룡, 심형래, 김정식, 최양락, 김한국, 김미화 등이 스타로 발돋움할 수 있었다. '도시의 천사들'이나 '쓰리랑 부부' 같은 콩트는 장안의 화제가 됐다. 음악에 맞춰 가볍게 춤을 추며 DJ를 보던 나도 덕분에 화제의 대상이 될 수 있었다. '비디오 자키'란 별명을 얻은 것도 이때였다.

커다란 인기에 힘입어 1988년 서울올림픽 때는 선수촌 디스코 클럽의 DJ로 지명되기도 했다. 당시 한용진과 붐붐(DJ 신철과 이효정이 만든 듀오, 신철은 나중에 '철이와 미애'에서 활동)도 그곳에서 함께 DJ로 일했다. 한마디로 우리는 자칭 타칭 '88 공식 DJ'였다.

1991년에는 팝송 DJ로서 우리 가요를 다루는 〈가요 톱10〉의 MC가 되어 1년 동안 진행을 했다. 같은 해 11월 프로 개편이 이뤄졌다. 프로 개편 시기가 되면 우리 같은 프리랜서에게 최소한 한 달 전에는 기용 여부를 알려주는 게 통례였다. 그런데 개편 일주일을 남겨

88올림픽 공식 DJ로 활동한 한용진, 붐붐, 윤소영, 유대영 등과 함께

국내 최초의 디스코 DJ 한용진과 함께

놓고도 아무 소식이 없어 마음이 초조했다. 나를 퇴진시키고 후임 진행자를 찾는 것 같았다. 나는 툴툴 털어버리기로 마음을 먹었다. 방송 10주년을 몇 달 앞두고 물러나는 게 아쉽긴 했지만, 프리랜서의 운명이 그런 것을 이미 잘 알고 있었다. 다행히도 〈김광한의 팝스다이얼〉 후임자를 찾는 일이 쉽지 않았는지 개편 사흘 전에야 '변동 없다'는 통보가 왔다.

그렇게 무사히 그해를 넘기고 1992년이 다가왔다. 2월 1일 나는 내 이름으로 된 프로의 10주년 기념 특집을 방송했다. 장장 16일 동안 마라톤 특집 방송을 통해 〈김광한의 팝스다이얼〉 10년 역사를 쭉 돌이켜봤다. 또한 열아홉 시간 동안 엘비스 프레슬리 회고 방송도 했다.

마침내 1993년 4월 30일 〈김광한의 팝스다이얼〉이 막을 내렸다. 11년 90일 만의 일이었다. 아래는 내가 청취자에게 남긴 마지막 멘트다.

> "나는 어릴 때 어머님에게서 이런 말씀을 자주 들었습니다.
> '세상에는 도움이 필요한 사람이 많이 있단다. 내 것이라고
> 해서 혼자 쓰는 게 아니라 다른 이들에게도 나눠줘야 한다.'
> 세상을 아름답게 하는 일이 그토록 어려운 일일까요?
> 작은 것, 아주 작은 거라도 다른 이들에게 나눠주십시오.
> 우리 이웃은 아주 큰 것을 원하지 않습니다.

〈김광한의 팝스다이얼〉 10주년 기념식(1992)

세상을 아름답게 하는 일은, 아주 작은 거라도 이웃에게 나눠줄
수 있는 게 무엇인가를 먼저 찾아보는 일이라고 생각합니다.

병들어 고생하는 사람들, 굶주림으로 죽어가는 아프리카의
어린이들, 고3병으로 초조해하는 우리 젊은이들, 몸이 부자
유스러운 사람들, 애인이 없는 외로운 이들, 결손가정의 청소
년들, 그리고 마음이 병든 사람들…….

그들에게 무언가 나눠줄 것을 찾아보는 사람들이 많아질수록

세상은 아름다워질 수 있습니다.

당신의 손길을 기다리는 사람들이 많이 있습니다.

누구나 자신이 갖고 있는 것을 이웃과 나눌 때, 세상은 더욱 아름다워집니다.

순수한 마음으로 무서운 현실과 강하게 투쟁할 수 있는 의지를 드높일 때, 우리가 살고 있는 세상은 분명 더 아름다워질 수 있습니다.

아직도 이 세상은 아름답지 않습니다.

아름다운 세상은 우리 모두의 마음에서 생겨난다고 저는 강조하고 싶습니다.

순수한 마음, 아름다운 마음은 음악을 자주 들을 때 생겨나지 않을까요?

음악을 많이 들으십시오. 김광한은 언제나 '열일곱 살 아저씨 DJ'로 남아 있을 것입니다."


12여 년 전 시작할 때처럼 존 마일스의 「Music」을 끝 곡으로 그 자리를 물러났다. '시원섭섭'이 아니라 정말로 '시원'했다. 긴 세월 동안 하루도 빠짐없는 긴장의 연속이란 올가미에서 벗어났기 때문이었다. 모든 걸 떨치고 새로운 가능성에 도전할 수 있게 돼서 너무나도 홀가분했다. '딱 1년만이라도' 하고 빌었던 DJ를 무려 10년 넘게 해보고, 정상에도 올라가봤으니 더 이상 바랄 게 없었다. 이제는 다른 세계에 도전해 다시 정상에 올라볼 작정이다.

나는 영원한 '열일곱 살 아저씨 DJ'로서 피곤하면 낮잠 10분으로 깨끗이 회복되는 건강을 갖고 있다. 해야 할 일과 그걸 이룰 수 있는 힘도 갖고 있다. 나는 우선 앞으로 커다란 매체가 될 음성 정보 분야를 활발히 개척할 것이다. 그리고 역시 앞으로 활기를 띨 유선 방송으로 '음악 방송국'이 세워지길 바란다. 거기에 어떤 식으로든지 관여해 일익을 담당하고 싶다.

고학생들을 위한 대형 합숙소도 짓고 싶다. 그들이 숙식만이라도 걱정하지 않고 공부에만 전념할 수 있도록 최선의 노력을 기울일 것이다. 이들이 잘돼야 다른 사람들도 이들의 도움을 받을 수 있는 선순환의 사회가 되지 않을까.

그리고 눈을 감기 전에 세계 여행을 떠나고 싶다. 길거리든 호텔방이든 킬리만자로의 산속이든 시드니의 항구든 간에, 여행 중에 눈을 감고 싶다. 조용히 그리고 깨끗이 후회 없는 생을 마감하고 싶다.

나는 청소년들에게 사인을 해줄 때 늘 '건강, 성실, 이해'라고 써준다. 독자 여러분들도 건강하시고, 성실히 그리고 남을 이해하며 사시길 간절히 바란다.

# 우리 시대의 DJ,
# 김광한을 기리다

나를 만들어준 한마디
"No Pain, No Gain."

———————

박현준
(경인방송〈박현준의 라디오 가가〉DJ 겸 PD)

매일 정오 경인방송(90.7MHz)에서 팝 음악 프로그램 〈박현준의 라디오 가가〉를 진행한 지 어느덧 12년째가 됐다. 매번 느끼지만, 이토록 오랜 시간을 길게 호흡하면서 지나올 수 있었음에 나 스스로도 항상 놀라고 감사할 따름이다. DJ로서 나는 매일매일의 방송 준비에 한 치의 소홀함도 없고자 노력한다. 두 시간 방송을 위해 두세 시간씩 들여 음악을 찾고, 이야기를 준비하고 자료를 숙지한다. 이렇게 반복되는 모습이 습관, 요즘 말로 루틴이 돼버린 지 오래다.

방송인이라면 누구나 완벽한 방송을 추구하려 노력하겠지만 DJ는 특히 그렇다. 음악이라는 명확한 콘텐츠를 프로페셔널하면서도 친근감 있게, 또 세련되면서도 편안하게 청취자들과 소통하고 호흡할 줄 알아야 하는 스페셜리스트가 바로 DJ이기 때문이다. 지금껏 대한민국 방송가에서 DJ에 관한 한 가장 완벽했던 스페셜리스트는 바로 이 책의 주인공인 김광한 선배다.

김광한 선배와의 인연은 2002년 7월 30일부터 시작됐다. 당시 스물다섯 살이던 나는 김광한 선배가 진행한 KBS 2FM 〈김광한의 골든팝스〉 '나만의 팝 베스트'란 코너에 청취자 일일 DJ로 참여했다. 지금도 그때의 설레던 순간이 생생하다. 당시 나는 한일 월드컵으로 유명해진 응원 문구 '꿈★은 이루어진다'란 얘기를 시작으로 세 곡을 구성해 소개했다. 이를 계기로 김광한 선배와의 인연이 이어져 오늘날의 DJ 박현준이 존재할 수 있었다. 라디오가 좋았고 팝송이 너무나 좋았던 내게 DJ 김광한은 언제나 막연히 동경해오던 대상이었다. 그와의 인연은 내 인생의 터닝 포인트가 돼줬다.

"No Pain, No Gain(고통이 없으면 얻는 것도 없다)." 김광한 선배가 생전에 자주 해줬던 말이다. 그는 "좋은 DJ가 되려면 항상 고통을 느껴야 하고 그 속에서 배워야 한다"고 입버릇처럼 얘기했다. 편안함 속에서는 나태해지기 쉽기에 배고픔마저도 즐길 수 있어야 한다는 것이다. 한창 뜨거운 청춘이었던 20대의 내게 그 말은 말 그대로 고통이었다. '좋은 DJ'가 되기 위해 많은 것들을 포기해야 했고 스스로를 다그쳐야 했다.

반복되는 일상에 지쳐 DJ고 뭐고 다 포기하고 도망치고 싶었던 적도 많았다. 매일같이 어두컴컴한 지하실 골방에서 명확한 발음을 구사하기 위한 발성 연습이 이뤄졌고, 매끄러운 방송 진행을 위한 지식 습득이 되풀이됐다. 힘든 나날들에 나는 서서히 지쳐갔다. 나의 아이돌이었던 DJ 김광한은 점차 희미해져갔고, 어느덧 무서운 호랑이 선생님 자체가 돼 있었다. 그렇게 그는 단 한 번의 칭찬 없이 끊임없이 나를 채찍질했다.

"No Pain, No Gain." 솔직히 그때는 이 말이 정말 싫었다. 지금이 어느 땐데 '고통만 강요하는' 옛날 방식으로 뭔가 될 수 있겠나 싶었고, 이런 식으로 내 꽃다운 청춘이 사라져가는 게 아닌가 싶었다. 매일같이 불확실한 미래만 바라보는 것 같아 불안했고, 심한 스트레스로 원형 탈모가 온 적도 한두 번이 아니었다. 하지만 이제 와서 보면 김광한 선배의 말이 다 옳았다. 그때 그 지하실 골방에서 원고지 한 장 들고 소리쳤던 시간들, 친구들보다는 수많은 자료들과 씨름하며 보낸 시간들은 〈박현준의 라디오 가가〉란 프로그램을 12년 넘게 이끌어오는 원동력이 돼줬다. 지난 시절 지나친 잔소리라고 생각했던 것이 돈 주고도 들을 수 없는 값진 조언이었음을 깨닫고 감정이 북받쳐 오른 적도 여러 번이었다.

이번 원고를 준비하면서 그간 까맣게 잊고 있었던 〈김광한의 골든팝스〉 참여 당시의 방송을 들어봤다. 오래전 팝 음악을 좋아하는 청년이었던 내가 막연하게 라디오 DJ를 꿈꾸고 흉내 내면서 내뱉었던 한마디 한마디가 오늘날의 12년 차 방송인, 라디오 DJ로 만들었다. 이는 지난 10여 년 동안 생전 그의 곁에서 함께했던 소중한 시간 덕분이었음을 다시금 깨달을 수 있었다. 언감생심 라디오 DJ란 직업을 꿈꾸지도 못하던 내게 '꿈★은 이루어진다'는 의미와 과정이 무엇이었는지도 되새겨볼 수 있었다.

앞으로도 그 꿈을 계속 이어가는 과정 속에서 김광한 선배의 잔소리와 호통을 아주 많이 그리워할 것 같다. 그렇다. 그때는 그토록 싫었던 그의 잔소리와 호통이 지금은 너무나도 그립고, 다시 듣고 싶다. 내 가장 큰 스승이었던 DJ 김광한. 청취자들은 나를 통해 김광한 선배의 흔적을 느끼고, 나 역시 내 안에 스승이 남겨놓은 가르침을 되새긴다. 그렇게 오늘도 DJ로서 소명을 다해본다.

# 우리 시대의 라디오 스타
# 김광한

정일서
(KBS 라디오 PD)

중고등학교 시절 나는 라디오와 팝 음악에 빠져 살았다. 나뿐만 아니라 많은 친구들이 그랬다. 지금처럼 컴퓨터 게임도 스마트폰도 없던 시절 매일같이 라디오를 들었다. 라디오는 보석 같은 음악이 숨겨진 보고였고, 멋진 음악을 끊임없이 쏟아내는 마법 상자였다. 그리고 라디오에서 음악을 틀어주고 목소리를 들려주던 DJ들은 우리의 우상이자 영웅이었다. 박원웅, 이종환, 황인용, 김광한, 김기덕, 이문세…… 당시 이들의 인기는 웬만한 연예인들보다 드높았다. 그때쯤의 어딘가에서 나는 라디오 PD가 되려는 꿈을 꾸기 시작했던 것 같다.

80년대 MBC FM 〈김기덕의 2시의 데이트〉와 KBS FM 〈김광한의 팝스다이얼〉은 당대 팝송 프로그램의 양대 산맥이었다. 이 두 프로그램은 똑같이 매일 오후 2시에서 4시 사이에 전파를 탔다. DJ였던 김기덕과 김광한은 자연히 최대의 라이벌이 될 수밖에 없었다. 필연적으로 둘 중 하나를 선택해야만 했다. 내 선택은 언제나 '팝스다이얼'이었다. 나는 좀 더 전문적인 느낌을 주는 김광한의 진행을 선호했다. 마이클 잭슨도, 듀란듀란도, 마돈나도 나는 〈김광한의 팝스다이얼〉을 통해 처음으로 접할 수 있었다. 그렇게 라디오와 김광한은 나의 가장 훌륭한 음악 선생님이 돼줬다.

세월이 흘러 나는 정말로 라디오 PD가 됐다. 몇 년이 더 흐른 뒤 〈김광한의 골든팝스〉 연출을 맡았다. 청소년기의 우상과 함께 방송을 하게 된 것은 나로선 적잖이 감격적인 일이었다. 역시나 김광한은 음악을 향한 진지하고도 무한한 열정으로 똘똘 뭉친 사람이었다. 매일매일 머리를 맞대고 고민하며 이런저런 재미있는 기획들을 많이 만들었다. 아마추어 DJ 콘테스트도 열었고 소극장을 빌려 뮤직 비디오 감상회도 했다. 카페에서 예전 음악다방의 분위기를 재현하는 특집을 만들기도 했다. 우리의 대화는 무엇으로 시작해도 결국엔 음악 이야기로 끝이 났다. 돌이켜보면 라디오가 참 라디오다웠던 시절이었다. 프로그램의 연출자와 진행자로 만난 우리의 인연은 1년으로 짧게 끝났지만 추억과 여운은 길게 남았다.

직업적 의무감이 전혀 없다고는 말할 수 없겠지만, 나는 웬만한 공연 특히 해외 뮤지션들의 내한 공연은 거의 빼놓지 않고 열심히 보러 다니는 편이다. 그런데 그때마다 공연장에서 가장 자주 마주친 사람 중의 한 명이 바로 김광한이었다. 보통 나이를 먹으면 열정이 식고 게을러지기 십상이다. 그는 그런 것과는 도무지 거리가 먼 사람이었다. 한때 음악을 좋아했던 사람은 많지만 오랜 시간 꾸준히 변함없이 음악을 사랑하는 사람은 의외로 많지 않다. 그런 점에서 나는 김광한이 아주 특별한 사람이었다고 생각한다. 그는 끝까지 음악을 듣고 공부하고 공연장을 찾는 사람이었다. 그는 내게 항상 자극과 귀감이 되는 존재였다.

시간은 예나 지금이나 빠르게 흐른다. 김광한이 세상을 떠난 지도 벌써 3년이 돼간다. 그의 갑작스런 부고를 접하던 날의 황망함이 떠오른다. 당시 심야 생방송을 맡고 있던 나는 새벽 2시에 방송이 끝나자마자 병원으로 달려갔다. 사진 속에서 그는 예의 소년 같은 미소를 머금고 웃고 있었다. 마치 '음악과 함께해서 한평생 참 행복했소'라고 말하는 듯했다.

1981년 버글스는 M-TV에서 「Video Killed The Radio Star」를 노래하며 라디오의 종언을 예고했지만, 라디오는 그 후로도 오래도록 살아남았다. DJ 김광한은 그 산증인이자 우리 시대의 진정한 라디오 스타였다. 글의 편의상 김광한이라 썼지만 나는 생전 그를 '김광한 선생님'이라 불렀다. 연배를 감안한 적절한 호칭이기도 했지만, 그보다는 그에 대한 내 나름의 존경을 담은 표현이었다. 실제로 그는 지금의 나를 있게 한 결정적 스승이었음이 분명하니까 말이다.

이제 어느덧 24년 차 라디오 PD가 된 나는 여전히 하루 중 가장 많은 시간을 음악을 듣는 데 쓰고 있다. 그러다 좋은 음악을 만난 날이면 지금도 여지없이 김광한, 그가 그립다.

너무나 인간적이었던
광한이 형

한용진
(한국방송DJ협회 회장)

나와 광한이 형의 인연은 1980년대까지 거슬러 올라간다. 당시 광한이 형은 KBS FM 89.1 〈김광한의 팝스다이얼〉을 진행하고 있었다. 그는 MBC FM 91.9 〈김기덕의 2시의 데이트〉와 함께 라디오 전성기를 이끈 양대 산맥이었다.

'청취자들의 인기와 사랑을 한몸에 받으며 부족함 없었던 최고의 라디오 DJ'. 모두가 DJ 김광한을 그렇게 생각하고 있을 때, 나는 전세방에서 힘들게 살아가면서도 능력에 비해 턱없는 보수로 라디오란 한 우물만 파고 있는 형을 발견한다. 당시 나는 전국 유명 호텔의 나이트클럽 DJ를 하면서 일반인들이 상상도 못할 돈을 벌며 승승장구하고 있었다. 이런 나의 재능을 존경하는 선배이자 사랑하는 광한이 형께 드리고 싶었다.

평소엔 라디오를 진행하는 시간이 정해져 있으니 그 시간을 피해 광한이 형이 할 수 있는 일을 찾아보자 마음먹었다. 그래서 내가 알고 지내던 호텔 나이트클럽 관계자들을 만나 '김광한 나이트클럽 DJ' 만들기에 돌입했다. 일이 성사되려면 항상 그와 붙어다니며 관계자 소개와 스케줄 관리를 해줘야 했는데 내가 그 일을 도맡아했다. 한마디로 그의 매니저가 된 것이었다.

김광한의 DJ 능력과 인지도가 결합되자 클럽을 찾아오는 손님들은 열광했다. 그에 따라 보수도 넉넉히 받은 형은 결국 전세방 탈출에 성공해 내 집 마련을 할 수 있었다. 석 달에 천만 원 정도의 보수를 받았으니 1년이면 4천만 원. 당시 강남의 30평 정도 하는 아파트가 7~8천만 원이었다. 2년 정도 일해서 강남의 아파트를 살 수 있는 사람이 우리나라에 몇이나 될까.

동네마다 음악다방이 문전성시를 이룰 때 다운타운 DJ의 한 달 급여는 몇 명을 제외하고 10만 원이 채 안 됐다. 돈만 뒷받침됐다면 DJ들은 자신의 일을 버리고 다른 일을 찾아 방황하지 않았을 것이다. DJ 세계의 냉혹한 현실에서 광한이 형은 부와 명예 모두를 거머쥐어 후배 DJ들의 부러움을 한몸에 받았다. 나 한용진이가 대단해서 인생이 활짝 편 것일까? 자신의 복은 자신이 가져온다지만 나 자신을 그렇게 만든 건 내가 아니다. 광한이 형의 인복과 후배를 사랑하는 마음이 한꺼번에 작용해 내 능력의 일부를 발휘하게 만든 것이다.

DJ업계의 선후배로서 서로 당겨주고 밀어주는 아름다운 관계가 늘 지속된 것은 아니었다. 어머니께서 병원에 입원해 위독한 상황이었을 때 광한이 형한테서 전화가 걸려왔다. 급히 상의할 일이 있으니 자신의 사무실로 오라는 호출이었다. 어머니가 위독해 자리를 비울 수 없었음에도 지금 꼭 와야 한다며 재촉하는 바람에, 떨어지지 않는 발걸음을 뒤로한 채 급히 광한이 형 사무실로 차를 몰았다. 그러는 사이 어머니께서 운명하시고 말았다. 얼마나 급한 일이기에 어머니 마지막 가시는 모습도 못 뵌단 말인가. 어머니에 대한 그리움, 광한이 형에 대한 서운한 감정이 북받쳐 올랐다.

정신없이 모친상을 치르고 며칠 지나 지인이 알려줬다. 광한이 형이 자신 때문에 일생일대의 불효자가 돼버린 용진이에게 대한민국 국민 전체를 상대로 사과의 마음을 표현했다고…… 라디오 생방송에서 광한이 형이 한 멘트다. "오늘 저의 이기적인 마음으로 인해 사랑하는 후배 가슴에 평생 잊지 못할 비수를 꽂았습니다. 지금 방송되고 있는 라디오를 통해 진심으로 사과드립니다." 라디오는 수많은 청취자가 듣고 있어서 사적인 멘트를 할 수 없는데도, 규칙을 위반하면서까지 내게 사과를 한 것이었다.

이런 일 외에도 수많은 기쁨과 슬픔을 함께 나눴지만 일일이 열거할 수 없어 안타까울 따름이다. 광한이 형이 살아 있다면 글이 아닌 차 한잔의 대화로 과거를 추억하고 있을 텐데. 3년 전 갑작스레 운명을 달리한 광한이 형 생각에 그저 마음이 먹먹해진다.

음악 친구이자 후원자였던
광한이 형

———

김목경
(블루스 기타 연주가, 보컬리스트/ 김목경 밴드)

1990년 초 봄, 영국에서 귀국한 지 얼마 되지 않았을 때 마포의 광한이 형 지하 사무실에서 처음으로 형을 만났다. 그곳엔 수만 장의 음반들이 가득했다. 사무실 한구석에 조용히 앉아 있던 어린 친구가 한 명 있었는데, 데뷔 전의 김경호였다. 우리는 음악 얘기를 많이 나눴다. 형은 블루스 음악에 해박한 지식과 관심을 보였고, 블루스LP 한 장을 내게 선물로 줬다.

그 후 형하고 친하게 지내면서 서로의 행사에 적극 동참하기도 했다. 형이 주최한 음악회에서 내가 연주를 하는가 하면, 형은 내 공연에 사회자나 관객으로 항상 참석해줬다.

술 담배를 안 하는 형이었지만, 공연 뒤풀이까지 함께하며 우린 늘 많은 음악 얘기를 나눴다. 상대적으로 열악한 한국 블루스 시장과 블루스 음악의 중요성에 대해 관객들에게 알기 쉽게 설명해주던 형이 이제는 없다.

형이 돌아가시기 사흘 전 마포의 소극장에서 '파파스' 공연이 있었다. 공연이 끝나고 나서, 강남에 있는 '리더스'란 라이브 클럽에 형이랑 가서 내가 연주한 뒤 늦게까지 얘기를 나눴다. 그것이 광한이 형과 함께한 마지막 시간이었다.

나의 소중했던 음악 친구이자 후원자였던 광한이 형!
**Man!! I miss you!**

좀 전에 만났다 헤어진 듯한
DJ 김광한 씨를 추억하며

———

김웅래
(전 KBS TV 〈유머 1번지〉 등 PD, 현 청도 한국코미디타운 관장)

어느 해 1월 8일이었다. 김광한 씨가 파주에 있는 '엘비스 프레슬리 기념관'에 가자고 했다. 〈유머 1번지〉를 연출할 때였으니까 함께 '팝스팝스' 코너로 일주일에 한 번은 만나곤 했다. 프로듀서와 출연자 사이가 아니라 나이도 동갑이어서 친구처럼 편안한 사이였다. 김광한 씨는 지프차처럼 생긴 SUV 사륜구동을 몰았다. 파주까지 가며 프로그램 얘긴 거의 하지 않았다. 대부분 팝송과 가수에 관한 얘기였고 나는 주로 듣는 편이었다. 가끔 거리에 개가 뛰어 건너가거나 신호등에 아슬아슬하게 걸리면, 운전에 도움이 될까 해서 주위를 환기시키는 정도의 반응을 보일 뿐이었다.

기념관 입구에 도착하니 미리 주차된 차량도 여럿 눈에 띄었다. 그날이 엘비스의 생일인데 매년 1월 8일이면 축하 모임을 갖는다고 했다. 입구에서부터 엘비스에 관한 사진과 소품들이 진열돼 있었고 대형 모니터에선 하와이 공연 실황이 나오고 있었다. 탁자에 간단한 음식들을 올려놓고 먹던 사람들, 뭔가 접시에 들고 서 있던 사람들이 광한 씨를 알아보고 환영의 인사말을 건넸다. 몇몇은 일어나고 몇몇은 앉은 채 반갑게 손을 흔들거나 젓가락을 허공에 휘저으며 DJ 광한 씨를 맞이했다. 특이하게도 모두들 접시에 소시지를 담아 먹고 있었다. 나는 지금도 그렇지만 소시지는 즐겨하지 않는다. 그런데 자리가 자리인 만큼 엘비스가 좋아했다는 음식을 먹지 않을 수 없었다. 다행히 생각했던 것보다 맛이 있었다.

먼저 온 사람들 가운데 특히 눈에 띄는 이들이 있었다. TV 모니터 앞에 앉아 열정적으로 박자에 맞춰 몸을 흔드는 모녀였다. 알고 보니 사연이 있었다. 엄마가 젊었을 때부터 엘비스를 좋아해 매년 왔는데 이젠 대학생이 된 딸과 함께 온다는 거였다. 엄마는 엘비스 박사, 딸은 엘비스 학사 정도의 실력을 갖고 있는 듯했다.

광한 씨는 〈유머 1번지〉에서 '팝스팝스', '렛츠고 팝스' 등의 코너를 진행했다. 콩트가 연결되는 후반에 들어간 팝 비디오 코너는 당시 대학생들 사이에서 인기가 많았다. 중고등학생들에게서도 팬레터가 올 정도였다. 팝스 코너는 다른 콩트 세트와 달리 화약 불꽃을 뿜으며 쇼 분위기로 화끈하게 진행됐다. 먼저 녹화를 끝낸 개그맨들도 가지 않고 광한 씨 코너가 녹화되는 장면을 끝까지 보곤 하던 기억이 난다. 주병진 씨가 오랫동안 함께 진행하다 이후 이성미 씨가 이어받았다. 자료가 많아 매주 두세 개씩 샘플을 갖고 와서 그중 좋은 것을 골라 방송에서 보여주곤 했다. 저작권의 중요성에 관해 관심 갖는 사람이 없던 좋은(?) 시절이었다.

김광한 씨는 〈유머 1번지〉의 인기를 바탕으로 새로 생긴 프로그램 〈쇼 비디오 자키〉에서는 메인 단독 MC로 발탁돼 인기 DJ로 발판을 굳혔다. 광한 씨는 나를 다른 사람에게 소개할 때마다 농담반 진담반으로 항상 이렇게 얘기했다. "여기 김웅래 씨는 나를 TV에 스카우트해서 오늘날까지 잘 먹고살게 해주신 PD입니다." 농담기가 전혀 없이 진정성 있게 얘기해준다는 생각에 무척 고마워서 인간적으로 서로 믿고 가깝게 지냈다. 김광한 씨의 유품 20여 점을 최경순 여사님이 기증해주셔서 현재 청도에 있는 '코미디타운' 복도의 진열함 속에 전시하고 있다.

  김광한 씨는 마포의 지하 사무실에 많은 팝 비디오 자료들을 보관하고 있었다. 이에 못지않게 LP도 많았다. 당시 대부분의 사람들이 오디오에 모든 걸 걸던 때, 그는 비디오에 관한 미래를 내다보고 있었다. 주위에서 신경도 안 쓰는 영상 자료를 자투리 하나 버리지 않고 수집해 보며 즐겼다. 자료 테이프의 먼지를 털고 닦고 정리하며 자랑하기도 했다. 청계천 비디오 가게 주인한테 바가지 쓴 얘기도 하고 다른 방송 라이벌 DJ들이 비디오에 무관심하다며 탓(?)하기도 했다.

  한 시간 정도 함께 먼지를 마시다 밖으로 나왔는데 지하실 계단을 오르며 얘기한다. "이 근처 요리 잘하는 중국집 '현래장'이 있는데 갑시다." 나도 한 번 가봤던 중국집이다. 사실 현래는 우리 큰형님 이름이다. 큰형님이 식구들 모르게 돈을 모아 중국 음식점을 차린 건 아닌가 하는 궁금한 마음에 슬쩍 들어가 간짜장을 시켜 먹어본 적이 있었다. 함께 들어갔더니 광한 씨가 단골인지 종업원이 반갑게 인사하며 맞아준다. 단골이 아니라도 그땐 이미 스타가 돼서 웬만하면 길거리에서도 다 알아보는 얼굴이었으니, 사장님이 카운터에 있었으면 잘 아는 단골처럼 반겼을 것이다. 룸에 들어가 요리를 두 가지 시켰는데 자주 주문하던 메뉴였는지 종업원과 잘 통했다. 이름도 생각나지 않는 중국요리를 아주 맛있게 함께 먹던 그때가 그립다.

그가 떠나기 1년 전 가을이었다. 강릉 커피축제에 가지 않겠냐는 전화가 왔다. 내가 커피를 좋아하는 걸 잘 알고 한 전화였다. 유명한 '테라로사' 커피숍에도 가고 안목항 커피 거리에도 가보자고 했다. 이번 여행에선 내가 많은 얘기를 했다. 방송국 퇴직 후 대학 방송연예과에 강의를 나가고 요즘은 경북 청도에서 코미디박물관을 만드는 중이다, '청도에 내려와 박물관장직을 맡아달라'고 해서 그동안 모아둔 자료를 정리하며 프로젝트를 진행하고 있다, 등등의 이야기들. 인생 3모작에 관한 많은 얘기를 하며 강릉에 도착했다.

커피 1세대 가운데 강릉에서 성공한 '테라로사'에 들러 커피를 마셨다. 입안에는 아직 커피향이 가시지 않았는데, 커피 시인 윤보영 씨의 시 낭송 모임에 초대를 받았으니 거기도 들러보자고 해서 갔다. 아담한 레스토랑 겸 커피숍으로 인테리어가 오롱조롱 예쁜 것이 많은 카페였다. 시 낭송가들이 차례로 커피 시를 낭송했고 광한 씨도 한 수 낭독을 했다. 광한 씨에게 쏟아진 박수 소리가 가장 커 여전한 인기를 실감했다. 행사를 마치고 밤늦게 서울로 올라오는 길, 오후에 들렀던 바닷가 3층 커피숍에서 바다를 내다보며 다 하지 못했던 얘기들을 나눴다.


함께 팝송 프로그램을 진행했던 FM 라디오 PD에게서 먹먹한 울음 섞인 소식을 받기 보름 전쯤이었다. 그가 저녁에 밥 먹자며 전화를 했다. 우리집이 약수동 근처 버티고개여서 약수동 사거리 생선 횟집으로 약속 장소를 정했다. 광한 씨는 인천에서 방송을 마치고 곧바로 달려오는 길이라고 했다. 그 횟집도 광한 씨 단골 같았는데 지인이 가게를 낸 모양이었다. 나는 생선회를 그리 좋아하지 않았고 광한 씨 역시 회를 안 먹는다고 했다. 생선회 대신에 구이와 튀김을 시켰다.

그날 광한 씨는 나더러 고혈압 약을 계속 먹느냐고 물었다. 의사 선생님이 숙제 검사할까 봐 꼬박꼬박 잘 챙겨 먹는다고 답했다. 광한 씨 자신도 과거엔 고혈압 약을 먹었는데 '파룬궁' 체조를 하면서 건강해져 약을 끊었다고 했다. 인천에서 방송을 진행하느라 서울로 오가는데, 시간은 많이 걸려도 바닷가라서 즐겁다고 했다. 송도 해변이 은근히 멋있고 바닷바람을 쐬면 정신이 맑아진다는 말도 했다. 그날 밤 집이 가까워서 운동 삼아 걸어간다는 나를 막무가내로 아파트 옆까지 바래다줬다. 그러곤 응봉 삼거리 집 쪽으로 핸들을 돌려 떠났다. 그것이 생전에 마지막으로 본 광한 씨의 모습이었다.

그날 이후 다시는 만날 수 없다는 걸 알았더라면, 차에서 내려 곧장 들어가지 말고 그냥 선 채 이런저런 시시한 얘기라도 나눴을걸, 그럼 좋았을 텐데…… 그가 생각날 때면 지금도 아쉽고 서운한 마음이 든다. 지금이라도 뛰어나가면 신호등에 걸려 파란불을 기다리며 응봉 삼거리 쪽으로 핸들을 잡은 광한 씨를 만날 것 같다. 김광한 씨! 저 잠깐만!!

나를 좋아했고
내가 좋아했던
모두가 사랑했던 당신!

———

윤보영
(커피 시인)

# 단추

윤보영

단추를 달다가
무슨 생각을 했는지 아니?

이 단추가 그대였다면
내 마음에 달았을 텐데.

   구로 디지털단지 역 근처 '한국디아스포라방송국' 대기실 테이블에 놓여 있던 「단추」 시화를 보고 김광한 선생님이 말씀하셨다. "이거 누가 쓴 거야?"
   전설적인 DJ 김광한 선생님의 명성은 익히 알고 있었다. 더구나 이대 근처에서 직접 음악 방송을 진행하는 모습을 본 터라 더욱 친근감이 들었다. 나는 하늘같은 선배님께 인정받은 것 같아 우쭐해져 "예, 제가 적었습니다!" 하고 대답했다. "짧긴 해도 여운을 주는 시"라며 칭찬을 하고 방송실로 들어가셨다.
   이 일을 계기로 강릉에서 선생님과 함께 시 낭송 방송을 진행했다. 적십자사 주최로 명동에서 열린 '2014 희망풍차 72시간 생방송'에 초대받아 함께 진행하는 영광도 얻었다. 특히 2014년 가을 서울 우이동 백란에서 있었던 '윤보영 시인의 전국 독자 만남' 행사에 직접 오셔서 시 「단추」를 낭송해주시기도 했다. 이렇게 선생님의 각별한 사랑을 받으며 나는 방송인과 시인으로 활동할 수 있었다.

그러던 어느 날 선생님이 돌아가셨다는 비보를 접하고 문자를 의심하며 선생님께 달려갔다. 환하게 웃으시는 영정 속 선생님 모습을 보고 하염없이 눈물만 흘려야 했다. 영원한 청년이자 전설적인 DJ 김광한 선생님의 음악에 대한 열정과 어린이들에 대한 사랑을 이어가고자, '윤보영 동시 전국 어린이 낭송대회'에 선생님 이름을 딴 '김광한 나눔상'을 제정해서 3년째 시상해오고 있다.

시간이 지나면 잊힌다 하지만, DJ 김광한 선생님께서 남긴 위대한 업적과 음악 사랑을 향한 열정은 오히려 더 강하게 우리 가슴에 남아 후배들을 위한 지표가 되고 있다. 앞으로 선생님의 소장품을 전시하는 기념관이 건립되고 음악을 사랑하는 사람들이 여는 추모음악회가 매년 개최될 수 있도록 힘을 보탤 것이다.

마지막으로 선생님을 생각하며 추모식에서 읊었던 '광한이 형에게'란 글로 선생님 사랑을 이어가고자 한다.


　　　　광한이 형에게

　　　　　　　　　　　　　　　　　　　　　윤보영


　　　　"김광한의 라디오 스타!"
　　　　지금도, 당신을 생각하면
　　　　음악 속에 함께 담긴 목소리가 들립니다
　　　　늘 소년처럼 웃던 모습이 보입니다.

나를 좋아했고
내가 좋아했던
모두가 사랑했던 당신!

당신 곁에는 늘 음악이 있었고
음악을 좋아하는 친구들이 있었습니다.
그 좋아하던 음악을 두고
그렇게 당신을 사랑했던 친구들을 두고
당신은 지금 이디에 계시는지요.

당신이 머물고 있는 그곳에서도
음악과 함께 지내겠지요
영원한 청년으로
당신을 좋아하는 친구들과 지내겠지요.

이제 그곳에서는
이곳에서처럼, 그리 쉽게
당신을 떠나보내지는 말았으면 좋겠습니다.

형!
광한이 형!
친구 같은 형이 보고 싶습니다
사랑합니다 형!

# 누구도 따라잡을 수 없는
# 애처가

─────

이양일
(팝 칼럼니스트)

언젠가 그가 '호두나무골' 우리 시골집을 처음 다녀간 지 일주일 쯤 지났을까. 그에게서 전화가 걸려왔다. "어휴~ 그곳서 1박하고 온 그 신선한 공기 느낌이 거~진(거의) 일주일은 가네요. 야~ 진짜 그 맑은 느낌이 대단하네요. 이번 주말 또 내려가고 싶어요."

감동받은 일에는 늘 있는 그대로 자기감정을 쏟아놓는 그의 말에서 솔직함이 묻어났다. 내가 그동안 해오던 방송 출연 일을 접고 1980년 시골 산속으로 들어간다는 얘기에 가장 먼저 강력하게 말리던 사람이 그였다. 이 때문이었는지 그는 내가 산으로 들어간 지 20년이 지나 텔레비전 리얼리티 프로그램 〈인간극장: 도시의 카우보이〉를 보고 나서야, 내 시골집 호두나무골을 처음으로 찾아왔다.

그는 집 안으로 들어서자마자 "아~! 이 냄내(연기 냄새)! 방 안에 걸린 옷에도 배어 있네? 나무 연기 냄새라 그런가? 참 향긋한 게 좋네요." 40년이 다 돼가는 지금도 그렇지만, 해발 500미터 고지 산속에 전기도 없이 사는 우리 시골집은 도시 난방이 불가능해서 방 세 개를 모두 온돌방으로 만들었다. 겨우내 나무를 때서 난방을 하고 사니 집안 여기저기 나무 연기 냄새가 배어 있다. 그래서 처음 방문하는 사람들의 취각을 자극하곤 한다.

이튿날 영동 지역을 구경하러 나섰다. 황간의 추풍령 시골 어느 길목에선가 길가의 도넛 가판 리어카가 있었다. 그가 차를 세우고 리어카로 달려가 따끈한 도넛을 한 봉지 사들고 차로 돌아온 기억이 떠오른다. 도넛 포장마차의 중년 아저씨가 보자마자 "김광한 씨 아니세요?"라고 반기며 듬뿍 덤을 줬다고 했다. 덤으로 받은 찐빵까지 맛있게 먹던 그의 모습이 생생히 기억난다.

자주는 아니지만 그와 동행을 할 때면 어느 지역에서나 그를 알아보는 사람들이 참으로 많았다. 물론 〈팝스다이얼〉 같은 KBS FM 프로그램의 인기 덕도 있었겠지만, 텔레비전 인기 개그 프로그램 〈쇼 비디오 자키〉의 MC 역할은 그를 전국적인 유명인으로 만들었다. 우리나라 DJ 역사상 텔레비전 CF 모델로 나선 경우는 그가 처음이자 마지막이 아닐까. 이를 봐도 광한 씨가 한 시대를 풍미한 대표적인 방송 DJ라는 사실을 부정할 수 없을 것이다.

어디를 가든 얼굴을 알아보는 인기 덕분에 그는 싼 음식을 편히 사먹을 수 있는 곳들을 단골로 삼았다. 내게도 꼭 추천해줄 만큼 검소했던 정 많은 친구였다. 한번은 방송국이 있는 여의도 구석진 장소에 테이블이 두 개뿐인 짜장면 집으로 나를 데려갔다. 3천 원짜리 짜장면 집을 찾아내 열심히 드나들던 그의 소탈함! 함께 식사를 할 때면 그는 어떤 음식이든 맛을 탓하지 않고 맛있게 폭풍 흡입하는 먹음새를 보였다. 그때마다 나는 그가 식복을 타고난 사람이란 생각을 했다.

의외로 나와는 상반된 성향의 기질을 가진 그였지만 내게 보인 우정은 참으로 지극했다. 일방적이라 할 만큼 특별한 마음을 베풀며 금전적 어려움에 처한 나를 위해 미련 없이 돈을 빌려주곤 했다. 때론 앞장서서 방송 일을 터주기도 했던 그는 삶에서만큼은 누구나 부러워할 만한 워커홀릭이었다. '저렇게 열심히 살 필요가 있을까'라는 생각이 들 정도로 누구도 따라잡기 힘든 일 중독자의 모습이었다. 그런 열정이 때론 주변 사람들에게 비난을 사기도 했지만, 자신의 일을 위한 노력과 욕심은 누구도 따라잡기 힘든 강점이었다.

가까이 함께하지 않은 사람들에게는 보이지 않지만 그에겐 엉뚱한 개그 본능이 있었다. 만만찮은 외모를 가진 그는 자신만의 독특한 인간미를 지니고 있었다. 1980년대 초 8월의 어느 날. 냇 킹 콜Nat King Cole의 「늘어지고 몽롱하고 미칠 것 같은 여름날Those Lazy Hazy Crazy Days Of Summer」이란 노래가 떠오를 만큼 아주 무더운 여름이었다. 그가 진행하던 〈김광한의 팝스다이얼〉에 출연하기 위해 여의도 KBS 앞에서 그를 만났다. 그날 방송에 쓸 무거운 LP 가방을 든 그와 미리 만나 점심을 함께 하러 가던 길이었다. 여의도공원 아스팔트의 열기는 온몸을 녹일 듯 대단했고, 뜨거운 햇빛 아래 걷는 것 자체가 왕짜증 나는 그런 순간이었다.

그때 공원길에서 한 여성이 역시 더위에 지쳐 녹아내릴 듯 지친 모습으로 아주 천천히 걸어오고 있었다. 그녀가 앞으로 다가오자 그가 갑자기 그녀 앞에 걸음을 멈추더니 다짜고짜 이렇게 소리를 질러대는 것이 아닌가. "이보세욧! 날씨도 더워 죽겠는데 왜 그렇게 천천히 걷고 그래요? 아, 빨리빨리 걸어 집에 가서 선풍기를 켜든지 에어컨을 틀든지 해야 될 거 아녜요?!!! 거~ 빨리빨리 좀 걸으세요!!! 보는 사람들까지 지치잖아요!"

아닌 밤중에 홍두깨라고 범상치 않은 인상, 거친 목소리에 놀라

잔뜩 쫄아버린 '슬로우 워킹 우먼'은 심히 사색이 되어 고개를 숙였다. 그러곤 "아~ 네, 알겠습니다. 빨리 가겠습니다"라며 기어들어가는 목소리를 남기고 종종걸음으로 황급히 사라졌다. 그 모습에 나 홀로 한참을 뒹굴 듯이 웃던 일이 지금도 생각난다. 그래놓고 정작 본인은 웃음 한번 흘리지 않고 앞만 보고 걸어가 식당에 들어서는 엉뚱함이란!

인명은 재천이라 나도 내일 어찌될지는 알 수 없지만 그가 그렇게 일찍 우리 곁을 떠나리라고는 상상하지 못했다. 남모를 스트레스가 있었대도 그 모든 것을 꿈속에서 격한 잠꼬대로 풀어내기도 하고, 목에 칼이 들어가도 할 말은 하며 살던 사람이었다. 게다가 음식을 맛있게 즐기는 천성에 남의 눈치 안 보던 자유인이었기에 정말 오래 장수하리라 믿었었다.

그는 보기와는 달리 참 정이 많고 깊은 심성을 지닌 남자였다. "좀 편히 살지 왜 그렇게 힘들게 애를 쓰며 사는 거야?" 늘 헬렐레 놀며 사는 내 눈에는 욕이 나올 만큼 너무 열심히 사는 그가 안쓰러워 이렇게 물은 적이 있었다. "에효! 그걸 내가 왜 모르겠수? 내가 떠나고 나면 홀로 남을 저 기댈 데 없는 착한 마누라 생각하면 내가 열심히 더 노력해야지요." 그는 살아생전 누구도 따라잡을 수 없는 디보팃 허스(a devoted husband), 진정한 '애처가'였다.

# DJ 김광한 키즈의
## 회고

———

조중석
(분당 LP. DJ 음악 카페 '뮤직박스' 대표)

"김광한의 팝스다이얼~!"

매일 오후 2시에 울려 퍼지는 라디오 속 목소리의 주인공은 학창 시절 나의 학원 선생님이었다. 김광한은 'DJ 학원'의 우상 선생님이었다. 1980년대만 해도 요즘처럼 방과후 학원을 다니는 학생들이 거의 없었다. 보통은 유행하는 팝송을 들으며 학교에서 내주는 숙제와 시험공부를 했다. 나 또한 라디오를 좋아하는 누나의 영향으로 항상 라디오 주파수 맞추기에 열을 올리던 청소년 중 하나였다. 좋은 음악을 LP나 카세트테이프를 사서 듣기에는 부모님이 주시는 용돈으론 부족해서, 그 욕구를 달래고자 라디오를 자주 이용했다. 좋아하는 음악을 공테이프에 녹음할 수도 있고 DJ 김광한의 멘트로 음악 관련 정보도 얻을 수 있는 라디오는 지금의 스마트폰에 버금가는 보물이었다.

많은 DJ들이 활동을 한 라디오 전성시대에 어째서 유독 김광한의 라디오에 애착했던 걸까? 다른 DJ와는 다르게 단어 하나하나에 힘을 실어 멘트하는 그분의 목소리가 공부만 강조하는 부모님의 잔소리(?)에 지쳐 있던 내게 활력을 줬다고 할까. 예를 들어 "포인터 시스터즈!입니다. 점프!!"란 멘트와 함께 흥겨운 음악이 흘러나오면 나도 모르게 자리에서 벌떡 일어나 펄쩍펄쩍 뛸 정도였다. 김광한은 감수성이 최고로 발달할 시기에 내 생활의 많은 부분을 차지했던 우상이었다. 매일 오후 2시가 되면 같은 시간대에 방송하시는 김기덕 님께는 죄송스럽지만 라디오 주파수를 89.1에 항상 맞춰 놨다.

나중에 DMB 라디오 방송이 세상에 나타났을 때 아침 프로그램 DJ를 진행한 적이 있었다. 여행업계에 몸담았던 덕에 잦은 해외 출장 경험과 음악을 접목시킨 독특한 콘텐츠로 청취율도 꽤 좋았다. 다만 내 뒤 타임에 진행하는 DJ의 청취율에 뒤처지는 것이 고민이었다. 방송하는 사람들의 공통된 고민인 청취율 때문에 깊은 생각에 빠져 있을 때 한동안 잊고 있었던 DJ 김광한이 생각났다.

　학창 시절 나의 학원 선생님 DJ 김광한처럼 힘 있는 목소리와 좋은 멘트로 승부해보면 어떨까 생각했다. 바로 다음 날부터 실천해보니 청취자는 높은 청취율로 반응했다. 오랜 시간이 흘렀음에도 내 머릿속 DJ 김광한은 여전히 내게 방송 코치를 해주고 계셨던 것이다. 그는 DJ가 멘트하는 콘텐츠 즉 내용 못지않게, 청취자에게 전달되는 보이지 않는 목소리의 파워도 중요하다는 깨달음을 줬다.


　한 번도 뵌 적 없는 DJ 김광한의 도움을 받아가며 DMB 라디오, 인터넷 방송, LP 카페 DJ로 활동하던 어느 날, 마침내 그분을 직접 만나게 된다. 한국방송디스크자키협회 주관 최동욱의 DJ 탄생 50년 행사에 참석하신 것이다. 행사 스태프로 행사장 이곳저곳 돌아다니다가 김광한 선배님께 인사할 수 있는 기회가 생겼다. 다른 DJ 선배님들보다 상대적으로 젊어 보이는 나를 보며 미소 지으며 하신 말씀.

　"너도 DJ냐?"

　나는 웃으며 속으로 이렇게 대답하고 있었다.

'네, 제가 바로 어렸을 때 당신을 DJ 학원 선생님으로 모셨던 김광한 키즈입니다.'

그것이 그분과 처음이자 마지막 만남이었다. 한국방송디스크자키협회를 통해 가끔 뵙고 지금 쓰고 있는 글의 내용을 직접 말씀드리고 싶었는데, 안타깝게도 몇 년 후 급작스럽게 고인이 되셨다.

다시 만나 뵙지 못하는 DJ 김광한에 대한 그리움을 달래고자, 매년 개최되는 김광한 추모 콘서트에 찾아가 그의 체취를 가슴으로 느끼고 있다. 아직 유명 DJ는 되지 못했지만 오늘도 언더그라운드에서 DJ 활동을 열심히 하게 해준 나의 우상 DJ 김광한 님께 감사드린다.

권위의식 없는
자유로움의 소유자

_____

한용길
(CBS 사장)

김광한 선생님을 아는 사람이라면 참으로 '자유로운 영혼을 가진 분'이라는 얘기를 할 것 같습니다. 팝 음악을 너무나 좋아하고 사랑해서 팝 음악 방송 DJ와 팝 평론가로 평생을 살아오신 김광한 선생님의 삶에는 권위의식 없이 마치 옆집의 아는 형님처럼 편안하고 격식을 뛰어넘는 자유로움이 넘쳐났습니다. 그래서 저보다도 한참 연배가 위신데도 동시대를 살아가는 제 또래처럼 선생님과 편안한 시간을 보낼 수 있었던 것 같습니다.

　　저는 CBS 방송국에서 나름 잘나가는 PD로 생활하다가 2009년 방송국을 떠난 적이 있습니다. CBS는 3년마다 사장을 공개 채용하는데, 여기에 응모하려면 규정상 회사에 사표를 내야 합니다. 저는 큰 꿈을 이루고자 사장에 도전했다가 실패를 해서 부득불 회사를 떠나야 했습니다. 이후 공연 기획사를 차렸지만 아주 어려운 시절을 보냈습니다.

　　2011년부터는 파주의 임진각 평화누리 야외 공연장에서 해마다 포크 뮤직 페스티벌을 개최해왔습니다. 이 행사는 지금까지도 잘 진행되고 있습니다. 윤형주, 송창식 선생님부터 해바라기, 한영애 같은 세대를 지나 동물원, 안치환, 여행스케치, 윤도현 그리고 이후의 뉴포크 세대까지 대한민국을 대표하는 포크 뮤지션들이 참여했습니다. 파주의 아름다운 야외 공연장에서 펼쳐지는 이 공연을 성공시키고자 이루 말할 수 없이 고생할 때였습니다.

　　김광한 선생님께서 어느 날 찾아오셔서, 이런 좋은 공연은 무조건 잘돼야 한다며 공연 티켓을 가져다 직접 팔아주셨습니다. 아무런 대가도 바라지 않고 오로지 공연의 성공적 개최를 위해 지인들에게 직접 티켓을 팔러 다니신 것입니다. 선생님께서는 "방송국을 떠나 공연 기획자로 살아가느라 얼마나 고생이 많으냐?"면서 제게 큰 격려와 힘을 주셨습니다. 뿐만 아니라 이 공연을 위해 파주 포크 페스티벌이 열리는 야외 공연장 한편에 야외 음악 감상실을 직접 설치하시고, LP판과 턴테이블까지 손수 가져오셨습니다. 그렇게 많은 관객들에게 무료로 음악 감상을 할 수 있는 기회까지 만들어주신 것입니다.

김광한 선생님께서 베풀어주신 따뜻한 마음은 방송국을 떠나 공연 기획자로 고생을 하던 제게 큰 위로와 힘이 돼줬습니다. 남을 위해 한 푼의 이익 없이 남의 공연 티켓을 팔러 다니고 음악 감상실까지 열어주는 분이 세상에 몇 분이나 계실까요?

당대의 팝 DJ로 이름을 날리시던 분이 남의 공연 티켓을 직접 들고 다니며 팔아주시던 따뜻함과 겸손함은 저의 삶 가운데 언제나 잊히지 않을 가슴 아련한 사건입니다. 2015년에 CBS 사장이 되어 방송국으로 돌아왔을 때, 저는 선생님께 CBS에서 팝 프로그램을 진행해주실 것을 부탁드리고 미국 출장을 다녀왔습니다. 그런데 출장 중에 갑자기 선생님께서 세상을 떠나셨다는 황망한 소식을 들었습니다. 청천벽력 같은 소식에 한동안 마음을 주체할 길이 없었습니다. 왜 하나님께서는 이렇게 좋은 분을 급작스럽게 데려가

셨을까? 지금도 문득문득 선생님이 그리워지곤 합니다.

　제게는 자유로운 영혼의 소유자 김광한 선생님의 이미지보다는, 어려움에 빠진 사람을 무조건적인 사랑으로 돌보시던 따뜻한 모습이 먼저 떠오릅니다. 음악을 사랑하고 평생 청년처럼 살아오신 김광한 선생님! 큰 사랑으로 이 땅의 많은 음악인들을 도와주고 함께하신 선생님의 호탕한 웃음이 오늘도 그립습니다.

**김광한!**
**그는 명 DJ 겸 명 MC였다!**

———

**이용**
(가수)

김광한! 형님을 떠올리면 제일 먼저 스치는 생각은 그는 명 DJ 겸 명 MC였다는 것이다.

형님과의 추억담을 써달라고 의뢰한 DJ 박현준 씨와 광한이 형의 차이점을 말하라면, 바로 그 점에서 시작된다. 박현준 씨에게 내가 "자네는 만일 김광한 시대에 태어났더라면 그분을 능가할 수도 있었던 명 DJ이다."라고 몇 번 말한 적이 있다.

그 당시는 DJ 전성기여서 미디어나 일반 무대에서 그들의 영향력은 지금으로서는 상상하기 힘들 만큼 컸었다. 그러나 명 DJ라고 해서 모두 다 명 MC가 되는 것은 아니었다.

가수 생활 38년 동안 내가 이종환, 김기덕, 최동욱, 박원웅 등 시대를 풍미했던 명 DJ들과 방송을 같이 한 적은 셀 수 없이 많았다. 그들은 조용한 방송국 스튜디오에서라면 거의 차이가 없이 나름의 캐릭터대로 진행을 잘하였지만, 공연장이나 행사장 MC를 맡은 무대에서는 한결같이 어딘가 위축되는 모습을 종종 보이곤 했다. 그런데 광한이 형이 일반 행사나 다운타운 무대에서 DJ 겸 MC를 볼 때면 사실 임성훈이나 허참 같은 전문 MC와 비교해도 손색이 없다는 걸 느끼곤 했다.

아마도 〈젊음의 행진〉 같은 TV 프로그램에서 라이브로 DJ 코너를 진행하는 가운데 단련이 되어 그럴 수 있었던 게 아닌가 하는 생각이 든다. 음악과의 인연으로 말하자면 가수 이용의 열정 못지않으셨던 형님에 관한 글을 쓰다 보니 갑자기 무척 보고 싶어진다.

개인적으로도 광한 형님과 가깝게 지냈었다. 운명하시기 몇 주 전 용인 에버랜드에서 형님이 MC를 보았는데, 그때 내 순서가 끝나자 무대 뒤로 오셔서는 이렇게 말씀하셨다. "용이 너는 언젠가 대박 한 번 더 터질 것 같으니 포기하지 말고 계속해." 용기를 북돋아주며 얘기하시던 그 장면이 잊히지 않는다.

갑자기 눈시울이 뜨거워지는 건 형님에 대한 그리움 때문인지, 어느덧 약해진 나의 마음 때문인지 잘 모르겠다.

# 김광한이
# 만난 사람들

# KOREA'S No.1 FM STATION

D.J KIM, KWANG - HAN **KBS-FM** KOREAN BROADCASTING SYSTEM

# 「Kim's POPS Dial」

## 10TH ANNIVERSARY

DESIGN STUDIO KIMS

## With GUNS N' ROSES—(Slash & Gillby Clarke)

★USE YOUR ILLUSION WORLD TOUR-1992 IN TOKYO (FEBRUARY 22)★

( LEFT TO RIGHT ) T. YAMAMOTO - YOUNG GUITAR / SLASH / KIM / CHOI / GILLBY CLARKE

건스 앤 로지스

브라더스 포와 크리스탈 게일

플라워 파워 콘서트
(2008)

밥 호프

주디 콜린스

photo by M J

리오 세이어,
보니 타일러,
맨하탄스

글로리아 에스테판

스콜피온스

독일 출신의
세계적인 록밴드
'스콜피온스'와 함께

스티비 원더

훌리오 이글레시아스

저메인 잭슨

베이시스트
로저 테일러(가운데),
존 디콘과의 인터뷰

퀸

KBS 백분쇼(1983)

코모도스

최수종, 최수지(앞줄 왼쪽)와 H2O 멤버들.
뒷줄 왼쪽부터 김준원(보컬), 피터김(김철완, 드럼)
아래 오른쪽이 강기영(베이스)

본 조비, 성훈

88올림픽 공식 DJ들과 함께.
뒷 줄 가운데가 한용진,
앞자리 오른편 두 사람은 붐붐(신철, 이정효)

김준원

↳ H2O
공연 후

그룹 무당

↳ 기타, 보컬
최우섭

김준

국내 재즈계의 거목

김준원. 김도균

밴드 카리스마

왼쪽부터
김민기(드럼)
이근형(기타)
김종서(보컬)
박현준(베이스)

김광한, 유열

사진·최승식

양쪽 각 두 사람은
백두산 멤버들.
왼쪽부터
김도균(기타)
한춘근(드럼)
유현상(보컬)
김창식(베이스)

임지훈, 이동원, 피세영

패티김
조선일보 동반 인터뷰를 마치고

「봄비」의 박인수

김광한
연보

'1946~2015'

- **취미** 영화, 연극 관람, 축구에도 관심이 많음
- **별명** 김밥, 열일곱 살 아저씨 DJ
- **혈액형** O형
- **성격** 감동 잘하고 눈물 잘 흘림
- **체력** 100m 12초에 주파, 체력은 17세
- **좌우명** 건강, 성실, 이해
- **음주와 흡연**
  술은 거의 안 함. 담배는 하루 한 갑 피웠으나
  일찍 끊었음
- **좋아하는 음식**
  한복을 깔끔하게 차려입은 여인이 만든 김밥
- **좋아하는 가수**
  기타리스트 엘모어 제임스, 국내 가수는 김하정

- 해외 팝스타 1백여 명과 인터뷰 방송
- 한국 대중음악평론가협회 부회장 역임
- Radio/TV 프로덕션 『KimpopTV』社 대표 역임

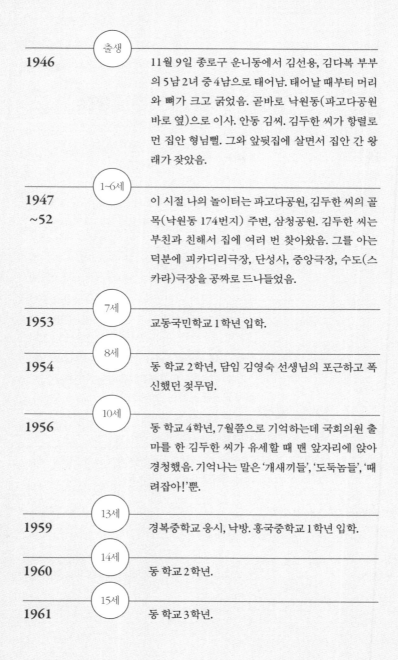

| 1946 | 출생 | 11월 9일 종로구 운니동에서 김선용, 김다복 부부의 5남 2녀 중 4남으로 태어남. 태어날 때부터 머리와 뼈가 크고 굵었음. 곧바로 낙원동(파고다공원 바로 옆)으로 이사. 안동 김씨. 김두한 씨가 항렬로 먼 집안 형님뻘. 그와 앞뒷집에 살면서 집안 간 왕래가 잦았음. |

| 1947 ~52 | 1~6세 | 이 시절 나의 놀이터는 파고다공원, 김두한 씨의 골목(낙원동 174번지) 주변, 삼청공원. 김두한 씨는 부친과 친해서 집에 여러 번 찾아왔음. 그를 아는 덕분에 피카디리극장, 단성사, 중앙극장, 수도(스카라)극장을 공짜로 드나들었음. |

| 1953 | 7세 | 교동국민학교 1학년 입학. |

| 1954 | 8세 | 동 학교 2학년, 담임 김영숙 선생님의 포근하고 폭신했던 젖무덤. |

| 1956 | 10세 | 동 학교 4학년, 7월쯤으로 기억하는데 국회의원 출마를 한 김두한 씨가 유세할 때 맨 앞자리에 앉아 경청했음. 기억나는 말은 '개새끼들', '도둑놈들', '때려잡아!'뿐. |

| 1959 | 13세 | 경복중학교 응시, 낙방. 홍국중학교 1학년 입학. |

| 1960 | 14세 | 동 학교 2학년. |

| 1961 | 15세 | 동 학교 3학년. |

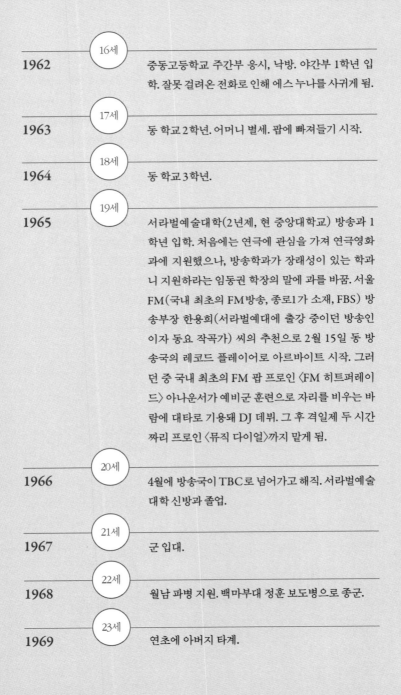

| 1962 | 16세 | 중동고등학교 주간부 응시, 낙방. 야간부 1학년 입학. 잘못 걸려온 전화로 인해 에스 누나를 사귀게 됨. |

| 1963 | 17세 | 동 학교 2학년. 어머니 별세. 팝에 빠져들기 시작. |

| 1964 | 18세 | 동 학교 3학년. |

| 1965 | 19세 | 서라벌예술대학(2년제, 현 중앙대학교) 방송과 1학년 입학. 처음에는 연극에 관심을 가져 연극영화과에 지원했으나, 방송학과가 장래성이 있는 학과니 지원하라는 임동권 학장의 말에 과를 바꿈. 서울 FM(국내 최초의 FM방송, 종로1가 소재, FBS) 방송부장 한용희(서라벌예대에 출강 중이던 방송인이자 동요 작곡가) 씨의 추천으로 2월 15일 동 방송국의 레코드 플레이어로 아르바이트 시작. 그러던 중 국내 최초의 FM 팝 프로인 〈FM 히트퍼레이드〉 아나운서가 예비군 훈련으로 자리를 비우는 바람에 대타로 기용돼 DJ 데뷔. 그 후 격일제 두 시간짜리 프로인 〈뮤직 다이얼〉까지 맡게 됨. |

| 1966 | 20세 | 4월에 방송국이 TBC로 넘어가고 해직. 서라벌예술대학 신방과 졸업. |

| 1967 | 21세 | 군 입대. |

| 1968 | 22세 | 월남 파병 지원. 백마부대 정훈 보도병으로 종군. |

| 1969 | 23세 | 연초에 아버지 타계. |

| | |
|---|---|
| **1970** (24세) | 연초에 군 제대. 이때부터 16가지 직업을 가져봄. 입주 가정교사. 친구에게 5만 원을 빌려 아크릴 간판 가게를 차렸으나 운영 자금도 없고 가게마저 담보로 넘어가자 때려치움. 부산으로 내려가 라디오 방송국을 기웃거림. 한동안 실내 사격장 사환으로 일하다 상경, 하숙집 주인의 호의 덕에 하숙집 관리인으로 취직. 신문 배달과 더불어 양키 물건도 가져다 판매. 남는 시간에는 다방 DJ로 활동. 다방 손님들에게 사주 관상을 봐주는 '족집게 도사'를 하면서 은단도 판매. 보험회사 외판원을 하면서는 단숨에 판매고를 올려 2등 상을 받기도 함. |

연초에 군 제대. 이때부터 16가지 직업을 가져봄. 입주 가정교사. 친구에게 5만 원을 빌려 아크릴 간판 가게를 차렸으나 운영 자금도 없고 가게마저 담보로 넘어가자 때려치움. 부산으로 내려가 라디오 방송국을 기웃거림. 한동안 실내 사격장 사환으로 일하다 상경, 하숙집 주인의 호의 덕에 하숙집 관리인으로 취직. 신문 배달과 더불어 양키 물건도 가져다 판매. 남는 시간에는 다방 DJ로 활동. 다방 손님들에게 사주 관상을 봐주는 '족집게 도사'를 하면서 은단도 판매. 보험회사 외판원을 하면서는 단숨에 판매고를 올려 2등 상을 받기도 함.

**1976** (30세)

잡지 《주간시민》에 방송 담당 기자로 취직해 사무실에서 먹고 자기를 2년간 함. 병아리 장사. 경북 김천에서 왕병아리를 사다가 등에 짊어지고 서울 등지에 파는 일 시작. 고되고 힘들었지만 꽤나 수지맞는 장사였음. 고물 장사 시작. 고철이나 폐지를 수집, 재생 공장에 보내는 중간상 역할. 이와 함께 음악다방을 돌며 판 공급해주는 일 시작.

**1977** (31세)

2월 18일 아내 최경순 만남. 카페를 전전하며 DJ 아르바이트하던 당시, 음악 감상 클럽 '돌멩이'(이 클럽의 고문이었음)의 회지 발행 일로 만나 사랑이 싹틈. 가을 그녀의 집 방문 후 결혼 결심. 최경순은 54년 5월 10일생으로 7녀 1남의 일곱째. 별명은 꽃님이.

**1978** (32세)

방송국 팝 프로그램의 '팝 해설가'로 방송을 타기 시작. MBC FM 〈박원웅과 함께〉에 게스트로 출연.

| | | |
|---|---|---|
| **1979** | 33세 | 10월 14일 혜화동 이화예식장에서 동요 작곡가 한용희 씨의 주례로 최경순(25세)과 결혼. 나는 아내에게 금반지 두 돈, 아내는 내게 시계를 선물. 33세의 고아 김광한은 엉엉 울고 하객도 울고. |
| **1980** | 34세 | 4월 1일 TBC FM 〈탑튠쇼〉(한 시간짜리)로 DJ 시작, FM 부장 양규환 씨에게 발탁됨. 12월 언론 통폐합으로 폐지. |
| **1981** | 35세 | KBS 2라디오 〈2시의 다이얼〉 시작. |
| **1982** | 36세 | 10월 16일 KBS FM 〈팝송 다이얼〉 시작해 7년간 방송. |
| **1983** | 37세 | 1월 KBS 2FM 〈김광한의 팝스다이얼〉 시작. 더불어 〈6시의 팝송〉(KBS 2라디오)이 11월 19일자 《TV가이드》 인기 DJ 베스트 20에서 1위로 꼽힘. |
| **1984** | 38세 | 12월 29일 《TV가이드》 독자 투표 DJ 부문 1위. 이후 3연패 달성. KBS 2라디오 〈아메리칸 탑 40〉까지 진행. |
| **1985** | 39세 | 캐나다, 미국, 일본 등 팝음악 본고장 한 달간 취재. |
| **1986** | 40세 | 1월 12일 이태원 록월드(음악 전문 극장) '신문 배달 소년 돕기 자선 팝쇼'. 7월 22~27일 영등포 신세계백화점에서 '신문 배달 고학생 장학재단' 설립 자금 모금을 위해 '팝 바자회' 가짐. 10월 19일 광주 학생회관 공연장 '김광한의 영상 음악축제'. 광주역 신문 배달 소년 돕기, 수익금 9,008,000원 광주일보에 기탁. |

| | | |
|---|---|---|
| **1987** | 41세 | 8월 1일~16일 〈김광한의 팝스다이얼〉에서 엘비스 프레슬리 특집 송출. KBS 1TV 〈쇼 비디오 자키〉(디 제이+개그 프로) 시작, 국내 비디오 자키 1호. '고 학생 돕기 자선 공연'. 수익금 11,458,000원을 한국 일보 배달 소년 장학금으로 기탁. |
| **1988** | 42세 | 5월 29일 〈김광한의 팝스다이얼〉장장 7년간 이어 온 기념 겸해 6월 18~19일 서울랜드 삼천리극장 에서 '고학생 돕기 자선 공연' 가짐. 88서울올림픽 공식 DJ. |
| **1990** | 44세 | KBS TV 〈가요 Top 10〉MC. |
| **1994** | 48세 | TBS 교통방송 〈밤과 음악 사이〉DJ. |
| **1997** | 51세 | KBS FM 〈김광한의 골든팝스〉DJ. |
| **2005** | 59세 | 경인방송 IFM 〈김광한의 팝스다이얼〉DJ 겸 PD. |
| **2007** | 61세 | TBN 교통방송 〈낭만이 있는 곳에〉DJ. |
| **2013** | 67세 | 국립 경인교육대학교 문화예술 CEO과정 주임교수. |
| **2014** | 68세 | 5월까지 CBS 라디오 〈김광한의 라디오스타〉DJ. 한 국적십자사 명동 희망풍차 SR 72시간 생방송 참여. |
| **2015** | 69세 | 5월 KBS TV 〈불후의 명곡-한국인이 사랑하는 팝 송〉'전설의 DJ'로 출연. 7월 9일 심장마비로 별세. |

다시 듣는
# 김광한의 팝스다이얼

**초판 1쇄 발행**·2018년 6월 29일

**지은이**·김광한
**펴낸이**·김요안
**편집**·강희진
**디자인**·현애정

**펴낸곳**·북레시피
**주소**·서울시 마포구 신수로 59-1, 2층
**전화**·02-716-1228
**팩스**·02-6442-9684
**이메일**·bookrecipe2015@naver.com | esop98@hanmail.net
**홈페이지**·www.bookrecipe.co.kr | https://bookrecipe.modoo.at/
**등록**·2015년 4월 24일(제2015-000141호)
**창립**·2015년 9월 9일

**ISBN** 979-11-88140-32-9 03810

**종이**·화인페이퍼 | **인쇄**·삼신문화사 | **후가공**·금성LSM | **제본**·대흥제책

이 도서의 국립중앙도서관 출판예정도서목록(CIP)은 서지정보유통지원시스템
홈페이지(http://seoji.nl.go.kr)와 국가자료공동목록시스템(http://www.nl.go.kr/kolisnet)에서
이용하실 수 있습니다. (CIP제어번호: CIP2018019229)